Les Enfants du guet

Mary Higgins Clark
et Alafair Burke

Les Enfants du guet

ROMAN

Traduit de l'américain
par Anne Damour et Amélie Juste-Thomas

Albin Michel

COLLECTION « SPÉCIAL SUSPENSE »

Ce livre est un ouvrage de fiction. Toute ressemblance avec des faits avérés, des lieux existants ou des personnes réelles, vivantes ou décédées, serait purement fortuite.

Édition originale américaine parue sous le titre :
WHERE ARE THE CHILDREN NOW ?

Pour William, Louis, Frederick, Emma,
Katherine, Alexander et Stella,
les arrière-petits-enfants tant aimés
de la Reine du suspense.

Dans *La Maison du guet*

Voulant échapper au terrible secret de son passé, Nancy a changé de nom, d'apparence et de couleur de cheveux avant de quitter la côte Ouest pour s'installer à Cape Cod. Elle y a épousé Ray Eldredge dans l'espoir de mener enfin une vie paisible. Sept ans de bonheur se sont écoulés dans sa nouvelle maison avec son mari et leurs deux enfants, Michael et Missy.

Mais un matin, paraît dans le journal local un article sur un procès pour meurtre qui a fait couler beaucoup d'encre en Californie quelques années plus tôt : sur la photo, la jeune femme impliquée ressemble étrangement à Nancy...

Le même jour, Michael et Missy disparaissent. Le passé et le présent deviennent alors inexorablement liés. Nancy a-t-elle perdu la tête à la lecture de l'article qui la replonge brutalement dans un passé qu'elle a désespérément tenté de fuir ? C'est ce que redoute la police.

Ce que tous ignorent cependant, c'est que Michael et Missy sont aux mains du prédateur qui a tué les deux premiers enfants de Nancy. Cet homme n'est autre que son premier mari, présumé mort, Carl Harmon. Il est de retour et n'a qu'un but, assouvir ses perversions sur les enfants de Nancy avant de les tuer.

Heureusement, par un concours de circonstances inespéré, le kidnappeur est démasqué et, cette fois, il n'échappera pas à la mort.

Prologue

Un vent du soir chargé d'humidité se glissait par les joints usés des vitres. À peine quelques années plus tôt, l'idée d'un courant d'air dans cette pièce – sa chambre d'enfant – eût été impensable. Attentive au moindre détail, sa mère aurait aussitôt réagi à la plus petite imperfection de la maison, surtout si celle-ci affectait le confort d'une personne dormant sous son toit. Et son père, agent immobilier réputé de Cape Cod, était devenu un bricoleur de premier ordre au cours des années, offrant volontiers ses services à ses clients. Pourtant il n'y avait pas que les joints des fenêtres qui s'étaient fissurés dans la famille Eldredge.

Incapable de trouver le sommeil, Melissa sortit de son lit, enfila ses pantoufles et alla silencieusement à la fenêtre, soucieuse de ne réveiller personne dans la maison. Après avoir fermé les rideaux, elle prit une couverture en haut de l'armoire, l'étendit sur le lit et entra un mémo dans son téléphone portable : trouver quelqu'un pour vérifier l'état de la maison avant de repartir pour

New York, au cas où elle parviendrait à convaincre sa mère de vendre.

Elle allait reposer son téléphone sur la table de nuit quand elle reçut un texto. *Tu es couchée ?*

Elle sourit. Elle était heureuse à l'idée d'entendre tous les jours la voix réconfortante de Charlie. *Pas encore*, répondit-elle.

Tous les deux voyageaient beaucoup pour leur travail, mais il ne manquait jamais de prendre de ses nouvelles le matin au réveil et le soir avant de se coucher. *Pas d'anicroches cette fois-ci ?*

Il faisait allusion à la « stupide petite querelle » de la veille entre frère et sœur, comme l'avait qualifiée sa mère avec optimisme. Son frère Mike était saisonnier, et c'était la première fois qu'il revenait aux États-Unis depuis l'enterrement. Melissa s'était rendue à Cape Cod pour l'accueillir. *Tout le monde s'est bien comporté. Nous sommes allés ensemble sur la tombe.*

Situé sur la route qui menait à l'église Notre-Dame du Cap, l'ancien cimetière était le motif du tableau accroché au-dessus du piano dans le salon. C'était l'une des nombreuses œuvres d'art qui ornaient les murs couleur crème de la maison. Quand sa mère avait peint ce triste alignement de pierres tombales, plus de quarante ans auparavant, elle n'imaginait sans doute pas qu'elle y enterrerait un jour son mari.

Melissa revit Mike cet après-midi-là devant la tombe de leur père, serrant la main de leur mère et la sienne. Ils formaient encore une famille, malgré tout. *La famille reste la famille*, se dit Melissa.

Jusqu'à ce qu'elle entame une thérapie de deuil, elle n'avait jamais émis la moindre critique à leur égard. Chaque fois que surgissait le sujet des Eldredge – et de ce qui s'était passé jadis – elle se taisait, mais on lui avait dit que parler de son enfance était une part essentielle de la thérapie. Néanmoins elle se sentait parfois coupable, craignant de mentionner trop souvent au cours des séances les petits accrochages qui avaient marqué la vie de la famille au détriment des moments heureux. Aujourd'hui, devant la tombe, elle avait oublié toutes les tensions passées et s'était sentie une fois de plus reconnaissante de la vie merveilleuse que ses parents lui avaient offerte.

Des points apparurent sur l'écran, signe que Charlie envoyait un nouveau texto. *À propos de famille, t'ai-je assez dit combien j'avais hâte que tu sois ma femme ? Plus que deux mois d'attente.*

Il lui avait demandé sa main seulement deux semaines plus tôt, et elle avait dit oui aussitôt. C'est la mère de Melissa qui avait proposé que le mariage ait lieu le jour du premier anniversaire de la mort de son père, même si cela les obligeait à de très courtes fiançailles. La cérémonie serait elle aussi réduite au strict minimum – les fiancés, la famille proche, et quelques amis.

Elle répondit en souriant, comme chaque fois qu'elle pensait à son avenir avec lui. *Je comptais attendre demain pour t'en parler, mais je suis passée aujourd'hui devant une charmante petite exploitation viticole. Je sais que nous voulions nous contenter de la mairie, mais qui sait…* ? Elle envoya le message après avoir inclus en pièces jointes les photos qu'elle avait prises à leur retour du cimetière.

À peine quelques secondes plus tard, son téléphone sonna. Un appel sur FaceTime de Charlie. « Salut, toi ! » lança-t-elle gaiement en voyant son visage se dessiner à l'écran, avec ses cheveux bruns coupés court et ses yeux bleus. Aujourd'hui, une barbe naissante soulignait sa mâchoire carrée.

« Trop de textos, dit-il. Si nous parlons des détails du mariage, j'aimerais au moins voir ma fiancée.

– Tu as vu les photos ?

– Oui, et l'endroit est absolument parfait. La vue est incroyable !

– Mais nous avions décidé qu'il n'y aurait pas de cérémonie, un simple mariage à la mairie.

– C'est *toi* qui y tenais. »

Il n'y a pas si longtemps, Melissa avait rêvé d'un grand mariage, avec réception dans un endroit chic de New York – peut-être le Loeb Boathouse dans Central Park ou le Rainbow Room, avec vue sur le Rockefeller Center. Mais un autre homme l'attendait devant l'autel où elle se voyait alors s'avancer au bras de son père. Elle ne devait pas transposer ses anciens fantasmes dans une nouvelle relation. Et pourtant il existait peut-être un compromis entre un mariage de conte de fées et une simple signature devant monsieur le maire. Une petite fête à Cape Cod au milieu des vignes, par exemple.

« Mais nous avons déjà communiqué la date à tout le monde. Et dit que le mariage aurait lieu à New York. »

Il lui adressa son sourire irrésistible. « *À tout le monde* ? C'est-à-dire… six personnes… qui t'adorent et se plieraient en quatre pour être présentes lors de ce grand jour. *Notre* grand jour. »

Six invités ? En comptant la sœur de Charlie alors, espéra Melissa, même si Rachel Miller ne faisait certainement pas partie de ceux ou celles qui « adoraient » Melissa. C'était à contrecœur que Rachel avait accepté de rencontrer Melissa, deux fois seulement, et elle avait apparemment vu rouge lorsque Charlie l'avait mise au courant de ses fiançailles, déclarant que son frère s'engageait beaucoup trop vite dans une nouvelle relation. « Rachel acceptera peut-être de venir, dit Melissa.

– Peut-être, peut-être pas. De toute façon nous allons nous marier et nous irons dans cet endroit de rêve que tu as déniché. C'est décidé. Réservons.

– Tu es sûr ?

– Certain. Donne-moi le nom de l'hôtel, je téléphonerai dès demain matin pour les détails. » Et elle sut aussitôt que c'était chose faite. C'était une des innombrables qualités qu'elle aimait tant chez Charlie, sa façon d'aller de l'avant, toujours prêt à la soulager des corvées afin qu'elle puisse se consacrer à d'autres tâches. « Oh, il y a quelqu'un qui veut te dire bonjour. »

Charlie tourna vers le bas l'écran de son portable et elle vit un petit visage aux joues rebondies qui levait les yeux vers elle. Les cheveux blonds de Riley étaient embroussaillés comme si elle sortait à peine de son lit. Au fond, Melissa aperçut une quantité de cartons empilés sur le sol de la cuisine. Ils commençaient tout juste à se préparer au déménagement. Charlie et Riley allaient s'installer chez elle.

« COUCOU, MISSA ! » Cela ressemblait presque à *Missy*, son surnom jusqu'au jour où, en primaire, elle avait brusquement annoncé qu'elle voulait qu'on l'appelle Melissa. Riley souriait jusqu'aux oreilles. « Tu nous manques ! » À l'arrière, hors champ, Charlie demanda à Riley de lui envoyer un baiser. Elle pressa sa petite main potelée contre sa bouche. Pas mal pour une enfant qui n'avait pas encore trois ans.

« Tu me manques aussi, chérie. Mais je serai à New York dans deux jours. »

Sa future petite belle-fille forma un V avec deux doigts. « Deux, comme moi !

– Sauf que c'est deux jours, pas deux ans.

– Je sais. » Elle tourna le dos à la caméra et partit en trottinant.

« Drôle de petit numéro, dit Melissa lorsque Charlie réapparut à l'écran.

– Elle a la capacité d'attention d'une enfant de deux ans, répondit-il en secouant la tête. Et par-dessus le marché, tu es en concurrence avec sa nouvelle cabane Peppa Pig.

– Comment t'a-t-elle convaincu de la laisser veiller si tard ?

– Elle s'est couchée juste après dîner mais a réapparu en disant qu'elle entendait des bruits. J'ai décidé de la laisser jouer un peu pendant que je finissais de travailler.

– On se rappelle demain ?

– Bien sûr. Et tous les matins qui suivront. »

Leur conversation terminée, elle s'obligea à répondre à trois e-mails envoyés par un avocat du genre obstiné qui ne semblait pas comprendre le sens d'un message d'absence, et finit par éteindre la lampe de chevet. Elle ferma les yeux, s'imaginant debout à côté de Charlie. Portant la longue robe dos nu en soie blanche choisie la semaine précédente chez Bloomingdale. Lui arbore le costume de lin beige qu'elle a jugé parfait pour un mariage estival, même à la mairie. Ils échangent un baiser après avoir prononcé le « oui » traditionnel sous une pergola décorée de lumières blanches. Riley court vers eux, des roses piquées dans ses cheveux, sa robe de tulle rose volant à chaque pas.

Elle aperçoit une balançoire sur la pelouse, s'installe sur le siège, prenant soin de ne pas coincer sa robe dans les chaînes. « Pousse-moi très haut ! » Elle rit, émet des petits cris, un large sourire lui plisse le nez. « Plus haut, Missa, plus haut ! » Elle s'envole si loin qu'elle pourrait monter jusqu'au ciel avec ses nuages roses. Ses cris de joie s'atténuent tandis que ralentit le rythme du balancement. « S'il te plaît, Missa, ne t'arrête pas. » Mais après trois poussées inutiles, la balançoire s'immobilise. Au moment où elle tourne la tête et s'apprête à dire « encore », elle sent un pincement au dos de sa petite main. Elle baisse les yeux, voit une moufle rouge qui tient la chaîne de la balançoire, avec la tête souriante d'un chaton cousue sur le dessus. Pourquoi porte-t-elle des moufles en été ? Elle n'a pas le temps de répondre, sent qu'elle bascule en avant, emportée par son poids. Son corps – si petit mais soudain si lourd – est saisi par quelqu'un. Quelqu'un.

Dans son rêve, elle est réveillée par le bruit d'une fermeture éclair. Quelqu'un ouvre son blouson. Elle a les narines pleines d'une odeur de talc et de sueur. On lui ôte maladroitement son pull-over par-dessus la tête, son maillot de corps vient avec. Elle s'agite, cligne des yeux. « Maman. Maman… »

Quand Melissa se réveilla enfin, elle se trouvait dans son lit d'autrefois, sans savoir si le cri qui résonnait encore dans sa gorge et à ses oreilles était réel ou faisait partie du cauchemar. La maison était silencieuse, hormis le bruit des vagues se brisant sur la plage. Sa nuque était humide de transpiration et, pendant une seconde, elle crut déceler une faible odeur de talc.

La fillette sur la balançoire n'était pas Riley. C'était Missy à trois ans, et c'était le rêve le plus réaliste qu'elle ait jamais fait. Après quarante ans d'efforts et alors qu'un avenir heureux s'ouvrait enfin devant elle, le souvenir revenait la hanter. *Non,* implora-t-elle en silence. *Faites que ça s'arrête. Je ne veux pas savoir. Je ne veux pas être cette enfant.*

Elle se redressa brusquement, couverte d'une sueur froide. Son réveil indiquait deux heures et demie du matin. Ça recommençait. Les cauchemars. Encore pires.

1

Deux mois plus tard

NANCY descendit l'escalier en fixant avec soin le fermoir des pendants d'oreilles en or et perle qu'elle avait choisis pour mettre la touche finale à sa tenue. Elle portait une robe-tunique simple sans être austère, dont le bleu roi faisait ressortir la couleur de ses yeux. Cette nuance vive était ce que Ray appelait sa « marque de fabrique ». La broderie scintillante qui ornait son décolleté donnait à l'ensemble un air plus festif que ce qu'elle portait habituellement.

Au rez-de-chaussée, vêtue d'une robe de chambre duveteuse, de gros bigoudis dans les cheveux, Melissa buvait un café à la table de la cuisine, sa belle-fille, Riley, somnolant sur ses genoux. Elle occupait la chaise la plus proche de la fenêtre, à l'endroit qu'enfant, une fois devenue trop grande pour prendre ses repas dans la chaise haute, elle avait décrété être son « préféré ». Elle posa son mug et refréna une exclamation admirative. « Regardez-moi ça ! La mère de la mariée n'est pourtant pas censée être la femme la plus sexy de la pièce ! »

Nancy fronça le nez et secoua la tête. « Ne te moque pas de moi. Et tu ne devrais pas parler comme ça devant ce petit ange. » Elle se pencha et déposa un baiser sur la tête de Riley, dont elle nota la tiédeur et l'odeur de shampoing pour bébé.

Riley leva vers elle des yeux ensommeillés et lui fit un grand sourire. « Bonjour Grand-Nan. Tu es jolie. » Nancy espérait que le nom que Riley lui avait attribué, Grand-Nan, ne changerait jamais.

Elle veut dire que tu es sexy, articula Melissa en silence pendant que Riley regardait ailleurs.

Nancy remarqua que Melissa aussi était particulièrement jolie ce jour-là, et pas seulement grâce au maquillage qu'elle avait déjà appliqué sur son visage d'une main experte. Elle rayonnait presque de bonheur. « Tu as réussi à dormir cette nuit ? » Sa mère avait trouvé l'air fatigué à Melissa lors de ses deux dernières visites à Cape Cod, et celle-ci lui avait expliqué qu'elle dormait mal. Nancy craignait parfois que son ambitieuse petite fille ne s'épuise au travail.

« Comme un bébé. Merci. »

Après toutes ces années, Nancy parvenait enfin à confiner ses pensées à l'instant présent. Il lui arrivait encore de se perdre dans ses souvenirs, de se revoir quarante ans plus tôt. Mais elle s'était efforcée de vivre un jour après l'autre… sans regarder en arrière ni tenter de prédire l'avenir. Et cela avait fini par payer, dans les grandes lignes au moins. Elle était désormais âgée de soixante-douze ans et pendant plus de la moitié de sa vie elle avait été plus heureuse et chanceuse qu'elle ne l'aurait espéré. Lorsque de sombres souvenirs du passé remontaient malgré tout à la surface, ils frappaient complètement au hasard ou alors, comme aujourd'hui, à des moments qui faisaient écho à sa vie.

Un mariage. Le mariage de sa fille. Un nouveau gendre, dévoué à Melissa, et une adorable petite fille à aimer et élever. C'était un moment de joie. Et pourtant...

Le passé ne disparaît jamais. Un mariage. Ses pensées dérivèrent non vers le grand jour de Melissa, ni vers sa propre union avec son bien-aimé Ray, mais vers l'autre mariage qui avait changé le cours de sa vie. Nancy se sentait rarement vieille. Pourtant, s'être mariée une première fois à l'âge de dix-huit ans, quand elle était encore étudiante et en première année de fac, lui semblait presque invraisemblable aujourd'hui, sans parler du cauchemar qui avait suivi. Elle avait absolument voulu porter du blanc pour la cérémonie qu'ils avaient organisée à la hâte après la mort de sa mère chérie. Nancy ne possédait qu'une robe blanche, en laine, qui ferait l'affaire étant donné la simplicité de ce qu'ils avaient prévu. Et puis elle avait vu la tache de graisse inexpliquée sur la manche. Si seulement, à ce moment-là, elle avait fait le lien avec l'accident de voiture de sa mère ! Alors elle n'aurait pas épousé Carl Harmon et ne pleurerait pas la mort de ses deux premiers enfants, Peter et Lisa, depuis toutes ces années.

Un bruit de pas dévalant les marches la tira de ses pensées. Son fils, Mike, vêtu d'un costume bleu marine à la coupe impeccable agrémenté d'une cravate en soie ornée de bateaux à voile, avait l'air satisfait de son sprint dans l'escalier. « C'est comme le vélo ! » déclara-t-il, levant les bras tel un gymnaste qui aurait exécuté la réception parfaite.

La maison était un authentique témoin du style Old Cape, aux marches si hautes que les escaliers paraissaient presque verticaux. Ray disait toujours que les vieux colons devaient avoir du sang de chamois dans les veines, vu la façon dont ils construisaient leurs escaliers.

« Waouh, maman, tu es superbe !

– Tu n'es pas mal non plus.

– C'est vrai, tu es très chic, reconnut Melissa. Mais tu n'avais pas besoin de dépenser une fortune pour un costume. On ne se marie pas pour faire marcher le commerce.

– Je l'avais déjà, ce costume, sœurette. J'en ai même deux. Je suis un skippeur, pas un crétin. »

Quarante ans plus tôt, Nancy croyait connaître ses enfants par cœur. Michael, si organisé, était celui des deux qui non seulement suivait les consignes à la lettre et sans rechigner, mais expliquait aux autres enfants qu'ils devaient faire de même. Tout le contraire de sa petite sœur, Missy, qui se débrouillait toujours pour rentrer à la maison avec un pantalon déchiré, pleurant la perte de la peluche adorée qu'elle avait choisi d'emporter dans sa dernière quête d'aventure.

Avec le recul, Nancy n'arrivait pas à croire qu'elle s'était trompée à ce point. Missy, sa petite sauvageonne, s'était muée en Melissa, star de la faculté de droit, devenue procureure et fervente partisane de ce qu'elle appelait une justice pénale de bon sens. Pas plus tard que la veille au soir, ils avaient levé leur verre non seulement à l'heureux couple, mais aussi pour fêter l'arrivée du podcast de Melissa dans la liste des cent plus écoutés sur iTunes. De son côté, Michael, autrefois sérieux et soucieux, n'avait tenu que trois semestres à l'université avant de filer dans les Caraïbes pour « prendre le large pendant quelques années ». Il était maintenant skippeur à Saint-Martin, où tout le monde l'appelait Mike ou Mikey.

Même physiquement, ils étaient devenus différents. Mike était bronzé, sec et musclé par rapport à Melissa, qui avait une peau d'albâtre et des fossettes aux joues. Si les cheveux blonds de Mike avaient foncé à l'adolescence, Melissa avait toujours les mêmes boucles blond vénitien, semblables aux cheveux de Nancy jusqu'à ce qu'elle emménage à Cape Cod et change d'apparence et de nom. Aujourd'hui, Nancy n'était ni rousse ni brune et, selon son coiffeur, son carré argenté soigneusement entretenu lui donnait « un port de reine ».

Mike sortit son téléphone de la poche avant de son pantalon et prit une photo de Melissa, qui leva une main protectrice comme si elle repoussait des paparazzis.

« Nooon. J'ai l'air ridicule !

– Ta dernière photo en tant que célibataire. Les bigoudis sont à croquer, dit-il en tournant l'écran vers elle. Tu devrais la publier sur les réseaux sociaux. Tes milliers de followers extatiques adoreront. »

Nancy se prépara mentalement à une énième chamaillerie entre frère et sœur. Melissa prendrait-elle cette remarque comme une critique de sa popularité croissante ? Était-ce réellement ce que Mike avait voulu dire ? Nancy refusait de prendre parti et voulait uniquement qu'ils s'aiment comme ils s'aimaient lorsqu'ils étaient enfants.

« Tu sais quoi ? dit Melissa en faisant glisser Riley de ses genoux. C'est exactement ce que je vais faire ! Merci. Mais d'abord, il faut que je rentre dans ma robe. Parce que ça y est, c'est le grand jour !

– Pour toi et papa, ajouta Riley avec un gloussement. Il est *do-hors*. Je peux y aller ? » Dans le langage qu'ils appelaient affectueusement le « Rileysien », elle modifiait la prononciation de certains mots, et *dehors* était devenu « do-hors ». Charlie n'avait pas passé les deux nuits précédentes dehors, mais dans la maison d'amis, afin de ne pas voir la future mariée juste avant la cérémonie. Ray et Nancy avaient fait construire la dépendance pendant que Melissa était à l'université. Ils s'étaient dit qu'ils auraient besoin de plus d'espace quand les enfants se marieraient et fonderaient leur propre famille. Et voilà que cela arrivait enfin, au moins pour Melissa.

« Bien sûr », dit Melissa. Elle se leva et embrassa rapidement sa future belle-fille avant de lui ouvrir la porte. « Dis à ton papa que j'ai hâte.

– J'aurais bien aimé que maman soit là aussi. Elle me manque. »

Nancy vit le visage de sa fille se décomposer un bref instant, comme chaque fois que Riley évoquait sa mère. La première femme de Charlie, Linda, s'était noyée en Europe pendant les premières et uniques vacances qu'ils avaient prises après la naissance du bébé. Riley était trop jeune pour comprendre le lien entre la mort de sa mère et le rôle que Melissa jouait désormais dans sa vie.

Nancy regarda sa fille poser doucement la main sur la tête de Riley. « Je sais ma puce. Nous aimerions tous qu'elle soit à nos côtés.

– J'ai demandé, mais elle peut pas. »

Une fois Riley sortie, Melissa expliqua : « D'après Neil, il est complètement normal pour un enfant qui a perdu un parent d'imaginer qu'il communique avec lui. Il est même possible que Riley rêve de sa mère. C'est un moyen de se souvenir d'elle. »

Neil Keeney était un ami d'enfance de Mike et Melissa, un voisin dont ils étaient restés proches. Il était aujourd'hui psychiatre, un psychiatre réputé, et exerçait à New York. S'il disait qu'il n'y avait pas de quoi s'inquiéter, Nancy le croyait. Mais elle voyait bien que Melissa aurait voulu pouvoir atténuer la douleur de l'enfant.

« Eh bien, la personne qui *devrait* être présente aujourd'hui pour ton mari, c'est sa sœur », déclara Nancy d'un ton tranchant. Melissa avait pourtant essayé de tendre la main à Rachel, la suppliant d'être là pour soutenir son frère et sa nièce, à défaut de se réjouir du mariage.

Melissa se dirigea vers l'escalier, balayant d'un geste la remarque de sa mère. « Ne me lance pas sur le sujet. Je compte occuper le terrain très longtemps, il faudra bien qu'elle s'y fasse. Nous ne laisserons pas sa décision gâcher notre journée. »

Nancy suivit Riley des yeux jusqu'à ce que celle-ci atteigne la porte vitrée coulissante de la maison d'amis. Tant qu'elle vivrait, elle ne pourrait jamais s'empêcher de surveiller les enfants avec autant de vigilance qu'un agent des services secrets. Elle sourit intérieurement quand Charlie, tout en nouant sa cravate, ouvrit la porte pour accueillir sa fille. Il adressa un signe de la main à Nancy avant de prendre Riley dans ses bras et de la caler sur sa hanche. C'était quelqu'un de bien – gentil, loyal, bienveillant. Comme l'était son mari, Ray.

Melissa monta à l'étage et Mike alluma la chaîne sportive dans le salon. Nancy prit alors un moment pour savourer le fait d'avoir sa famille au complet dans cette maison, et deux nouveaux venus. Elle se souvenait encore du sentiment paisible et accueillant que cet endroit lui avait inspiré quand elle l'avait vu pour la première fois. Elle avait alors vingt-cinq ans et cherchait un lieu où repartir de zéro. Ray était agent immobilier et c'est lui qui l'avait aidée à trouver une location. « Cape Cod est l'endroit qu'il vous faut si vous voulez avoir la paix, avait-il dit. Mais que vous vous promeniez sur la plage, que vous admiriez le coucher de soleil ou que vous regardiez simplement par la fenêtre, ici, jamais la solitude ne vous pèsera. »

À l'instant où Ray lui avait fait visiter cette maison, elle avait su qu'elle resterait. La pièce qui faisait office à la fois de salle à manger et de salle de séjour occupait l'ancienne salle commune, qui constituait jadis le cœur du foyer. Elle avait aimé le rocking-chair placé devant la cheminée et la façon dont la table était disposée devant les fenêtres, afin que l'on puisse prendre ses repas en contemplant le port et la baie en contrebas. Et puis après leur mariage, Ray s'était arrangé pour qu'ils achètent la maison, parce qu'il savait qu'elle en aimait chaque recoin.

Cela faisait maintenant un an qu'en se réveillant un matin elle l'avait trouvé mort à côté d'elle. D'après leur médecin, Ray n'avait pas souffert. « Je t'aime tellement », c'étaient les dernières paroles qu'il avait dites à Nancy en se mettant au lit, sans se douter que ce serait la dernière nuit qu'ils passeraient ensemble. Les souvenirs liés à cette maison leur appartenaient à tous les deux.

Quand elle s'adressa à elle à voix haute, il n'y avait plus personne pour l'entendre. « Tu vas me manquer, ma vieille ! »

Peut-être Riley n'était-elle pas la seule à parler aux fantômes.

2

CERTAINS MATINS Jayden Kennedy traversait à vélo le pont couvert du village, puis continuait le long de l'Housatonic jusqu'au seul café de ce coin perdu du Connecticut qui vendait les journaux du jour. Ou bien il sautait dans sa voiture électrique et se rendait au snack-bar de Sharon, la ville voisine, où il parcourait les pages du *New York Times*, du *Wall Street Journal* et du *New York Post* en dégustant les meilleurs pancakes aux myrtilles de toute la région. Sa fringale de nouvelles et de culture pop à la télévision était tout aussi variée. Il croyait sincèrement que pour s'approcher au plus près de la vérité objective il était nécessaire de lire, d'écouter et d'essayer de comprendre le maximum de points de vue.

C'était un jour parfait pour les pancakes – pas d'appels de l'étranger sur Zoom, pas de fluctuations de la Bourse. En outre, après sa double séance de yoga la veille, il n'avait aucun besoin de s'infliger un surplus d'exercice. Le dimanche était un jour où l'on pouvait s'accorder quelques satisfactions.

Pour certaines personnes – le genre que Jayden avait fui en se fixant à West Cornwall dans le Connecticut – la satisfaction signifiait quelque chose d'entièrement différent : un loft dans un gratte-ciel, un jet privé, des costumes sur mesure. Jayden avait dit adieu à tout ça en abandonnant son job à Wall Street deux ans plus tôt pour partir vivre à la campagne. Il était presque totalement autonome, avec des panneaux solaires qui lui permettaient de se chauffer et de recharger les batteries de sa voiture. Un réservoir de gaz de taille raisonnable était prévu en cas de panne.

Ces temps-ci, les plaisirs de Jayden étaient simples : passer du temps loin des écrans, écouter des podcasts d'affaires criminelles – c'était devenu une véritable addiction –, apprécier un bon repas et lire de bons vieux journaux traditionnels imprimés sur papier. Il prit une profonde inspiration, tentant de trouver un minimum d'intérêt à une tribune libre particulièrement stupide. Les journaux avaient une odeur de poussière, légèrement amère. En tournant les pages, l'impression d'avoir touché de la craie lui resta au bout des doigts.

Jayden se rendait compte qu'il correspondait en partie aux stéréotypes de sa génération. Il réglait ses achats avec son smartphone plutôt qu'avec sa carte de crédit. Vivait rivé à son écran d'ordinateur. Ne jurait que par ses panneaux solaires et sa voiture électrique. Pratiquait le yoga. Il lui arrivait même de se faire un chignon, le fameux man-bun, quand il n'avait pas le temps d'aller chez le coiffeur. Et surtout – comme ses parents aimaient à le rappeler – il avait décidé de quitter un job à plus de 100 000 dollars après s'être endetté d'un quart de million pour payer son inscription dans une université réputée, uniquement parce que ce genre d'existence ne lui convenait pas.

Contrairement à celle qu'il menait maintenant dans le Connecticut, avec ses plaisirs simples. Sa petite amie, Julie, avait comme lui quitté New York, abandonnant son poste d'assistante dans une émission de téléréalité pour la gestion d'une petite boutique d'antiquités rétro à Millerton. Julie gagnait un salaire modeste mais garanti et habitait, moyennant un loyer de pure forme et la surveillance de leur résidence quand ils étaient en voyage, la maison d'amis d'un couple âgé.

Mais la vie hors des sentiers battus choisie par Jayden devenait plus précaire. Il avait mis la plus grande partie de ses économies dans l'apport initial requis lors de l'achat de sa maison, puis emprunté le maximum possible quand les taux d'intérêt étaient bas et qu'il pouvait encore faire état d'un salaire à Wall Street. Il y avait aussi le leasing de sa voiture. Et bien sûr ses prêts étudiant. Les revenus venant de son activité de trader consultant et de « conseil en responsabilité sociétale » auprès d'un nombre croissant d'entreprises n'étaient pas négligeables, mais insuffisants pour lui permettre de cocher toutes les cases.

L'inquiétude qui ne le quittait jamais commençait à perturber les joies que lui procuraient les journaux et les pancakes, quand son téléphone portable émit un bip. L'écran signalait un message provenant de l'appli Domiluxe. Son fondateur, qui avait un an de moins que Jayden, avait lui aussi fait ses études à Yale. La notice d'information concernant la prochaine introduction en Bourse de Domiluxe décrivait une application destinée au « public le plus exigeant, propriétaires ou locataires, concerné par la location temporaire haut de gamme sur Internet – associant luxe cinq étoiles et une complète discrétion ». En dépit de phrases ronflantes, elle ne se distinguait pas vraiment des autres applications du même type, à trois différences près : un « consultant esthétique » chargé d'approuver les photos de la maison ou de l'appartement proposé ; une caution et un prix beaucoup plus élevés ; et, plus important, la garantie d'un total anonymat. Propriétaires et locataires pouvaient choisir de ne pas divulguer leur identité, et – proposition révolutionnaire selon les professionnels – Domiluxe acceptait des paiements en bitcoin ou autre monnaie numérique. Si Jayden aurait pu citer sans peine tous les avantages légitimes qui pouvaient pousser les clients à utiliser un service comme Domiluxe, il était certain néanmoins que l'optimisation et l'évasion fiscales devaient aller bon train. Plus d'un client pourrait aussi de cette façon cacher les frais d'une location à ses proches, par exemple une épouse.

Il ouvrit le nouveau message. Il provenait d'« Helen », probablement un nom d'emprunt, avec qui il avait déjà eu plusieurs échanges. Elle n'était pas encore sûre de ses dates d'arrivée et de départ, mais recherchait « une retraite pittoresque, calme, ABSOLUMENT PRIVÉE, loin du tohu-bohu de la foule ». C'était l'utilisation des capitales qui avait amené Jayden à penser qu'Helen était vraisemblablement un homme cherchant un lieu secret pour le partager avec une personne dont il ne voulait pas dévoiler l'existence. Jayden n'approuvait pas l'infidélité, mais il devait aussi payer ses factures, et les sites de location classiques ne lui assuraient pas des revenus suffisants pour combler son déficit.

Le message d'Helen confirmait qu'elle était toujours intéressée par la maison, mais désirait en connaître l'adresse exacte et y jeter un coup d'œil virtuel sur une carte satellite avant de s'engager.

Jayden fut tenté d'envoyer un texto à son camarade d'université pour lui dire qu'il avait déjà repéré une faille dans la confidentialité absolue promise par sa société, mais il préféra taper son adresse. Une fois le message envoyé, il demanda l'addition à Clarissa, sa serveuse favorite, puis envoya un autre texto à Julie pour savoir si elle voulait continuer à regarder leur série préférée ce soir-là et si elle était « absolument sûre » d'accepter qu'il s'installe chez elle pendant qu'il louait sa maison.

Elle répondit aussitôt : *100 % sûre. On aura l'impression de camper.* Elle ajouta un émoji représentant une tente, suivi de trois cœurs. Il ne voulait pas qu'elle s'imagine qu'il ferait toujours appel à elle, mais le « peut-être pendant un mois » qu'avait suggéré Helen dans son précédent message pourrait lui rapporter assez d'argent pour rembourser son emprunt pendant presque un an.

Il se dirigeait vers sa voiture, sa liasse de journaux sous le bras, quand son téléphone sonna à nouveau. C'était Helen. *Je viens de regarder l'emplacement de la propriété sur la carte satellite. C'est quoi cette structure métallique derrière la maison ?*

Oh bon sang, se dit-il. *Je vais perdre une affaire en or à cause de cette vieille balançoire rouillée dans les bois, que je n'ai jamais pris la peine de faire enlever.*

Le « consultant esthétique » du site n'avait pas demandé de photos de l'environnement immédiat de la maison avant d'accepter son inscription sur leur liste.

Il jeta ses journaux sur le siège du passager et tapa une réponse : *C'est une balançoire. Réservée aux enfants, sinon vous vous retrouverez par terre ! Elle se trouve à une cinquantaine de mètres de la maison. Je peux l'enlever si elle vous gêne.*

Il démarra, se demandant si son ton n'avait pas été trop désinvolte, mais reçut un nouveau message d'Helen.

C'est parfait.

Il ne savait pas comment interpréter la réponse et s'apprêtait à demander des éclaircissements quand un autre message lui parvint. *Je veux dire, aucun besoin de changer quoi que ce soit. Votre maison correspond exactement à mes besoins. Vous contacterai bientôt avec une date d'arrivée.*

Jayden avait appris à faire confiance à son instinct ; il était certain qu'Helen allait conclure. Ce n'était qu'une question de temps.

3

MIKE ELDREDGE ouvrit la portière du SUV mais resta là sans bouger, incapable de chasser l'inquiétude qui le taraudait comme une mauvaise rage de dents. Que se passait-il ? Il ressentait toujours un malaise en compagnie de sa sœur, qui refusait de reconnaître ce qu'ils avaient vécu enfants et les séquelles qu'ils en subissaient. Mais là, c'était plus qu'un malaise.

Il avait été agréablement surpris quand, l'année précédente, sur le conseil de son amie Katie, Melissa avait entamé une thérapie pour surmonter le chagrin causé par la mort de leur père. Un bon thérapeute l'obligerait à parler de son enfance, et comment parlerait-elle de son enfance sans affronter la vérité sur Carl Harmon, un nom qu'elle refusait toujours de prononcer, un nom qui la poussait à quitter la pièce s'il osait l'évoquer devant elle ? Mais quand il avait commis l'erreur d'aborder le sujet, elle avait rétorqué : « J'aurais vraiment préféré que maman garde ça pour elle. » Mike en avait conclu qu'elle ne s'investissait pas réellement. Elle suivrait quelques séances, juste assez pour se convaincre qu'elle allait parfaitement bien, et abandonnerait sans avoir mené le travail à son terme. C'est pourquoi elle ne voulait pas que Mike soit au courant.

Trois mois plus tard, sa mère lui apprit que Melissa continuait sa thérapie, mais aussi qu'elle s'était trouvé un petit ami. Veuf, père célibataire. Géologue, apparemment. Et ils parlaient déjà mariage. C'était sans doute plus facile d'épouser le premier venu que de mettre au jour les émotions enfouies sous une carapace toujours plus épaisse.

Voilà d'où venait l'inquiétude qui le taraudait. C'était un mauvais pressentiment. *Le bonheur est un choix*, aimait répéter sa sœur. Dès le début, il avait su qu'elle faisait cette thérapie pour de mauvaises raisons. Au lieu de pleurer leur père, elle essayait de contrôler son chagrin, comme elle contrôlait tous les aspects de son existence. En trouvant la bonne formule, en franchissant les bonnes étapes, elle serait à nouveau « heureuse » – insouciante, sereine.

Pour Mike, ce n'était pas ça le bonheur. Le bonheur exigeait de l'honnêteté. Le bonheur pouvait être compliqué, douloureux même. Sans douleur, comment apprécier l'absence de douleur ? Sans peur, comment connaître la sérénité ? Seulement, Melissa voulait vivre dans sa bulle, où elle maîtrisait tout et chassait d'un revers de main la moindre émotion importune, ce qu'elle appelait des « simagrées ». Était-ce pour cela qu'elle épousait un homme rencontré seulement dix mois plus tôt ? Pour se convaincre qu'elle était heureuse ?

« Allô, Michael ? Ici la Terre. » Mike sursauta et leva les yeux. Sa mère l'attendait.

En descendant de voiture, il aperçut Melissa qui traversait la pelouse en direction de deux silhouettes un peu plus loin. Neil Keeney et sa femme, Amanda, qui s'extasiait sur la robe de Melissa.

« On dirait que Mik-eil est de retour ! lança Nancy. Il faut que je rentre vérifier que tout est prêt pour la cérémonie, mais toi, va voir tes amis. »

Enfant, Neil Keeney prêtait peu d'attention à la petite Missy. C'était Mike son ami. Ils étaient inséparables, au point que la mère de Neil, Ellen, avait réuni leurs deux prénoms pour les baptiser « Mik-eil ».

Puis Melissa avait été acceptée à Columbia. Elle avait emménagé à New York, dans le quartier où habitait Neil, qui, lui, suivait les cours de la faculté de médecine Albert-Einstein pour devenir psychiatre. Aujourd'hui, Neil et sa femme étaient les plus proches amis de Melissa et n'avaient jamais pris au mot les invitations répétées de Mike à lui rendre visite dans le petit coin de paradis où il s'était installé.

Melissa et son frère s'étaient disputés la veille, lorsqu'il lui avait demandé si elle était certaine de vouloir se marier. Les mots qu'elle lui avait assénés résonnaient encore à ses oreilles : *Tu sais Mike, parfois je me demande si tu n'es pas jaloux. Mêle-toi de tes affaires et laisse-moi vivre ma vie.* Elle n'avait peut-être pas tout à fait tort.

Quand il se joignit au petit groupe, il crut percevoir un bref silence gêné. Était-ce le fruit de son imagination ?

« Salut, content de te voir, vieux. Tu as l'air en forme. » Neil avança le poing pour le saluer, tandis qu'Amanda l'embrassait sur la joue.

Amanda avait de l'allure, beaucoup d'allure même. Elle aurait pu être mannequin, mais elle était inspectrice au NYPD, le département de police de New York. « Toujours aussi bronzé, lança-t-elle. Je suis jalouse. »

Perchée sur ses hauts talons, elle dépassait Neil de plus de dix centimètres. Mike revoyait son ami, enfant, se laisser pendre de tout son poids aux barres de traction du parc dans l'espoir de gagner quelques centimètres. Sa mère ne manquait jamais de lui rappeler que son père, ses frères et son oncle étaient tous grands. *Sois patient.*

« Vous êtes toujours les bienvenus à Saint-Martin, dit Mike. Je navigue sur un catamaran de treize mètres maintenant. Il fend les vagues comme un fil à couper le beurre.

– C'est tentant, dit Amanda. Cet hiver peut-être. Neil ? J'ai pas mal de congés au NYPD. »

Neil fit oui de la tête, émit un « Peut-être » qui voulait dire *T'es pas près de nous voir débarquer*, et changea de sujet. « La petite Missy se marie. Tu le crois ça ?

– Hum... », fit Mike. Comment trouver les mots justes ? Il ne comptait pas mentir, mais il ne voulait pas non plus faire de vagues au mariage de sa sœur, qu'il semblait être apparemment le seul à considérer comme une erreur. « Oui, ma petite sœur se fait passer la bague au doigt. Sans toi,

Neil, elle ne serait même pas là. Si tu n'avais pas reconnu Carl… »

Trois paires d'yeux réprobateurs se tournèrent vers lui. « Vraiment, Mike ? Il faut que tu parles de ça maintenant ? » soupira Melissa.

Mais c'est la vérité, se retint de dire Mike. C'était Neil, à seulement sept ans, qui avait reconnu Carl Harmon au journal télévisé, alors que la police cherchait toujours Mike et Melissa. Harmon était censé être mort, mais Neil en était certain : il s'agissait de l'homme qui lui avait donné un dollar pour aller chercher son courrier à la poste. C'était cette information qui avait mené la police à la maison où Harmon séquestrait les deux enfants. Les secours étaient intervenus au moment où, laissant Mike suffoquer sur un lit un sac plastique autour de la tête, il montait au grenier avec Melissa.

« Ce n'est vraiment pas le jour, mon vieux, dit Neil. Il faut que tu tournes la page. »

Mike se força à s'excuser, ne manquant pas de relever en son for intérieur que Neil se rangeait aux côtés de Melissa lorsqu'il s'agissait d'ignorer le passé. Lui, un psychiatre !

Mike n'avait peut-être pas le genre de diplômes ronflants qui ornaient les murs de leurs bureaux, mais il avait assez roulé sa bosse pour savoir que ce n'était pas à de simples mortels de décider ce qu'il fallait garder du passé. Le passé avait ses propres desseins. Et il finissait toujours par trouver le moyen de se faufiler jusqu'au présent.

4

UNE QUESTION *de timing. Tout l'univers est programmé à la fraction de seconde près.* C'était ce que Katie, la meilleure amie de Melissa, avait dit quand celle-ci lui avait annoncé que Charlie l'avait demandée en mariage. Lorsque Melissa était plongée dans les affres de la dépression après la mort de son père, Neil lui avait suggéré de faire une thérapie, et Katie avait recherché des psys spécialisés dans l'accompagnement du deuil. C'était alors que Melissa et Charlie s'étaient rencontrés. Au moins, dans le cycle de la vie, il était normal de perdre ses parents. Charlie, lui, avait perdu sa femme. Et maintenant ils étaient ensemble.

Melissa trouva Katie dans une petite alcôve derrière la cuisine du vignoble, penchée sur un grand gâteau blanc décoré d'une cascade de fleurs des champs. Plissant les yeux avec la concentration d'un chirurgien, elle rectifiait avec le pouce et l'index l'arrangement des perles scintillantes qui ornaient la base du gâteau. Melissa connaissait suffisamment Katie pour savoir qu'il ne fallait pas l'interrompre avant qu'elle ait fini son travail. Lorsqu'elle se redressa, l'air satisfaite du résultat, Melissa manifesta sa présence.

« C'est le plus beau gâteau que j'aie jamais vu. Trop joli pour être mangé. »

Katie se tourna vers elle, le visage éclairé d'un large sourire.

« Mais toi, tu es à croquer ! » déclara-t-elle, se penchant pour accueillir Melissa avec un rapide baiser sur la joue, écartant les mains pour éviter de salir leurs robes avec des traces de glaçage.

« Je n'en crois pas mes yeux. Tu m'avais promis de ne rien faire de compliqué. »

Katie Palmer, en plus d'être la meilleure amie de Melissa, était une talentueuse cheffe pâtissière et la propriétaire de Katie Cakes, une petite pâtisserie renommée de l'Upper East Side de New York. Quand elles s'étaient connues, une douzaine d'années plus tôt, elles étaient toutes les deux de très jeunes avocates, assistantes au bureau du procureur du district de Manhattan. Katie était restée là plus longtemps que Melissa, puis elle avait fini par rejoindre un cabinet juridique spécialisé en droit de la famille, avant de constater qu'elle n'était probablement pas faite pour le droit. Après avoir suivi des cours de pâtisserie à Paris, elle était revenue à New York, déterminée à créer sa propre affaire. Katie avait d'abord craint de décevoir Melissa, mais celle-ci lui avait assuré qu'elle la soutiendrait dans ses rêves, où qu'ils la mènent. Et elle avait ajouté : « J'ai le sentiment que je profiterai davantage de tes nouvelles compétences que de ton brillant esprit juridique. » Et à présent, Katie mettait la touche finale à ce gâteau de conte de fées. Tout l'univers était programmé à la fraction de seconde près.

« Comment m'as-tu trouvée ? demanda Katie.

– Ne te voyant pas dehors avec Neil et Amanda, j'ai eu une intuition. J'ai demandé à un employé s'il avait vu une ravissante brune dans le coin en train de mettre la dernière main à un gâteau. D'après lui, tu n'as laissé personne t'aider à le porter jusqu'ici.

– J'aurais pu tomber sur un empoté. Et je ne veux pas qu'on abîme Rosie.

– Rosie ? » s'étonna Melissa. Katie avait tendance à donner des noms aux gâteaux qu'elle confectionnait.

Elle haussa les épaules. « C'est à cause des roses dans le bouquet sur le dessus. Pas très original, je suppose, mais il me fait aussi penser à Riley. C'est donc le grand jour : tu vas devenir en même temps une “Funny Girl”, comme le chante Barbra Streisand, et une maman. »

Officiellement, Melissa serait une belle-mère, mais ce n'était pas comme si Riley avait une autre maman dans sa vie.

« Je suis complètement folle de joie, Katie. C'est un peu nunuche, non ?

– Bien sûr que non, dit son amie en riant, se passant les mains à l'eau dans l'évier. Tu as raison d'être heureuse. Le bonheur est un choix, souviens-toi. »

C'était la devise de Melissa depuis qu'elle avait repéré un ouvrage ainsi intitulé à la bibliothèque municipale, à l'époque du collège. Tandis que ses amies connaissaient les affres des adolescentes que les garçons dédaignaient, se trouvaient trop petites, trop grandes, trop enrobées, trop maigres, ou se demandaient si elles étaient assez populaires, Melissa était celle qui s'attachait à l'essentiel. Être une amie fidèle. Être gentille. Travailler dur. Et choisir d'être heureuse.

« Je sais, je sais. Mais je dois dire que lorsque Patrick a mis fin à notre relation... » Elle se sentit soudain déloyale d'avoir mentionné le nom de son ex-fiancé le jour de son mariage. Un an et demi auparavant, comment imaginer qu'elle se trouverait un jour dans ce magnifique endroit, entourée de sa famille et de ses amis les plus proches, en train de confier son avenir à un homme bienveillant qui la comprenait et l'aimait sincèrement. Dix-huit mois plus tôt, l'homme avec qui elle pensait passer le reste de sa vie l'avait en effet brusquement quittée. « J'ai été réellement sidérée. J'avais besoin de me raccrocher à cette histoire que "le bonheur est un choix". Faire semblant jusqu'à ce que ça marche, tu comprends ? Parce que j'avais mal. Et surtout, j'étais convaincue que la seule façon d'éviter d'être à nouveau anéantie était de ne plus jamais laisser quelqu'un entrer dans ma vie. D'autant que tout le reste me réussissait.

– Toujours aussi modeste, railla Katie.

– Tu sais ce que je veux dire. J'ai mon travail, mes amis, ma vie. » La carrière de Melissa avait pris des directions qu'elle n'aurait jamais imaginées. Et ses amis l'avaient encouragée à aller de l'avant, l'inscrivant même aux habituels sites de rencontre. Mais ce n'était pas de se retrouver célibataire qui l'avait abattue. D'une certaine manière, l'horrible coup de téléphone de sa mère lui paraissait remonter à des années, pourtant une partie d'elle-même n'arrivait toujours pas à croire que son père n'était plus là. « Mais quand papa est mort et que j'ai suivi cette thérapie, il y a eu cet homme merveilleux, bienveillant, dans le groupe, et les morceaux se sont remis en place. Si j'avais su qu'un jour j'aurais Charlie et Riley… et même une Rosie ! dit-elle en désignant le gâteau. Le bonheur m'a trouvée. » Sentant ses yeux s'embuer, elle s'éventa. « Ah, c'est bien ma veine. Juste le jour où j'avais vraiment réussi mon maquillage.

– Arrête. Tu sais que les larmes sont contagieuses. Rien ne doit venir gâcher cette journée parfaite. » Kate sortit son téléphone de la poche de son tablier et prit quelques photos de son chef-d'œuvre. « Tu veux que je te tague ? »

Melissa avait naturellement tendance à être discrète, mais son agent la poussait à se montrer davantage sur les réseaux sociaux, et la mention de son nom sur le compte de Katie pouvait être un atout pour la pâtisserie, qui n'avait pas encore de base solide. Et puis Katie rêvait d'en faire une chaîne nationale. « Bien sûr », dit-elle.

Katie tapa sur son écran à la vitesse de l'éclair. « Voilà », dit-elle en montrant la photo. Elle sourit, tandis que Rosie le gâteau commençait à rassembler des « likes ». Soudain son front se plissa.

« Qu'est-ce qu'il y a ? »

Katie secoua la tête. « Rien. Il y a un mariage qui nous attend.

– Arrête. Je veux savoir. Tu as l'air bouleversée. »

Katie lui tendit son téléphone. « C'est ce compte dont tu m'as parlé la semaine dernière. »

Rosie avait déjà rassemblé cinquante-deux likes et une courte liste de commentaires où voisinaient des émojis de gâteaux, de fourchettes et de cœurs, avant que le regard de Melissa s'arrête sur le dernier post :

Joli gâteau, mais donnez-le à quelqu'un qui le mérite vraiment.
Melissa Eldredge est une menteuse et une mystificatrice.
Je connais la vérité. Ça, un gâteau de mariage ? Que Dieu ait pitié de l'imbécile qu'elle a réussi à duper.

Le nom d'utilisateur était TruthTeller, « celui qui révèle la vérité ». Melissa reconnut la photo de profil qui s'était déjà affichée précédemment sur sa page. C'était un caractère chinois qui signifiait « vérité ». La page de TruthTeller ne contenait aucun post, et pour Melissa le compte n'existait que dans le but de harceler un unique utilisateur – elle-même.

« Elle a l'air sympa, tu ne trouves pas ? » demanda Melissa ironiquement. Il ? Elle ? Plusieurs personnes ? À cause de l'anonymat d'Internet, il lui était impossible de le savoir, mais elle avait des soupçons. En fait, un seul de ses anciens clients lui avait déjà parlé de cette manière.

« Le soi-disant TruthTeller vient juste de gagner de ma part le blocage immédiat de son compte, dit Katie avec un sourire satisfait en tapotant son téléphone. Dommage que tu ne puisses pas en faire autant. »

Melissa haussa les épaules. Son agent affirmait que bloquer les trolls en ligne ne servait qu'à en attirer davantage. « Il ne faut pas leur laisser deviner qu'ils t'énervent. »

Katie secoua la tête et remit le téléphone dans sa poche. « Tu as la peau plus dure que moi. À ta place je serais en train de courir au tribunal pour obtenir une ordonnance restrictive.

– Concernant un compte internet anonyme ? Il ne sera même pas suspendu, à moins qu'il ne me menace ou dévoile mon adresse et autres choses de ce genre. »

Katie fit mine de frémir. « Rien que cette idée me donne des sueurs froides.

– C'est pour ça qu'il vaut mieux ne pas lire les commentaires.

– Pour citer une femme avisée : *Le bonheur est un choix.* C'est bien ça ? » Katie tendit le bras, sous lequel Melissa passa rapidement le sien.

« Exactement. »

Comme elles traversaient la salle de dégustation en direction de la pelouse, Katie demanda doucement : « Sans vouloir encore aborder un sujet délicat, ton frère est-il revenu à de meilleurs sentiments ? » Melissa avait laissé entendre que Mike semblait ne pas approuver ce mariage – comme tout ce qui concernait sa vie, à vrai dire.

« Il a fait quelques commentaires déplacés, déclarant que sans Neil, jamais mon bonheur ne... Bon, tu connais toute l'histoire, dit-elle avec un geste désinvolte de la main. En vérité c'est à toi que je suis redevable, toi qui as aidé le hasard ; bien qu'une thérapie de groupe ne soit pas l'endroit le plus romantique du monde, c'est bien toi qui as suggéré le nom de ce psy. »

Comme elles se trouvaient soudain plongées dans l'intense lumière qui inondait la baie, Melissa entendit sa mère l'appeler depuis la pelouse. « Te voilà enfin ! Riley est tellement excitée qu'elle ne tient plus en place. »

Melissa se sentait peu concernée par les rituels du mariage, mais sa mère avait décrit à Riley le déroulement de la cérémonie avec un tel luxe de détails que son jeune esprit était persuadé que tout serait irrémédiablement gâché si le futur marié voyait la mariée avant qu'elle ne s'avance dans l'allée de l'église. Bien que ladite allée soit en l'occurrence représentée par un tracé de bougies miniatures improvisé sur la pelouse d'un vignoble, la règle au moins était respectée.

Riley se précipita vers elle, trébuchant presque sous l'effet de l'excitation. « Je veux que papa vienne. C'est l'heure du mariage. Oncle Mike est arrivé. »

Le frère de Melissa, vêtu d'un des deux costumes dont elle ignorait jusque-là l'existence, se dirigeait vers elle. En dépit de la frustration causée par son attitude, il était là, alors que la sœur de Charlie n'était pas venue. Il avait même offert de la conduire à l'autel, en l'absence de leur père. Il se pencha vers Riley, les mains posées sur ses cuisses, et approcha son visage du sien. « C'est le grand moment ? »

Elle lui décocha un large sourire, hochant la tête avec enthousiasme. « Je vais avoir une deuxième maman ! »

Melissa sentit les larmes lui monter à nouveau aux yeux lorsqu'elle se tourna vers le patio où ils attendraient l'arrivée de Charlie. Surprise, elle sentit son frère lui prendre doucement la main. Ils s'avancèrent et attendirent en silence.

Une étincelle jaillit de ses doigts jusqu'à son cœur au moment où Charlie et elle joignaient leurs mains. C'était fait.

Et l'un des avantages d'avoir changé leurs plans et choisi cet endroit plutôt que Manhattan était qu'un des amis les plus proches de Melissa présidait la cérémonie. Neil avait obtenu la licence d'officier d'état civil trois ans plus tôt afin de célébrer le mariage d'un de ses frères, qui habitait Cape Cod.

« Charlie et Melissa vont maintenant déclarer leur consentement à leur union en exprimant leurs propres vœux. »

Melissa tenta désespérément d'arrêter le temps. Elle voulait se souvenir à jamais de ces paroles, de ce moment, de ce sentiment. Charlie et elle s'étaient connus à une époque où tous deux traversaient une période d'extrême souffrance, mais ils avaient fini par s'en sortir, chacun de son côté et ensemble. Ils se connaissaient depuis moins d'un an, et pourtant elle ne pouvait imaginer vivre sans lui.

« Je vous déclare maintenant mari et femme. » Elle entendit aussitôt le bouchon sauter. Le petit groupe que formaient leur famille et leurs amis se mit à les acclamer, et une vague d'applaudissements parcourut la pelouse comme les visiteurs de la cave se joignaient aux célébrations.

Melissa avait bu la moitié de sa flûte de champagne quand sa mère passa un bras autour de ses épaules en lui soufflant qu'elle avait quelque chose à lui annoncer. « C'est un jour tellement spécial. »

Elle n'eut pas besoin d'en dire plus. Lorsque Nancy avait suggéré de fixer la date du mariage au premier anniversaire de leur deuil familial, elle avait déclaré : « Le matin, nous mettrons de côté nos chagrins et nous aurons une nouvelle raison de célébrer cette date. »

« J'espère que les choses n'ont pas été trop dures pour toi », dit Melissa. Pour sa mère, le souvenir du jour où elle-même s'était mariée était sûrement teinté d'amertume. La cérémonie lui avait peut-être même rappelé son premier mariage avec... Melissa se força à chasser cette pensée, comme elle le faisait toujours quand l'existence de cet homme pénétrait à nouveau sa conscience. *Pas aujourd'hui, pas aujourd'hui.*

Nancy, cependant, paraissait sereine. « Non, c'est juste ce dont nous avions besoin – une raison de nous concentrer sur l'avenir. C'est ce que ton père aurait voulu. Et, dans le même esprit, j'ai quelque chose à t'annoncer qui, je l'espère, sera une vraie bonne nouvelle pour toi. Je mets la maison en vente. L'agence a sans doute déjà affiché l'annonce sur son site et posé un écriteau sur la façade.

– Maman, tu es sûre ? Je sais que nous en avons parlé, mais un jour comme aujourd'hui... Ne prends pas de décision précipitée. »

Nancy Eldredge secoua la tête, ce qui signifiait qu'il n'y avait pas de place pour la discussion. « J'y pense comme à la fin d'une étape. Je suis venue à Cape Cod pour repartir de zéro. J'ai fait la connaissance de ton père quand il m'a montré cette maison, et j'ai eu une chance que je n'aurais jamais pu imaginer. Je suis tombée amoureuse, d'abord de la maison, puis de lui, et ensuite de toi et de ton frère. Mais Mike vit à Saint-Martin à présent, et tu es à New York. Je suis prête à tourner la page. En plus tu vas commencer une nouvelle étape de ta vie, et si cela te convient, j'aimerais être assez proche pour en profiter.

– Tu plaisantes ? J'en serais ravie, bien sûr. Je peux chercher un appartement près de chez nous. »

Sa mère laissa échapper un éclat de rire inhabituellement sonore. « Oh, moi, vivre à New York ? Hors de question. J'ai fait des recherches : j'aimerais habiter Long Island, côté est. Peut-être à Southampton. De cette manière, je serais près de la mer et près de toi. En particulier pour tenir mon rôle de Grand-Nan auprès de ton adorable belle-fille. Qu'en penses-tu ? »

Sa mère serait ainsi à deux heures de train au lieu de six heures de voiture. « C'est une idée formidable. Mais es-tu certaine ?

– Tout à fait. Vu mon grand âge, je sais parfaitement ce dont j'ai envie. Maintenant, revenons à ton mari. »

Comme Charlie l'attirait contre lui et la serrait dans ses bras, Melissa, toute à son bonheur, ne remarqua pas l'individu, tout près, dont l'attention était rivée sur Riley, et qui comptait les jours avant de pouvoir se retrouver seul avec elle, loin de tous ces gens. Ce n'était qu'une question de temps.

5

DEBOUT DEVANT les fenêtres de son bureau, qui surplombait Rockefeller Plaza, Patrick Higgins tendait l'oreille. La chaîne de télévision qui occupait le rez-de-chaussée avait choisi un de ses groupes préférés pour donner le coup d'envoi de sa série de concerts estivaux en plein air. Même du dix-huitième étage, il entendait clairement la voix de Bono. *Touch me… take me to that other place.* La foule des spectateurs qui avaient fait la queue tôt le matin pour assister à l'événement se balançait en rythme. C'était une belle journée, comme le disait cette chanson qui gonflait autrefois son cœur d'espoir, mais le submergeait désormais de remords.

Un an et demi s'était écoulé, mais tout lui rappelait sa présence. La plante grasse posée sur le rebord de la fenêtre, que pour une raison obscure elle avait baptisée Nigel. Ou cette chanson, celle qu'elle avait choisie pour la cérémonie. Le temps aurait beau passer, il ne cesserait jamais de penser à Melissa Eldredge. Même lorsque, cherchant un exutoire, il s'était décidé à acheter la voiture de ses rêves, une Tesla hors de prix, c'était à Melissa qu'il avait songé, à la façon qu'elle avait de le taquiner quand il consacrait des heures à se documenter en vue d'une éventuelle acquisition. « Certains hommes fantasment sur d'autres femmes, ma rivale à moi, c'est une voiture ultramoderne. »

Il aurait plus de chances de l'oublier s'il faisait disparaître les traces de son passage dans sa vie, mais il ne se résolvait pas à jeter Nigel à la poubelle. Quant à la photo de Melissa et lui qui trônait jadis à côté de son ordinateur, elle était toujours dans le tiroir de son bureau. Pour couronner le tout, il s'était abonné à son podcast et écoutait sa voix pour s'endormir.

Il consulta ses comptes sur les réseaux sociaux, comme il le faisait au moins une fois par semaine en se promettant invariablement que c'était la dernière. L'expression sur le visage de Melissa lui était familière : un mélange de surprise et d'amusement, avec une pointe d'agacement. L'auteur de la photo l'avait prise au dépourvu et, avec son auréole de bigoudis géants, elle était superbe, radieuse et absolument adorable.

Le cliché était rogné, mais Patrick distinguait des mèches de cheveux blonds dans la partie inférieure. Un enfant peut-être ?

La légende lui fit l'effet d'un coup de poing dans le ventre : *Ça y est, on fait le grand saut.*

Ses pensées se bousculèrent dans sa tête, à la recherche d'une autre explication. Si ses soupçons étaient justifiés, Katie aurait certainement assisté à l'événement. Il consulta le compte de Katie Cakes.

La dernière publication montrait une gigantesque table couverte de cupcakes décorés du logo des Yankees et des Red Sox. *Rivaux mais gourmands,* disait la légende.

La quatrième photo ressemblait à un gâteau de mariage. Blanc, deux étages, drapé de fleurs. Un domaine viticole de Cape Cod avait été tagué. Et Melissa aussi. *Difficile de ne pas inonder de larmes le gâteau de ma meilleure amie, la mariée.*

Il ferma son navigateur et ouvrit la page de code sur laquelle il travaillait ces jours-ci. La nouvelle appli qu'il était en train de créer pour un client serait bientôt prête pour la phase de test. Tandis qu'il s'obligeait à se concentrer sur les chaînes de lettres et de chiffres qui s'alignaient sur son écran, une nouvelle chanson lui parvint de la place en contrebas. Il repensa à Melissa, à la façon dont elle dansait la dernière fois qu'ils avaient assisté à un concert de ce groupe, main dans la main, au Madison Square Garden.

Il rouvrit son navigateur et chercha la mairie la plus proche de chez Nancy Eldredge. Il fallait qu'il sache.

6

Trois semaines plus tard

MELISSA lava avec soin la vaisselle du déjeuner, récura la poêle et passa un coup de balai dans la cuisine. Chez elle, ranger était une seconde nature. Elle trouvait du réconfort dans les rituels de propreté : faire place nette juste après le repas, vider le lave-vaisselle au saut du lit, remettre chaque objet à sa place. Elle allait même jusqu'à nettoyer de fond en comble son armoire à pharmacie deux fois par mois. En l'apprenant, Katie ne s'était pas privée de se moquer d'elle.

Un petit rire amusé tira Melissa de son état proche de la transe.

Il émanait de Grant « Mac » Macintosh. Assis à la table de la salle à manger, de l'autre côté du plan de travail, il avait déjà son casque audio sur les oreilles. En plus d'être un ami et un ancien collègue, Mac était un habitué du *Justice Club*, le podcast d'affaires criminelles que Melissa avait lancé six mois plus tôt et dans lequel elle présentait des cas flagrants de déni de justice.

« Je dois admettre que te voir faire le ménage est fascinant, mais on a du pain sur la planche. Tu es prête ? demanda Mac. Je suis pressé aujourd'hui.

– Désolée, je n'aurais pas pu me concentrer avec tout ce bazar sous les yeux.

– Maintenant que tu le dis, c'est bien la première fois que je vois des assiettes sales ici.

– Figure-toi qu'avec un petit diable de trois ans, c'est un peu plus compliqué de tenir une maison.

– À ce propos, où se trouve le précieux petit diable ?

– Charlie a une réunion avec un nouveau client, alors sa sœur l'a prise chez elle pour la journée, à Brooklyn.

– Sympa d'avoir une tatie qui joue les babysitters », dit-il.

Melissa se retint de lever les yeux au ciel. Non contente d'avoir boycotté leur mariage, Rachel refusait de rendre visite à sa nièce en présence de Melissa. Elle avait même décliné l'invitation à la fête qu'ils avaient organisée pour le troisième anniversaire de Riley, insistant pour la voir à part le lendemain. Melissa chassa cette pensée, mit son casque sur ses oreilles et s'installa à côté de Mac. « Allez… prêt à rendre justice à Evan ? »

Evan Moore avait disparu dans la banlieue de Seattle huit ans plus tôt. Il avait six ans. Son père, qui avait obtenu sa garde après une longue bataille judiciaire, était convaincu que la coupable n'était autre que sa nouvelle épouse, Judith. Il pensait qu'elle l'avait tué et avait caché le corps parce qu'elle ne voulait pas de l'enfant d'une autre dans sa vie. La disparition d'Evan constituerait la trame des quatre épisodes suivants du *Justice Club*, qu'ils enregistreraient en une fois afin que Melissa puisse consacrer les semaines à venir aux recherches sur son prochain sujet.

Quatre heures plus tard, Melissa leva la main et fit un signe de tête à Mac : il était temps de conclure le dernier épisode.

« Tu ne peux pas te prononcer, je m'en doute, mais à ton avis, Judith Moore est coupable ? Ça restera entre nous, promis.

– Tu poses la mauvaise question, Mac. Tout le monde est innocent avant d'avoir eu un procès équitable et avoir plaidé coupable ou été reconnu coupable au-delà de tout doute raisonnable. Tu es avocat en droit pénal, s'il y a quelqu'un qui doit savoir ça, c'est toi.

– Un avocat qui se sent d'humeur badine, répondit Mac. Tu vois un tribunal ici ? Ne me dis pas que tu as caché un juge sous la table ! Parfois, je me demande comment ça se fait que ton podcast remporte un tel succès.

– C'est parce que j'invite des amis fascinants tels que toi. »

Les affaires criminelles, surtout quand elles n'étaient pas résolues, avaient toujours obsédé Melissa. Elle avait l'œil pour repérer une bonne histoire et ses années de plaidoirie avaient fait d'elle une excellente conteuse. Après avoir quitté le bureau du procureur, Melissa avait créé son propre cabinet. Se déclarant « au service de la justice », elle s'était spécialisée dans les procédures civiles pour le compte de victimes de mauvais traitements, de crimes et d'injustices. Elle acceptait quelques dossiers au pénal, mais uniquement si elle pensait que l'accusé n'était pas coupable ou n'était pas traité de manière équitable. Et puis deux ans plus tôt, elle avait remporté une grosse affaire. Une femme battue, Jennifer Duncan, avait tué son mari en état de légitime défense et été déclarée coupable de meurtre. Melissa avait fait partie de l'équipe du procureur lors du procès initial et s'était servie de ce qu'elle savait de l'affaire pour convaincre le tribunal d'annuler le jugement. L'accusée étant un ancien mannequin et son mari un promoteur immobilier richissime et très en vue, la disculpation avait été aussi médiatisée que le procès pour meurtre.

Melissa s'était retrouvée propulsée sur les chaînes d'information et, de fil en aiguille, avait eu droit à un portrait de deux pages dans le *New York Magazine* et à une invitation, en compagnie de Jennifer Duncan, à participer à l'émission *The View*. Elle n'avait pas été surprise que des producteurs et des éditeurs s'intéressent à sa cliente. Ce qui l'avait davantage étonnée, c'était que juste après l'émission un agent artistique du nom d'Annabel Marino l'appelle pour lui demander comment elle comptait utiliser la tribune que lui offrait sa nouvelle notoriété. Melissa avait répondu qu'elle voulait retourner au bureau et se remettre au travail.

Annabel l'avait mise en garde : une chance comme celle-ci ne se présentait qu'une fois au cours d'une vie, et encore, quand elle se présentait. Grâce à cette affaire, elle pourrait négocier un contrat d'adaptation au cinéma, lancer une série de romans policiers basés sur son expérience, peut-être même devenir coprésentatrice d'un programme comme *The View.* Toutes ces promesses n'étaient que du vent aux oreilles de Melissa, pourtant, elle avait fini par se laisser convaincre : en s'adressant au plus grand nombre elle aurait plus de poids qu'en étant une avocate parmi d'autres. Si sa notoriété naissante pouvait être utile, Melissa était prête à jouer le jeu. Deux ans plus tard, elle était devenue une autrice à succès, une conférencière recherchée et la star de son propre podcast. Elle avait certes coupé les ponts avec Jennifer Duncan, mais c'était bien à l'affaire Duncan qu'elle devait sa nouvelle carrière.

Mac tenta à nouveau d'amener Melissa à partager sa théorie sur la disparition du petit Evan.

« Pourquoi ne pas terminer sur une note personnelle ? répondit-elle. Certains auditeurs l'ignorent peut-être, mais je suis récemment devenue la belle-mère d'une petite fille. J'aime tellement cette petite que je pourrais vous raconter en détail tous les épisodes de son dessin animé préféré, *Peppa Pig.* Alors maintenant, je me rends compte que le comportement de Judith aurait dû nous alerter. Elle ne se souvenait pas des vêtements que son beau-fils portait quand elle l'avait soi-disant déposé à l'école, ni du sujet du devoir de sciences qu'il devait rendre ce jour-là. Moi, je peux vous donner le moindre détail concernant ma belle-fille. Et si quelque chose lui arrivait, ne parlons pas de malheur, je serais incapable de garder les idées claires.

Je n'irais sûrement pas à la gym pour poster des selfies de moi en train de faire de l'exercice.

– Ah ah ! exulta Mac. Donc tu penses qu'elle l'a fait.

– Présomption d'innocence, mon ami.

– Je ne suis pas son avocat et nous ne sommes pas au tribunal, souligna Mac. À mon humble avis, Judith Moore est coupable. »

Ils échangèrent un coup d'œil. Il était temps de conclure. « Et voilà, chers auditeurs, c'est ainsi que s'achève cet épisode du *Justice Club.* » Elle appuya sur Stop et retira son casque.

– Quel pro ! s'exclama-t-elle. Tu es l'invité préféré de nos auditeurs, d'après leurs commentaires en tout cas.

– C'est parce que c'est moi qui les écris, plaisanta-t-il. J'essaie de décrocher un job permanent.

– Ce serait fantastique. Avec toi, je n'ai pas l'impression de travailler. Je discute simplement d'affaires palpitantes avec un ami. »

Étonné, Mac leva un sourcil, ce que Melissa ne manqua pas de remarquer. « Attends, dit-elle. Tu ne blaguais pas à propos du job permanent ?

– Eh bien… si, sans doute. Mais si tu me le proposais, j'accepterais sans hésiter.

– Tu aurais le temps ? » Melissa avait été obligée de réduire l'activité de son cabinet, mais Mac était un pénaliste très demandé.

Il réfléchit quelques secondes. « Oui, tant que je ne suis pas au milieu d'un gros procès. On pourrait toujours enregistrer quelques épisodes qu'on garderait en réserve. Et tu pourrais faire appel à d'autres invités quand tu voudrais. »

L'idée de travailler de nouveau avec Mac ravissait Melissa. Un texto arriva sur son téléphone. Katie. *Je suis en bas. Tu as fini d'enregistrer ? Je ne voulais pas que le portier te dérange.*

Elle tapa sa réponse – *Tu tombes à pic, on vient de terminer* – et appuya sur Envoyer.

« C'est Katie. On a prévu de boire un verre. Elle veut que je lui raconte ma lune de miel. »

Nouveau haussement de sourcils de la part de Mac.

« Arrête, protesta Melissa. Tu as l'esprit mal placé.

– Si tu le dis.

– Tu veux rester ? Les trois mousquetaires, comme au bon vieux temps ?

– Et dans une piaule nettement plus sympa que le bureau du procureur.

– Les boissons aussi sont nettement plus sympas », dit-elle en sortant une bouteille de Billecart-Salmon qu'elle lui mit sous le nez.

« Mazette, du champagne ! J'adorerais, mais je ne suis pas en avance. J'ai rendez-vous avec ma sœur dans… » Il jeta un coup d'œil à sa montre. « Oups, trois minutes. »

Melissa raccompagnait Mac jusqu'à l'ascenseur quand Katie en sortit. Elle salua chaleureusement Mac, qui lui expliqua qu'il devait se sauver. Une fois seule avec Melissa, Katie s'empressa de lui demander si Mac sortait toujours avec… « Comment elle s'appelle déjà ?

– Sarah. Et, oui, il sort toujours avec elle. »

Katie secoua la tête, déçue. Sa dernière relation sérieuse s'était terminée six ans plus tôt, alors qu'elle travaillait encore au bureau du procureur. Elle aimait à plaisanter qu'elle aussi pourrait devenir une autrice à succès si elle racontait le cauchemar des applis de rencontre : « Les rendez-vous de l'horreur. »

Avisant la bouteille de champagne, Katie lança : « Sympa ! Qu'est-ce qu'on fête ? Tu as déjà la vie dont tu rêves, si elle devient encore mieux, c'est officiel, je suis jalouse.

– Rien de spécial », répondit Melissa. Son amie plaisantait, bien sûr. Malgré les chemins différents qu'elles avaient empruntés depuis leurs débuts chez le procureur, Katie s'était toujours réjouie de la réussite de Melissa comme si c'était la sienne. « Ça fait un moment qu'on ne s'est pas vues et je sais que c'est ton préféré. » Melissa remplit deux flûtes et les deux amies trinquèrent avant de s'installer sur le canapé. « Tu ne devineras jamais qui m'a appelée hier. »

À la perspective d'un potin croustillant, le visage de Katie s'éclaira. « Attends… Brad Pitt ? Il voulait mon numéro !

– Très drôle, non, Patrick.

– Patrick… Higgins ? Ton Patrick ? s'exclama Katie, les yeux ronds.

– Ça fait longtemps que ce n'est plus *mon* Patrick. » Melissa n'avait jamais modifié le nom qu'elle lui avait attribué dans ses contacts – *Futur Mari* – et ça lui était sorti de la tête jusqu'à la veille, quand il était apparu sur l'écran. Patrick avait rompu leurs fiançailles du jour au lendemain, sans explications. Jusqu'à ce coup de fil.

« Alors ? Que s'est-il passé ?

– J'étais tellement estomaquée que je n'ai pas décroché.

– Je vois, mais pourquoi il t'a appelée ?

– Aucune idée. Il n'a pas laissé de message.

– Pourquoi tu n'as pas décroché ? Maintenant, tu ne sauras jamais.

– Il a appuyé sur son téléphone par inadvertance, c'est tout », dit Melissa en imaginant Patrick, le téléphone à la main, attendant qu'elle décroche.

« Tu vas le rappeler ?

– Pour lui dire quoi ? "J'ai vu que tu m'avais appelée, mais tu n'as pas laissé de message. Au fait, je me suis mariée !" s'exclama-t-elle en levant la main gauche, son alliance bien en évidence. Appeler un ex, c'est chercher les ennuis. »

Melissa n'avait jamais été aussi heureuse. Il n'y avait pas de place dans sa vie pour l'homme qui lui avait brisé le cœur avec tant de cruauté qu'elle pensait ne jamais plus pouvoir l'ouvrir à quelqu'un d'autre.

Elles en étaient à leur deuxième flûte de champagne quand elle termina de montrer à Katie les photos de sa lune de miel : deux semaines à sillonner l'Italie, de Milan à Rome en passant par Gênes et Florence. « Tu aurais dû les publier sur ton compte Instagram, dit Katie. Mes photos de voyage dopent toujours le nombre de mes likes. »

Melissa secoua la tête. « C'est trop intime. » Elle ne s'habituait toujours pas aux commentaires des réseaux sociaux, mal nécessaire du tournant inattendu qu'avait pris sa carrière. « Ce moment, c'était juste pour nous deux. Je ne pensais pas ça possible, mais pendant ce voyage, je suis tombée encore plus amoureuse de lui. J'aime Riley, bien sûr, mais c'était la première fois que Charlie et moi nous retrouvions en tête à tête aussi longtemps. »

L'ombre d'une grimace passa sur le visage de Katie. Melissa regretta la mièvrerie de ses commentaires, alors que son amie n'avait jamais rencontré l'âme sœur. Mais Katie ne s'appesantit pas sur le sujet. « En parlant de réseaux sociaux, dit-elle, d'autres messages de ton harceleur ?

– Oui, dans la même veine. » L'utilisateur qui se faisait appeler TruthTeller semblait n'avoir rien d'autre à faire que mettre son grain de sel, plusieurs grains de sel même, dans chacun des posts que Melissa publiait. « Ce n'est pas facile à encaisser, mais Annabel n'en démord pas, c'est bon pour mon profil. Plus on m'attaque, plus mes fans prennent ma défense.

– Annabel est ton agent, mais moi je suis ta meilleure amie. Et je te le répète, TruthTeller a le cerveau dérangé. Tu l'obsèdes, c'est évident. » Ce matin-là, les commentaires avaient été particulièrement incisifs. En réponse à un post annonçant les prochains épisodes du *Justice Club*, TruthTeller avait écrit : *L'affaire Evan Moore, c'est du sur-mesure pour toi. Attention, révélation ! La belle-mère est un fléau.* Une heure plus tard : *Je n'arrive toujours pas à croire que tu aies réussi à piéger un pigeon, mais c'est sa fille que je plains le plus. Avec un peu de chance, tu auras la décence de la refiler à des nounous.* Quarante minutes plus tard : *Peut-être que quand il aura découvert ce que je sais sur toi, il te larguera.* « Et qu'est-ce que c'est que ces allusions à un sombre secret qui pourrait te nuire ? »

Une fois de plus, Melissa songea à Jennifer Duncan. Après l'annulation de la condamnation, il avait semblé tout naturel que les deux femmes restent en contact. Elles avaient tissé des liens pendant la procédure et pensaient toutes les deux que faire connaître l'histoire de Jennifer pourrait aider d'autres survivantes.

Puis Jennifer avait demandé à Melissa de régler la succession de son mari, qui était encore en suspens. Aux yeux de la loi, sa condamnation pénale empêchait Jennifer d'hériter de ce qu'il lui avait légué – c'est-à-dire l'ensemble de ses biens. Une fois sa condamnation annulée, elle avait revendiqué la totalité de l'héritage. Selon elle, les enfants de Doug, désormais adultes, n'étaient rien de plus que des inconnus, produit du bref mariage de jeunesse contracté par son mari quand il était encore alcoolique. Ce n'était qu'après avoir arrêté de boire qu'il était entré en école de commerce, avait lancé sa société de promotion immobilière et était devenu riche à millions. Melissa avait tenté de lui expliquer qu'elle n'était pas spécialisée en droit successoral, qu'elle souhaitait se concentrer sur le droit pénal, et pas sur un conflit de succession, mais Jennifer s'en était prise à elle avec une rage féroce.

En réalité, ce TruthTeller pouvait être n'importe qui, alors Melissa gardait ses soupçons pour elle. « Aucune idée. Pour être honnête, c'est le commentaire sur les nounous qui m'a le plus blessée. »

Enfants, Melissa et son frère étaient rarement confiés à des tierces personnes, même une babysitter. La pratique lui était donc peu familière. Mais après avoir réduit ses effectifs à la suite de la mort de Linda, Charlie était en train de relancer son affaire, et il insistait pour que Melissa continue de mener sa propre carrière tambour battant. Ils avaient donc prévu d'engager une nounou, à temps partiel au moins, une fois que Riley se serait adaptée aux bouleversements qu'ils avaient déjà infligés à son monde d'enfant.

D'un geste, Katie écarta cette crainte. « Cette pauvre gamine a déjà perdu un parent. Plus elle sera entourée et aimée, mieux ce sera. Parfois, il faut trouver soi-même sa famille. »

Melissa serra furtivement la main de Katie. Elle pouvait toujours compter sur sa compréhension. « En parlant de famille, Mike revient pour le grand remue-ménage. » Nancy avait accepté une offre pour la maison. « Au lieu d'embaucher des déménageurs, on va faire le tri ensemble. Ça nous permettra de garder quelques souvenirs de l'ancienne maison et maman pourra mettre au garde-meuble tout ce qui ne rentrera pas dans la nouvelle. Et le plus beau dans l'histoire, c'est que Mike et moi, on va louer un utilitaire et faire la route ensemble. Une virée en camionnette ! C'est la basse saison pour lui, alors il a le temps.

– Qui a eu cette brillante idée ?

– À mon avis, c'est maman. Depuis la mort de papa, elle veut absolument qu'on se rapproche. »

Katie fit mine de se plonger dans une intense réflexion. « Eh bien, peut-être que s'il sortait avec ta meilleure amie, ça faciliterait les choses.

– Ça ne me fait pas rire, maugréa Melissa.

– Tu es sûre ? Je pourrais jouer les assistantes. À ton mariage, il avait beaucoup d'allure dans son beau costume.

– Quelle horreur, j'aurais l'impression que ma sœur sort avec mon frère ou quelque chose dans le genre ! Il faut vraiment que tu arrêtes.

– Ça va, je plaisante. Quoique… Tu auras peut-être besoin de quelqu'un pour faire tampon, il va encore essayer de parler de… tu sais quoi. »

Melissa haussa les épaules. « Non, il faut que je le fasse seule. C'est important pour maman et c'est ce que papa aurait voulu. »

Melissa était loin de se douter que, trois semaines plus tard, elle regretterait amèrement de ne pas avoir accepté la proposition de Katie.

7

Trois semaines plus tard

Il faisait si froid. *Maman, maman... Je ne veux pas aller dans la baignoire.* Elle avait un goût de gravier dans la bouche... Du sable... Pourquoi ? Où était-elle ? C'était elle qui avait prononcé ces mots ? Ou les avait-elle seulement imaginés ?

Melissa battit des paupières tandis que le soleil estival montait dans le ciel, éclairait les crêtes blanches des vagues qui agitaient la mer. Bien qu'on fût en été, le vent lui donnait des frissons. Elle sentait encore le sable froid sur ses jambes nues, quand elle entendit une petite voix aiguë à côté d'elle.

« Missa, ta maman te manque ? »

Melissa leva la tête et vit Riley au-dessus d'elle. Au loin, la maison de son enfance. C'était le dernier jour qu'elle y passerait.

« Maman me manque à moi. Grand-Nan te cherche. »

Melissa n'imaginait pas à quel point sa mère avait dû paniquer en trouvant sa chambre vide à son réveil. Elle pressa les paumes de ses mains sur son visage, s'efforçant de revenir à la réalité. Au présent. Elle avait encore fait un cauchemar. Ils empiraient. Charlie l'avait entendue crier dans son sommeil. Une fois même, elle avait eu une crise de somnambulisme, malgré les somnifères que lui avait prescrits son médecin. Charlie l'avait trouvée dans la salle de bains, drapée dans une serviette, fixant la baignoire où l'eau coulait sans raison. Et voilà qu'elle était apparemment parvenue à se traîner jusqu'à la plage au milieu de la nuit.

Elle accueillit Riley avec un baiser et lui dit de ne pas s'inquiéter. « J'étais tout excitée et je suis sortie pour regarder le lever du soleil. Je crois que je me suis rendormie et que j'ai dit des mots sans queue ni tête dans mes rêves. » Riley mêla son rire au sien et Melissa lui prit la main pour regagner la maison, où les attendaient son frère et sa mère. Melissa vit le soulagement sur le visage de sa mère.

« Tout va bien, chérie ? On croyait tous que tu étais encore dans ta chambre, jusqu'à ce que Riley remarque que la porte de derrière était ouverte. »

Elle se força à leur offrir un sourire rassurant. « Je disais seulement adieu à cette vue si particulière. »

Mike poussa un soupir fâché. « Bonjour la frayeur. »

Ils avaient passé les deux jours précédents à aider leur mère à trier toutes les affaires dans la maison pour les donner, les mettre de côté ou les emporter dans son petit cottage à Long Island. Melissa se félicita d'avoir choisi d'emmener Riley avec elle au lieu de la laisser avec sa tante Rachel quand Charlie avait dû partir pour un voyage d'affaires de dernière minute. Les petits ne pouvaient pas voyager en utilitaire, ce qui signifiait que Riley monterait dans la voiture de Melissa tandis que Mike conduirait la camionnette. Leur mère resterait à Cape Cod pour la signature de la vente, prévue le lundi, et elle les retrouverait ensuite à Southampton. Melissa était déterminée à profiter de ces quelques heures d'avance pour que la nouvelle maison soit aussi confortable que possible à l'arrivée de Nancy.

Plus tard dans la matinée, elle s'attarda, cherchant quelques tâches de dernière minute, vérifiant les divers post-it laissés sur les effets à donner ou à mettre de côté. Une ultime inspection de la maison d'amis pour s'assurer que rien n'avait été oublié. Un ultime regard à sa chambre d'enfant, où en effleurant du bout d'un doigt l'étagère du haut de sa penderie elle fit tomber un tout petit ours en peluche rose qui avait un arc-en-ciel sur le ventre et un cœur en guise de nez. « Pookie l'Ourson », murmura-t-elle. Il avait l'odeur des parois en cèdre du placard.

Quand elle revint au rez-de-chaussée, Riley bondit du canapé où elle était assise près de Grand-Nan, les yeux brillants à la vue de la peluche. « Qu'est-ce que c'est ?

– Tu as gardé ce machin ? dit Mike en levant la tête tout en laçant ses baskets près de la porte d'entrée.

– Comment oses-tu ? lança-t-elle en feignant d'être choquée. Pookie n'est pas un machin. Pookie fait partie de la famille. Riley, je te présente Pookie. C'est le premier cadeau de Noël que m'a fait ton oncle Mike. Je crois que j'avais quatre ans alors. Jusque-là, toutes les surprises sous l'arbre avaient été de la part de Grand-Nan, ou de notre papa, ou du Père Noël. Mais ce jour-là Mike a déclaré qu'il était assez grand pour me faire un cadeau, lui aussi. »

Melissa avait appris plus tard que son frère avait payé l'ours en peluche avec l'argent qu'il avait gagné en ratissant les feuilles mortes dans le voisinage. « Pookie est ce qu'on appelle un Bisounours. Quand j'avais ton âge, ils avaient leur propre dessin animé à la télévision. J'aimais les Bisounours comme tu aimes Peppa Pig. »

Riley éclata de rire, portant ses mains à ses joues. « C'est-à-dire beaucoup beaucoup.

– Exactement, et les Bisounours étaient les anges gardiens capables de nous protéger du croquemitaine. On appelle Pookie "Grosfarceur", le plus heureux de tous les ours, qui essaie toujours d'illuminer le quotidien des autres gens. » Elle n'avait pas pensé à Pookie depuis le jour où elle avait décidé de le poser sur l'étagère du haut de la penderie. Est-ce que le Mike de six ans avait essayé de protéger sa petite sœur avec un animal en peluche, ou lui avait-il simplement acheté son jouet préféré ?

« Tu ne vas pas laisser Pookie ? demanda Riley, une pointe d'inquiétude dans la voix.

– Sûrement pas. Pookie et moi, c'est pour la vie », dit Melissa. Elle adressa un petit sourire à son frère, qui lui fit un clin d'œil en retour.

« Allez tous les deux, il est temps de dire un dernier au revoir à notre vieille amie », fit leur mère.

Tous les deux hochèrent la tête. Mike cria vers le plafond : « Au revoir, maison ! Tu vas nous manquer.

– Tu es sûre d'avoir les clefs du cottage ? demanda Nancy.

– Certaine. » Melissa fit tinter le trousseau pour renforcer son affirmation. Plutôt que d'envoyer les clefs par la poste, l'agent immobilier les avait laissées à son bureau, à New York, à son intention.

Sa mère les embrassa longuement, leur faisant promettre de conduire prudemment et de téléphoner dès qu'ils seraient arrivés.

Melissa entra dans le GPS la nouvelle adresse de Nancy et rappela à Mike d'activer la géolocalisation sur son portable.

« Nous allons au même endroit, dit-il.

– Pour une fois, fais-moi plaisir. Je veux m'assurer que nous pourrons nous retrouver si nous sommes séparés. »

Il marmonna : « Control freak », mais s'exécuta.

Pendant que Melissa attachait Riley dans son siège bébé, Mike l'attendait sur le siège conducteur du SUV. « Alors, qu'est-ce qui s'est passé là-bas sur la plage ? demanda-t-il à voix basse.

– Je te l'ai dit. Je n'arrivais pas à dormir.

– C'est n'importe quoi. Tu appelais maman, tu disais que tu ne voulais pas prendre de bain. »

Elle ouvrit la bouche mais aucun son n'en sortit. Il jeta un coup d'œil à Riley dans le siège à l'arrière. À l'évidence, elle avait dit à son oncle Mike ce qu'elle avait entendu quand elle avait retrouvé Melissa sur la plage.

« Elle a à peine trois ans. Et elle a mal compris.

– Allons. N'essaie pas de mentir aux dépens de ta propre belle-fille. Elle m'a rapporté ce que tu disais, et j'ai aussitôt su de quoi il s'agissait. Tu te souviens de ce qu'il nous a fait, non ? Après toutes ces années à le nier.

– C'était seulement un rêve stupide. Je te l'ai répété un million de fois, j'étais trop jeune alors. Je suis navrée que tu te souviennes de chaque abominable détail, mais ce n'est pas mon cas. Et qui plus est, je ne le veux pas.

– Tu avais quatre ans quand je t'ai donné Pookie. Tu t'en souviens sans problème.

– C'était à peu près un an et demi après l'enlèvement.

– J'ai beaucoup appris à ce propos. Lorsque nous étions petits, les experts pensaient que les enfants étaient protégés s'ils ne pouvaient pas avoir accès à leurs souvenirs les plus néfastes. Mais aujourd'hui ils savent que les souvenirs oblitérés peuvent provoquer toutes sortes de problèmes à l'âge adulte – anxiété, dépression, troubles post-traumatiques, amnésie…

– Mike, dit-elle sèchement, je me souviens littéralement de ce que j'ai mangé pour le dîner il y a trois semaines. Je ne suis pas amnésique.

– Et tu te souviens aussi de ce qu'il nous a fait. Je sais que tu t'en souviens. »

Il soutint son regard jusqu'à ce qu'elle se réfugie derrière le volant de sa voiture. « Allons-y. Nous avons une longue route. »

Elle referma la portière avant qu'il puisse en dire davantage. Le bonheur était un choix, se rappela-t-elle. Et ce ne serait pas Pookie qui la contredirait.

8

JAYDEN KENNEDY avait l'impression d'avoir passé la journée à courir. Tout devait être absolument parfait quand sa locataire Domiluxe prendrait possession des lieux.

Julie passa un dernier coup d'essuie-tout humide sur le réfrigérateur, qu'ils avaient pris soin de vider. « C'est officiel, nous avons fini, déclara-t-elle. Tout est prêt pour son arrivée. » Ses lèvres, auxquelles son gloss donnait une nuance de fruits rouges, dessinèrent un sourire lumineux et elle replaça une mèche de cheveux blond vénitien qui s'était échappée de la queue-de-cheval retenant vaguement sa chevelure sur sa nuque.

Pour satisfaire au standard Domiluxe, la maison devait être digne d'un hôtel cinq étoiles. Jayden avait donc dû remiser l'ensemble de ses effets personnels – vêtements, photographies, articles de toilette – dans une pièce qui resterait fermée à clef. Jamais il n'aurait accepté un tel chambardement si la personne qui se faisait appeler Helen n'avait pas réservé la propriété pour quatre semaines.

Même si l'application promettait « un anonymat à la hauteur des services secrets, tant pour les propriétaires que pour les locataires », ses échanges virtuels avec Helen lui avaient appris pas mal de choses sur elle. Elle était écrivaine, terminait son deuxième roman et, pour la première fois, devait respecter une date de rendu pour son texte. Et avec deux ados à la maison, il était plus difficile qu'on ne le pensait d'écrire un livre en une année. C'était son mari qui lui avait suggéré une retraite d'écriture où elle pourrait échapper aux interruptions incessantes et à la chaleur estivale qui sévissait à Atlanta. Elle avait choisi la ville réputée la plus verte du Connecticut, située à seulement deux heures de voiture de l'aéroport de LaGuardia.

Après avoir bouclé ses affaires dans la chambre d'amis, Jayden trouva Julie devant les hautes portes-fenêtres du salon. « Cette maison est parfaite pour écrire, dit-elle en contemplant le terrain arboré qui s'étendait sur près de quatre hectares. Il n'y a pas âme qui vive aux alentours. Mais j'aurais peur ici toute seule. »

Il passa un bras autour de sa taille et l'attira contre lui. « Tu lis trop de romans policiers, ton imagination s'emballe. »

Elle fronça son nez couvert de taches de rousseur. « Peut-être un tout petit peu. »

Il l'aimait tellement. S'il attendait avec impatience de toucher le petit revenu qu'il tirerait de la location, partager le toit de cette femme merveilleuse pendant près d'un mois l'enthousiasmait encore plus. Sans compter que cela ouvrirait peut-être la voie à une situation permanente. « Tu ne te vois pas vivre ici ? demanda-t-il.

– Hmmmm. » Elle plaça son index sur son menton, feignant une profonde réflexion. « J'imagine que je ne serais pas seule. Donc, ça serait plutôt sympa. »

Cela finirait par arriver, il en était sûr. Bientôt. Il la serra plus fort et l'embrassa sur la tête. « C'est cool de savoir que quelqu'un va écrire un livre chez moi. Peut-être qu'elle parlera de ma maison.

– Ou bien "Helen", dit-elle en dessinant des guillemets en l'air, a inventé toute cette histoire et c'est un sale type qui veut se mettre au vert avec sa maîtresse.

– Décidément, quelle imagination ! » Il regarda les deux valises posées près de la porte d'entrée. « Prête à accueillir ton nouveau colocataire ?

– J'ai hâte. »

Julie n'habitait qu'à une douzaine de kilomètres. Une fois installée sur le siège passager et sa ceinture de sécurité bouclée, elle demanda à Jayden si elle pouvait lancer la suite du dernier épisode du *Justice Club.* Avec tout ce temps passé à préparer la maison, elle n'avait pas pu l'écouter jusqu'à la fin. De tous les podcasts d'affaires criminelles auxquels elle était abonnée, c'était son préféré. Elle avait même rencontré sa créatrice, Melissa Eldredge, à une séance de dédicace à New York.

Il pianota sur l'écran Bluetooth de sa voiture tout en s'engageant sur le long chemin de terre qui menait à la Route 7. Tandis que Melissa et son invité, Mac, continuaient d'examiner les circonstances de la disparition d'Evan Moore et les soupçons qui pesaient sur la belle-mère, il songeait que la somme que lui rapporterait la location serait amplement suffisante pour acheter une bague de fiançailles.

« Qu'est-ce qui te fait sourire comme ça ? » demanda-t-elle en le dévisageant.

Il se tourna vers elle.

« Je suis heureux. C'est tout. »

9

QUELLE ACTIVITÉ !

Melissa s'était levée à cinq heures. Le dernier épisode couvrant l'affaire Evan Moore avait été retransmis le matin-même, et elle essayait toujours d'avoir au moins une semaine d'avance. Elle avait pu terminer le montage final des trois prochains épisodes avant que Riley commence à s'agiter dans le lit parapluie placé près de son lit dans la nouvelle chambre d'amis de sa mère – cherchant machinalement à saisir Pookie le Bisounours à côté d'elle.

Quand Riley et elle descendirent, Mike avait gentiment préparé le petit déjeuner. Le cottage était moitié moins grand que leur maison d'enfance à Cape Cod, mais elle comprit pourquoi leur mère en était tombée amoureuse au premier regard. Baignées de soleil, les pièces étaient spacieuses et lumineuses avec leurs murs couleur crème et des incrustations de bois flotté. Elle pouvait presque goûter l'air de la plage venant de la baie au bout de la route. Melissa s'était toujours sentie mal à l'aise dans l'eau, au point qu'elle pouvait à peine barboter dans une piscine, et pourtant elle aimait l'odeur et le bruit de la mer.

Trois heures plus tard ils avaient presque fini de déballer le reste des cartons du déménagement. Mike ouvrit le dernier et en sortit une boîte rectangulaire. « Regarde ce qu'il y a à l'intérieur ! » Il étala fièrement un *Docteur Maboul* défraîchi.

« En direct du passé ! » s'écria-t-elle. Elle reconnaissait le plateau – une « table d'opération » sur laquelle était dessiné un patient avec des cheveux bruns coupés au bol et une grosse ampoule rouge en guise de nez. Les joueurs utilisaient des espèces de pinces à épiler pour extraire les différentes pièces du patient, comme des papillons chatouilleurs de son estomac ou l'os électrique de son bras.

« Allez, on fait une partie !

– Tu es sérieux, Mike ? Il nous reste tellement de choses à faire !

– Pas tant que ça, on a été super efficaces. On mérite un moment de repos et ce sera marrant d'apprendre à ma nièce un jeu que nous adorions. »

Les yeux impatients de Riley ne laissèrent pas le choix à Melissa, et ils furent bientôt rassemblés autour de la table du petit déjeuner, cette fois pour opérer le patient dont elle se souvenait maintenant qu'il s'appelait Sam. Les doigts potelés de Riley se débattirent d'abord avec les pinces mais, loin d'être frustrée, elle pouffait chaque fois qu'elle touchait le rebord métallique, déclenchant la lumière rouge du nez et la sonnerie qui l'accompagnait. Au second tour, Melissa sentit que son frère et elle avaient formé une conspiration silencieuse pour laisser Riley gagner. Quand elle sortit avec succès l'« os de vœux » et la « tranche de brioche », ils applaudirent en chœur pour la féliciter.

Comme Melissa rangeait les pièces dans leur boîte, elle songea tout haut : « C'est drôle que les piles fonctionnent encore après toutes ces années. »

Mike sourit mais ne dit rien.

« Je ne pensais pas que maman garderait ce jeu.

– Il est possible que j'en aie trouvé un exemplaire sur eBay », dit-il avec un haussement d'épaules.

Après un petit geste de connivence, elle dit : « On pourrait plier ces cartons pour les donner à recycler et ensuite aller déjeuner en ville ?

– Si ça ne t'embête pas, je préférerais sauter le déjeuner pour aller voir les agences de location de bateaux. Je me disais que je pourrais travailler ici durant la saison des ouragans. L'été à Long Island, l'hiver dans les Caraïbes…

– C'est la belle vie pour toi, mon cher frère.

– Tu es d'accord, demanda-t-il, pour que nous habitions un peu plus près les uns des autres ?

– Bien sûr que je suis d'accord… Plus que d'accord », corrigea-t-elle rapidement.

Il ouvrit la bouche pour ajouter autre chose, mais aperçut Riley à portée de voix, penchée sur un livre d'autocollants sur la table basse du salon. Melissa profita du silence pour aller sur les réseaux sociaux et lire les réactions au dernier épisode du *Justice Club*.

OMG, un sacré suspens ! Je suis accro. Je veux savoir ce qui est arrivé.

Pauvre petit Evan. C'est évidemment la belle-mère qui a fait le coup ! J'espère que Melissa pourra le prouver.

Je prie pour que ce podcast apporte de nouveaux tuyaux à la police.
#RamenezEvanchezlui.

En dépit de tous les commentaires positifs, un post retint son attention.

> *Quelle ironie ! Vous, mieux que tout le monde, savez ce qu'il en est des belles-mères menteuses, n'est-ce pas ? Vous êtes une menteuse et une mystificatrice. Tout va être dévoilé.*

Elle fut interrompue dans ses réflexions par la sonnerie de son téléphone. Un appel FaceTime de Charlie. Sans hésiter, elle supprima les commentaires de TruthTeller et bloqua son compte pour ne plus voir ses posts. Elle aurait dû le faire depuis longtemps, quoi qu'en dise son agent. Entre le travail, le déménagement, sa nouvelle famille et ses affreux cauchemars, les délires d'un troll en ligne étaient la dernière chose dont elle avait besoin.

Bon débarras, pensa-t-elle en prenant l'appel de Charlie.

« Salut », dit Melissa. Elle leva l'écran tout en se dirigeant vers Riley.

« Comment vont mes chéries ? » Dans le fond elle voyait le lit encore défait dans sa chambre d'hôtel au décor tropical, un plateau de petit déjeuner posé sur le pouf d'un fauteuil dans le coin.

« Bonjour papa ! » Riley sourit en direction du téléphone. « On a joué à un jeu avec tonton Mike, et j'ai gagné.

– Comment va la vie à Antigua ? » demanda Melissa.

Charlie avait été engagé par un promoteur important après que les récents tremblements de terre de Porto Rico avaient affecté de nombreuses îles des Caraïbes. Le client avait décidé de faire appel à des géologues consultants pour mener une évaluation des risques avant de se lancer dans l'aménagement d'un hôtel-club.

« On n'est pas à plaindre, mais… il fait chaud. Et humide. Je me demande comment Mike peut vivre ici toute l'année.

– Eh bien, aujourd'hui, il a parlé de venir s'installer à Southampton pour l'été. » Elle adressa un rapide sourire à Mike, qui était en train de plier des cartons. « Tu as vérifié ton vol ?

– À l'heure pour l'instant. J'atterris à JFK à six heures trente. Avec un peu de chance, je serai à Southampton vers huit heures. »

Riley serait au lit à cette heure-là, mais Melissa attendrait pour dîner d'être en tête à tête avec lui. Elle s'accroupit pour montrer à Charlie le livre d'autocollants sur lequel Riley travaillait et ne pensa plus à son podcast, à TruthTeller ni aux cauchemars qui l'avaient tenue éveillée toute la nuit précédente. Elle choisissait le bonheur. Elle était heureuse.

Elle trouva l'endroit parfait pour déjeuner en ville, une buvette à l'ancienne dénommée Sip 'N' Soda. Une salade grecque pour elle et un sandwich au fromage grillé pour Riley, le tout suivi d'une glace pour chacune.

En se levant de table, elle constata qu'elle se ressentait de son sommeil agité de la veille. Entre le montage du son, le déballage des affaires, le jeu avec Riley et le déjeuner, elle avait été sur le pont toute la journée. Maintenant elle était au bord de l'épuisement. Repérant un Starbucks sur le trottoir d'en face, elle décida qu'elle avait besoin d'un bol géant de caféine. Quand elles en sortirent, Melissa avec un grand *venti iced French roast* à la main, Riley se mit à gambader vers la voiture, apparemment tout à fait revigorée après une longue nuit de sommeil et son *chocolate fudge sundae.*

« Attends-moi ! » cria Melissa, rattrapant Riley et lui rappelant gentiment qu'elle ne devait pas partir seule en courant.

Une fois dans la voiture, elle chercha sur Google « parc à proximité ». Heureusement elles n'étaient qu'à trois cents mètres d'un jardin public avec une aire de jeux bien notée. Riley pourrait dépenser un peu de son trop-plein d'énergie pendant que Melissa regarderait ses mails.

Après avoir accompagné Riley sur le manège et la balançoire, elle trouva un banc près du bosquet qui bordait le parc, où elle put s'asseoir à l'ombre et surveiller Riley qui continuait à jouer avec les autres enfants. Celle-ci passait d'un toboggan de plastique jaune à un cheval à ressort rouge avec des cris d'excitation. Chaque descente de toboggan était accompagnée d'un long *whhooo* montant dans les aigus jusqu'à ce qu'elle atterrisse fermement sur le sol en caoutchouc. Ses cris de joie sur le cheval à ressort étaient ponctués de : « Hue, cheval, hue ! »

Une photo apparut soudain sur le téléphone de Melissa. Elle était envoyée par la mère de Neil Keeney, Ellen, qu'on voyait avec la mère de Melissa à Cape Cod toutes les deux installées côte à côte au petit restaurant de plage préféré de Melissa, brandissant des huîtres. Après que Neil, en décrivant l'homme bizarre qu'il avait vu à la poste, avait aidé la police à localiser Mike et Melissa, les Keeney avaient accepté l'invitation de la famille Eldredge à venir chez eux fêter le retour de leurs enfants sains et saufs. Les deux familles étaient restées très proches depuis.

Melissa posa son café pour texter une réponse : *Chouette. Elle n'a pas trop de regrets pour la maison ?*

Aucun ! répondit Ellen. *Ma très chère amie va me manquer, mais elle est tout excitée à l'idée de déménager.*

Melissa inscrivit trois émojis en forme de cœur et appuya sur Envoyer. Quand elle leva la tête, elle vit une femme debout près de Riley qui se balançait sur son cheval à ressort. Elle ne l'avait pas remarquée auparavant, alors qu'elle reconnaissait tous les enfants qu'elle avait vus quelques minutes plus tôt.

Elle se leva d'un bond de son banc et courut vers l'aire de jeux. « Riley ? »

Les autres parents se retournèrent au son paniqué de sa voix. Au bord du tourniquet, une mère coiffée d'une casquette des Mets la regarda d'un air stupéfait. Sa réaction était-elle déplacée ? Voyait-elle le danger rôder partout ? Cet homme… ce qu'il lui avait fait. L'avait-il rendue… paranoïaque ?

« Bonjour ? » dit-elle. Sa voix avait un léger tremblement quand elle s'approcha de l'inconnue qui parlait à Riley. La femme portait une robe débardeur en lin noir, des tennis de toile marron et un chapeau de paille souple sur de longs cheveux blonds retenus en queue-de-cheval sur la nuque. Quelque chose dans son apparence apaisa immédiatement les craintes de Melissa, mais elle se souvint que beaucoup de gens dangereux avaient l'air tout à fait normaux. Des gens comme Carl Harmon. Ce nom… Elle haïssait ce nom et aurait voulu pouvoir l'oublier à jamais.

La femme lui adressa un sourire chaleureux. « Bonjour. Cette adorable petite fille est avec vous ? Elle vous ressemble beaucoup. »

Vraiment ? se demanda Melissa. Blond vénitien versus blond clair, mais toutes les deux avec un teint pâle et un visage en forme de cœur. « Oh, c'est gentil. En fait, c'est ma belle-fille.

– C'est pour ça que vous étiez sur votre téléphone à boire votre café et à l'ignorer ? Parce qu'elle est seulement votre belle-fille ?

– Comment ? Non… J'étais juste assise…

– Parce que vous n'avez jamais tort, n'est-ce pas ? Je vous connais. Vous êtes une mystificatrice. Et une hypocrite. »

Melissa eut un mouvement de recul, comme si la distance pouvait empêcher les mots de la blesser. La femme se retourna et commença à s'éloigner.

« Qui êtes-vous ? » s'écria Melissa désespérément.

Riley continuait à se balancer et à rire, pas plus émue que ça par leur échange, comme si elle n'avait rien entendu. La maman coiffée de la casquette des Mets près du manège s'approcha d'elle, l'air sincèrement inquiet. « Vous allez bien ?

– Est-ce que vous connaissez cette femme ? Vous l'avez déjà vue ? Est-ce une des mamans ?

– Non, je ne l'ai pas remarquée jusqu'à ce que vous vous mettiez à crier. Il est arrivé quelque chose ? »

Elle secoua la tête, sachant qu'il était inutile d'essayer d'expliquer. « Riley, je crois que ton ami le cheval est fatigué de se balancer. On devrait lui permettre de se reposer.

– Tu es bête, Missa. Ce n'est pas un vrai cheval. » Elle descendit néanmoins de sa monture. « Tu as oublié ton café, Missa. » Riley montra du doigt le banc près du bosquet, de l'autre côté de l'aire de jeux.

« Ce n'est pas grave. Je l'avais presque fini. » Ce n'était pas vrai. Après cette étrange rencontre elle avait bien besoin de caféine, mais elle voulait sortir du parc et s'éloigner de cette horrible femme le plus vite possible.

« Je vais le chercher ! » insista Riley.

Melissa ne formula pas d'objection et alla avec Riley récupérer son café. Une fois dans la voiture, elle verrouilla instinctivement les portières.

Quand elles arrivèrent à la maison, la camionnette de location était garée dans l'allée, mais elles ne perçurent aucun bruit à l'intérieur. « Mike ? cria-t-elle. Où est passé oncle Mike ?

– Comment savoir ? » dit Riley. Elle leva les mains et haussa les épaules. Melissa avait commencé à remarquer les attitudes que Riley lui piquait.

Bien qu'elle eût terminé son gigantesque gobelet de café glacé, Melissa était encore épuisée. Elles en étaient à leur troisième partie de *Docteur Maboul* quand elle sentit ses paupières devenir lourdes. Elle lutta pour rester éveillée, mais elle était si fatiguée… Elle regarda sa montre. Il était presque deux heures, l'heure à laquelle Riley faisait la sieste habituellement.

« Je crois qu'il est temps de monter faire un petit somme. J'en ferais volontiers un moi aussi.

– S'il te plaît, est-ce qu'on pourrait finir de jouer ?

– Dès qu'on se réveillera, ce sera ton tour. Je parie qu'après une bonne sieste, tu opéreras Sam comme une pro. »

Riley émit un petit rire. Obéissante, elle commença à grimper l'escalier, s'aidant des deux mains pour gravir les marches.

Une fois la fillette confortablement bordée dans son lit parapluie et serrant contre elle sa petite couverture blanche ornée de cœurs roses et violets, Melissa s'écroula sur son lit, sans même se soucier de changer de vêtements ou de se glisser sous les couvertures.

Tellement, tellement fatiguée. Comme elle tombait dans un profond sommeil, elle se rappela les mots de sa mère, qu'elle avait lus dans l'ouvrage qui faisait autorité sur son propre enlèvement. Nancy avait dû se faire hypnotiser par un psychiatre pour raviver ses souvenirs concernant les événements survenus durant son mariage avec Carl Harmon, avant que leurs deux enfants, Peter et Lisa, n'aient disparu et été retrouvés assassinés. « Mais durant ces cinq années, avait-elle expliqué à l'hypnotiseur, j'étais tellement fatiguée… après la mort de maman… toujours si fatiguée. Pauvre Carl… tellement patient. Il a tout fait pour moi. C'est lui qui s'occupait des enfants la nuit… même quand ils étaient bébés. »

Ce n'est qu'après l'enlèvement de Mike et Melissa que les enquêteurs purent reconstituer les faits. Carl avait drogué sa jeune femme pour la garder isolée, dépendante et ignorante de ce qui se passait dans sa propre maison. Pour dissimuler sa pédophilie, il avait tué Peter et Lisa, piégé Nancy, et simulé son propre suicide. Elle avait été reconnue coupable, mais la condamnation avait été annulée à cause d'une irrégularité concernant un juré et le procureur avait été incapable de la juger à nouveau parce qu'il manquait un des témoins principaux. Elle avait fini par déménager à l'autre bout du pays, où elle avait entamé une nouvelle vie avec un agent immobilier du coin et avait eu deux enfants, Mike et Melissa.

Puis Carl Harmon les avait retrouvés.

Un canard en caoutchouc jaune. Cette odeur. Du talc pour bébé. Du talc… et de la transpiration. Melissa était fatiguée aussi, à ce moment-là, trop fatiguée, à cause de la drogue qu'il avait injectée dans sa main. Tellement, tellement fatiguée, quand Carl Harmon avait plongé son corps dans l'eau. « Maman, maman… »

Elle entendait des bruits derrière sa faible voix d'enfant qui appelait sa mère. Quel bruit ? La mer ? Non, l'eau qui coulait du robinet de la baignoire. Le canard en caoutchouc jaune se balançait tandis que montait le niveau de l'eau. Le jouet était pour un enfant comme elle, mais il n'était pas joyeux, il n'était pas drôle. Il était menaçant – l'air dangereux et cruel avec ses yeux noirs et ses dents pointues alors qu'il flottait près de sa peau nue.

Elle sentit une main d'homme saisir son poignet. Elle se redressa d'un bond, cherchant l'air comme si elle se noyait, malgré le dessus-de-lit en coton qu'elle sentait sous elle.

« Missy, tu m'entends ? Réveille-toi. Réveille-toi ! » Mike se tenait au-dessus d'elle et lui serrait le bras. Son cou était humide de transpiration. « Missy, lève-toi tout de suite ! Où est Riley ? »

10

MELISSA avait perdu la notion du temps, mais elle percevait la peur dans la voix de Mike, qui la berçait contre lui. « Melissa, qu'est-ce qu'il y a ? Où est Riley ? »

Elle essaya de lever la main, mais la laissa retomber mollement. Tenta de parler, mais fut incapable d'articuler la moindre syllabe. Le monde extérieur existait, pourtant elle ne parvenait pas à s'y connecter.

« Réveille-toi, Missy. Il faut qu'on trouve Riley. »

La petite. La fille de Charlie. *Sa* fille maintenant. Ils devaient la retrouver. Ses lèvres bougèrent, mais aucun son ne sortit de sa gorge. Elle était si fatiguée.

« Bon sang ! » Elle entendit le désespoir dans la voix de son frère. Elle aurait voulu lui dire : « Ne t'inquiète pas pour moi, va chercher Riley ! » Mike la mit debout et elle retomba de tout son poids contre lui. « Qu'est-ce qui t'arrive ? demanda-t-il. Je sais que tu ne vas pas bien, mais tout de même ! Riley a disparu. Tu comprends ? »

Elle finit par trouver ses mots, qui exprimèrent son premier réflexe. « La police… Appelle la police. »

Puis la voix de son frère s'éleva, lointaine. La nouvelle adresse de leur mère… une fillette disparue… trois ans le mois dernier… Riley Miller.

Elle avait plus ou moins conscience de trembler. Mais ce n'était pas ce qui la préoccupait. Elle repensait à sa décision de bloquer TruthTeller ce matin-là. La femme du parc. *Parce que vous n'avez jamais tort, hein ? Je vous connais. Mystificatrice. Hypocrite.*

Et maintenant, Riley n'était plus là.

« La police… Tu as appelé la police, Mike ? » Cela faisait-il une minute ou une heure qu'elle lui avait demandé de le faire ? Folle d'inquiétude, elle attrapa son téléphone et regarda l'heure. Après tant de nuits sans sommeil, comment avait-elle pu dormir si longtemps ?

« Oui, tu n'as pas entendu ? Ils arrivent », répondit-il.

L'obscurité s'emparait d'elle. Elle se sentait partir… non… non ! Elle se força à se lever. Aperçut Pookie, l'ours en peluche que Riley n'avait pas lâché de la journée. Il traînait par terre, encore plus avachi et râpé que dans son souvenir. Elle se précipita comme elle put dans l'escalier. Il fallait qu'elle fouille la maison. Par terre à côté de la porte d'entrée, un amas de tissu. Elle reconnut les cœurs roses et violets qui ornaient la couverture de Riley et laissa échapper un cri. Elle voulut la ramasser mais se ravisa. C'était peut-être une scène de crime.

Elle sortit du cottage en trébuchant. Son frère la rattrapa, où allait-elle ? Dehors, le bitume sous ses pieds nus et le vent fraîchissant du soir sur ses bras finirent de la tirer du sommeil. Ce que Mike avait traversé… ce qu'elle-même avait subi… hors de question que Riley endure la même chose.

Jamais ces souvenirs ne disparaîtraient, elle le comprenait maintenant. Plus clairement que dans ses pires cauchemars, Melissa s'entendit, petite fille, pleurer en fermant les yeux de toutes ses forces. « Maman… maman. » C'est là qu'il avait ouvert son blouson « Allons, allons… Tout va bien. »

Carl Harmon. Il avait prétendu être un vieil ami de leur mère et qu'elle voulait qu'il organise un jeu pour son anniversaire. Il les avait emmenés à la maison du guet, sinistre bâtisse battue par les vents, perchée sur un promontoire rocheux qui dominait la baie. Melissa sentait encore ses mains sur sa peau. Mike avait tenté d'écarter l'homme, mais Harmon avait brutalement séparé Melissa de son frère avant de lui dire : « Tu sais ce que signifie être mort ?

– Ça veut dire qu'on va au ciel », avait répondu Mike.

Carl Harmon leur avait raconté que leur maman était montée au ciel le matin-même et que leur papa les lui avait confiés. « Si maman est allée au ciel, je veux y aller moi aussi », avait dit Mike, les lèvres tremblantes.

Berçant la petite Missy dans ses bras, Harmon avait passé les doigts dans les cheveux de Mike. « Tu iras. Ce soir. C'est promis. »

Impossible de le nier, elle se souvenait. De tout. Et ce qui arrivait à Riley, c'était comme la dernière fois. La dernière fois… Retrouverait-on Riley comme on avait retrouvé Mike et Melissa, aux mains d'un homme si pervers ? Carl Harmon avait laissé Mike suffoquer, un sac en plastique sur la tête, pendant qu'il emmenait Missy au grenier pour la précipiter dans l'écume rugissante au milieu des rochers.

Il fallait qu'elle prévienne Charlie. Mon Dieu, comment lui annoncer ?

Il décrocha à la deuxième sonnerie. « Salut, toi. Il n'y a pas grand monde sur la route. Je serai là d'ici une heure. »

Elle ne se rappellerait jamais les mots exacts qu'elle avait réussi à articuler entre deux sanglots, pourtant, elle l'avait dit : « Riley a disparu et c'est ma faute. »

11

À CENT CINQUANTE kilomètres de là, Jayden Kennedy sentit une étrange vague de paranoïa le submerger quand Julie s'engagea sur le chemin qui menait chez lui.

« Bébé, faisons demi-tour, dit-il. Tu voulais écouter le dernier épisode du *Justice Club*. Tu ne veux pas savoir ce qu'est devenue la belle-mère d'Evan ?

– C'est ce qu'il y a de bien avec les podcasts, on peut les écouter quand on veut. On passe juste devant chez toi, c'est tout. Si ça se trouve elle est très sympa et nous proposera d'entrer. »

Julie avait eu cette idée en sortant du nouveau restaurant de la ferme à la table qu'ils venaient de tester. Quand ils avaient préparé la maison pour la fameuse « Helen », Jayden n'avait pas songé à emporter de costume ni de cravate, vêtements dont il avait peu l'usage depuis qu'il avait quitté Wall Street. Mais ce jour-là, il avait eu une touche pour une nouvelle mission de conseil et le client potentiel voulait déjeuner avec lui à New York le lendemain. Se fendre d'un nouveau costume aurait été un peu prématuré, et encore eût-il fallu que les retouches éventuelles soient faites à temps. Mais maintenant qu'ils approchaient de la maison, cela semblait être un bien faible prix à payer pour éviter une catastrophe.

« Je te rappelle que ce site de location est un peu hors norme, dit-il. Domiluxe garantit un anonymat total.

– On n'est quand même pas des espions, répondit Julie. C'est juste du haut de gamme, non ?

– Du haut de gamme très discret. Passer quand la locataire est là est une violation majeure des termes du contrat. Elle pourrait piquer une crise et tout annuler. Ou pire.

– Si ça se trouve elle n'est même pas arrivée. »

Jayden sentit le pincement au creux de son estomac s'accentuer à mesure que la Mini de Julie poursuivait sa route. Elle éteignit les phares et s'arrêta à cinquante mètres de l'allée qui menait chez lui. Quand elle entrouvrit sa portière, le plafonnier s'alluma.

« Où tu vas ? » Il n'y avait pas un chat alentour, pourtant il n'avait pu s'empêcher de chuchoter.

« Viens, on avance juste assez pour voir s'il y a quelqu'un », répondit-elle en descendant de la petite voiture. Il se dépêcha de la rattraper. « S'il n'y a pas de lumière, tu y vas, tu attrapes un costume et tu ressors. Vois ça comme un défi. Je te chronomètre.

– Ce n'est pas parce qu'il n'y a pas de lumière qu'il n'y a personne. Si ça se trouve, Helen dort et je vais lui faire la peur de sa vie. Ou Helen n'est pas Helen, c'est une fugitive qui a la police aux fesses et m'attendra au bas des marches avec un fusil à canon scié.

– Eh bien, tu me bats, question imagination », dit-elle en lui adressant un sourire en coin.

La maison était plongée dans le noir. Ils étaient presque arrivés à la porte, quand Julie laissa échapper un petit cri. Une voiture s'engageait dans l'allée, faisant crisser le gravier sous ses pneus. Jayden plongea derrière un rhododendron, tirant Julie à ses côtés. À l'abri de la lumière aveuglante des phares qui se rapprochaient, elle le regarda en ouvrant tout grands les yeux, à deux doigts de céder à l'un de ces adorables fous rires qui la prenaient parfois subitement. « On est cachés dans les fourrés devant ta propre maison », chuchota-t-elle une fois la voiture passée.

Il lui attrapa la main et la ramena à la Mini. Ils rirent de l'absurdité de la situation durant tout le trajet de retour. Plus tard, Jayden se souviendrait que la voiture de la locataire était une berline, probablement blanche, et qu'il avait été frappé que ce soit une location, alors que c'était logique puisque Helen avait pris l'avion d'Atlanta à LaGuardia.

Ce qu'il n'avait pas vu, en revanche, c'était la personne qui était au volant. Et la petite fille de trois ans sur la banquette arrière.

12

QUAND CHARLIE franchit le seuil du cottage, Melissa se précipita à sa rencontre. Une vague de soulagement la submergea lorsqu'il la prit dans ses bras. Rien de l'horreur qu'ils traversaient n'avait changé, mais maintenant qu'ils étaient réunis, elle parvenait à croire que tout irait bien.

Quand il finit par relâcher son étreinte, elle eut du mal à le regarder dans les yeux. « Je m'en veux tellement. »

L'inspecteur, un certain Marino, entra à son tour, scrutant leurs retrouvailles.

« Ne t'inquiète pas, murmura Charlie. Tout va s'arranger. On va la retrouver. Ce n'est pas ta faute », ajouta-t-il comme s'il lisait dans ses pensées.

Un sentiment de culpabilité assaillit Melissa. C'était elle qui aurait dû le réconforter, pas l'inverse. Riley était sa fille et elle l'avait perdue.

L'inspectrice serra la main de Charlie et se présenta. « Monsieur Miller, je suis l'inspectrice Hall. Et vous connaissez déjà mon coéquipier, l'inspecteur Marino. »

Un peu plus tôt, Marino était sorti appeler Charlie, pendant que Hall recueillait les témoignages de Melissa et de Mike. Les inspecteurs avaient expliqué que c'était par souci d'« efficacité », puisque Charlie était encore sur la route. Peut-être. Mais Melissa avait été procureure. Elle savait pourquoi on interrogeait les conjoints séparément en cas de question touchant à la famille.

« J'évoquais auprès de l'inspectrice Hall la possibilité de mettre en place une alerte enlèvement », dit Melissa. Les deux policiers échangèrent un regard agacé. Elle avait déjà insisté pour qu'ils fassent venir la police scientifique.

Le portable de Melissa vibra. Katie, encore. Son deuxième appel en quelques minutes. Elle le refusa.

« Vous ne voulez pas prendre cet appel ? » demanda Hall.

Melissa secoua la tête. « C'est mon amie Katie. Nos proches s'inquiètent pour Riley. » En attendant la police, Melissa avait contacté Neil et Amanda. En tant qu'agent du NYPD, Amanda pourrait peut-être leur être utile.

« Vous êtes angoissés et c'est normal, dit Marino avec un geste rassurant. Mais on ne lance pas une alerte enlèvement comme ça. Il faut d'abord être certain qu'il s'agit réellement d'un enlèvement. Et heureusement, nous n'en sommes pas là.

– Si je puis me permettre, intervint Mike, ma nièce vient d'avoir trois ans. Ce n'est pas comme si elle avait fait le mur pour aller en boîte.

– Mon fils a le même âge et il arrive à sortir de son lit pour bébé tout seul. Un vrai petit Houdini, répondit Hall avec un sourire compatissant. Melissa, vous êtes certaine que toutes les portes étaient verrouillées ? C'est bien ce que vous avez déclaré ? »

Melissa acquiesça d'un signe de tête. Elle espérait tellement qu'un jour ils en riraient tous ! La téméraire petite Riley s'échappant de son lit pour explorer le nouveau quartier de Grand-Nan toute seule, comme une grande. La porte d'entrée se verrouillait automatiquement quand on la claquait et Mike avait confirmé avoir eu besoin de sa clef pour entrer. La porte de derrière était fermée à clef elle aussi. Quant aux portes vitrées coulissantes, elles n'étaient pas de première jeunesse et auraient pu facilement être forcées, mais en l'occurrence, elles étaient intactes. Riley avait pu sortir par la porte principale et se retrouver coincée dehors. Mais dans ce cas, où était-elle ? Un bambin seul dans la rue aurait attiré les regards, on se serait arrêté pour l'aider. Ou pour une autre raison…

À cette pensée, Melissa eut un haut-le-cœur.

L'inspectrice Hall tenta de les rassurer, soulignant combien il était rare qu'un enfant soit enlevé par un inconnu.

« Ce qui nous amène à la question suivante, intervint Marino. Devrions-nous nous intéresser à quelqu'un parmi vos connaissances ? Quand un enfant disparaît, c'est souvent un problème de droit de garde.

– Ce n'est pas le cas ici, dit Charlie. Je vous l'ai expliqué, ma femme, ma première femme, Linda, est morte quand Riley était bébé.

– Et le reste de la famille ? insista Marino. Vous avez des frères et sœurs ? Et vos parents ? Une rancœur dont nous devrions être au courant ? »

Charlie secoua la tête. « Mes parents sont morts. Ma sœur vit à Brooklyn. Elle est géniale, c'est elle qui m'a aidé à surmonter la mort de Linda. Elle s'occupe tout le temps de Riley. C'est même elle qui l'a gardée pendant notre lune de miel. Nous sommes très proches.

– Et que pense-t-elle de votre remariage ? demanda Marino. Elle pourrait se sentir menacée ? »

Charlie écarquilla les yeux. « Bien sûr que non, rétorqua-t-il, c'est ma sœur ! »

Assis dans un coin, Mike prit la parole d'un ton apaisant. « Ils ne font que poser des questions, Charlie. Ta sœur n'est pas venue au mariage. Même moi, j'ai trouvé le temps. »

Un ange passa. Charlie gagna d'un pas raide la cuisine, griffonna quelque chose sur un bloc-notes et arracha rageusement la page. « Rachel Miller. Voilà son numéro. Elle est esthéticienne à domicile et elle avait des rendez-vous tout le week-end. C'est pour ça que Riley est venue ici au lieu de rester avec sa tante.

– Si vous me permettez de poser la question, dit Hall, comment la mère de Riley est-elle morte ? »

Melissa était sur le point de demander en quoi cela avait de l'importance, mais Charlie expliqua que Linda avait glissé en prenant un selfie au sommet d'une chute d'eau pendant des vacances en Norvège et était tombée. Melissa serra la main de Charlie. C'était l'explication qu'il avait donnée à leur famille et à leurs amis. Mais au cours de la quatrième séance de leur thérapie de groupe, il s'était confié : il ne s'agissait peut-être pas d'un accident.

S'ils avaient entrepris ce voyage sans Riley, c'était parce que Linda éprouvait des difficultés à s'adapter à son rôle de mère. Elle voulait passer des vacances en tête à tête avec Charlie, afin qu'ils aient une chance de se « retrouver ». Le dernier jour, elle avait insisté pour faire une grande balade au sommet des chutes d'eau. Malgré les supplications de Charlie, elle s'était aventurée loin du sentier, pour voir l'eau s'écraser sur les rochers, quelque trois cents mètres plus bas. Une fois au bord de l'à-pic, elle avait fait volte-face. Pensant qu'elle se préparait à prendre un selfie, peinant à se faire entendre au-dessus du fracas des chutes, Charlie lui avait crié de faire attention. Melissa n'oublierait jamais son air désemparé quand il avait décrit la scène : « Elle m'a lancé un regard qui ressemblait à un au revoir, et puis… elle n'était plus là. »

Accident ou suicide ? Charlie n'avait aucun moyen d'en être sûr, alors il avait gardé ses soupçons pour lui. C'était mieux pour tout le monde, surtout pour Riley.

« Et la famille de Linda ? demanda Marino. Vous avez une belle-famille ?

– Elle était fille unique.

– Pas de parents ?

– Ils sont encore en vie, dit-il, mais ils ont plus de soixante-dix ans. Et ils habitent dans l'Oregon.

– Vous les avez prévenus de la disparition de Riley ? »

Charlie secoua la tête et se passa la main sur le visage. « Bon sang, je crois que je n'avais pas digéré l'information avant de l'entendre de votre bouche. Elle a disparu. Ma fille a disparu.

– Donnez-nous leurs coordonnées, nous les préviendrons, proposa Hall. Parfois, c'est plus facile comme ça. Nous leur annonçons et ensuite vous les tenez au courant.

– Il faut que je réfléchisse. C'est compliqué.

– Justement, si c'est compliqué, il vaut peut-être mieux que ce soit nous qui leur parlions, souligna Hall.

– Faites-moi confiance, s'il y avait le moindre risque qu'ils soient impliqués, je filerais dans l'Oregon sur-le-champ pour leur tirer les vers du nez. Je veux juste éviter de les bouleverser. »

Les deux inspecteurs échangèrent un regard sceptique. « Et la femme qui a abordé ma sœur au parc ? intervint Mike. Melissa vous a donné sa description, elle la reconnaîtrait sans problème. Elle a quitté le parc à pied, donc elle ne doit pas habiter loin. Vous ne pouvez pas la retrouver ? Melissa est aussi la cible d'un harceleur sur les réseaux sociaux. Peut-être que cette femme fait une fixation sur elle et l'a suivie jusqu'ici.

– On va également creuser dans cette direction, le rassura Hall. Madame Eldredge, avez-vous une idée de la raison pour laquelle ce TruthTeller vous accuse d'être hypocrite et de cacher la vérité ? »

Le silence qui suivit parut long, même à Melissa. Quand elle finit par prendre la parole, elle choisit de ne pas donner de noms. Jennifer Duncan était suffisamment rancunière pour s'en prendre à elle en ligne, mais jamais elle n'enlèverait un enfant. « D'après mon agent, ça fait partie du jeu des réseaux sociaux, répondit-elle. Quoi que vous disiez, on trouvera le moyen de vous attaquer.

– Soit, dit Marino, mais prévenez-nous si vous pensez à quelque chose. Un client mécontent par exemple. Le plus urgent pour l'instant, c'est de retrouver Riley. Au moment où je vous parle, des agents quadrillent le secteur, et le département fait paraître des communiqués de presse et des alertes sur les réseaux. Vous êtes nouveaux par ici, mais vous verrez, nous sommes très solidaires dans l'East End. Des volontaires passeront le voisinage au peigne fin toute la nuit s'il le faut. »

Charlie retint un sanglot. « Je sais que vous êtes obligés de poser toutes ces questions, inspecteurs, mais tout ce que je veux pour l'instant, c'est sauter dans ma voiture et chercher ma fille, même si je dois parcourir chaque centimètre carré de Long Island. Vous avez encore besoin de nous ici ?

– La scientifique n'a pas terminé, fit Hall, mais bien sûr, allez-y.

– J'y vais aussi, proposa Mike. Plus on sera nombreux, mieux ce sera. »

Melissa le serra dans ses bras. Depuis la seconde où il l'avait découverte endormie sans Riley, il avait remué ciel et terre pour elles – il avait tiré Melissa du sommeil, appelé la police, incité les inspecteurs à chercher la femme du parc. Il présentait Riley comme sa nièce et maintenant, il s'apprêtait à partir à sa recherche. Au fond de lui, il restait le petit garçon qui veillait sur sa sœur. Il n'avait jamais cessé de l'être.

Elle glissa ses clefs de voiture dans la main de Mike et le remercia encore une fois. De son côté, elle accompagnerait Charlie. Les inspecteurs leur garantirent que des officiers en uniforme resteraient sur place, au cas où Riley reviendrait.

« Il y a forcément un héliport par ici, dit Melissa. Un pilote serait peut-être d'accord pour participer aux recherches.

– Merci du conseil, maître. » Le ton de l'inspectrice Hall était professionnel, mais les deux policiers échangèrent un autre regard entendu.

Ils se dirigeaient vers la porte d'entrée quand l'inspecteur Marino lança, comme si l'idée lui était venue après coup : « Vous savez, Charlie, si nous diffusons l'info, la disparition de Riley pourrait venir aux oreilles de vos ex-beaux-parents, même dans l'Oregon. Vous êtes sûr que vous ne voulez pas qu'on les appelle ?

– Ce n'est pas ça qui me ramènera ma fille. »

13

MARINO se fourra une Nicorette dans la bouche en se laissant tomber sur le siège de la Chevrolet du service.

« Alors, tu arrêtes la clope, Guy ? » Le prénom de Marino était Gaetano, mais tout le monde, y compris sa coéquipière, Heather Hall, l'appelait Guy.

« Je suis officiellement un addict. Un accro à la nicotine. Même avec ces chewing-gums. Je me donne encore trois jours, cinq max, avant de reprendre. Je suis un homme faible, Hall. »

Hall savait d'expérience que Guy était tout sauf faible. Elle n'aurait jamais accepté de faire équipe avec quelqu'un de faible.

« Et qu'as-tu tiré du mari avant qu'il rentre à la maison ?

– Rien qui diffère de ce qu'a raconté la femme. Mariés depuis peu. Super heureux. Tout baigne. Je lui ai demandé s'il était normal qu'elle fasse de si longues siestes au milieu de la journée, et il a dit qu'elle avait eu des problèmes de sommeil récemment. Du stress sans doute. Je l'ai poussé dans ses retranchements pour voir s'il avait le moindre doute concernant sa femme, mais il n'a rien laissé paraître. J'ai cherché sur Google : elle a fait une grande carrière. Et j'ai aussi laissé entendre qu'elle n'était peut-être pas tellement heureuse de se retrouver avec un enfant sur les bras.

– Voilà qui est vraiment subtil, dit Hall.

– Hé, je suis en manque ! Qu'est-ce que je peux dire ? Peut-être y ai-je été un peu fort, parce que j'ai eu l'impression que si ce type avait pu m'envoyer un direct par téléphone, il aurait tenté le coup.

– Même chose avec la femme. Vu la manière dont elle en parle, Charlie pourrait donner des cours sur la manière d'être un père célibataire gâteux.

– Un père veuf, corrigea Marino. Je ne connais rien aux questions de parenté, de belles-familles ou d'enfants, mais si ton fils avait disparu, tu avertirais ses grands-parents, non ? »

Hall décida de prendre la voie de droite lorsque le feu de circulation changea, et ralentit. « Primo, ne dis jamais que mon Milo chéri pourrait être enlevé, même comme simple hypothèse. Et deuzio ? Dans mon cas, les parents de Frank prendraient la tête de l'équipe de recherche, on est comme ça dans la famille. Ils ne vivent pas au fin fond de l'Oregon. Et beaucoup de beaux-parents sont rancuniers. Comme l'a dit le mari, ces choses-là peuvent être compliquées. »

Ils n'eurent pas besoin de formuler les pensées qui leur traversaient l'esprit. Un père ou une belle-mère n'avaient aucune raison d'enlever un enfant qui vivait déjà avec eux. Si Charlie Miller ou Melissa Eldredge étaient pour quelque chose dans la disparition de Riley, c'était pour se débarrasser d'elle une bonne fois pour toutes. Hall imagina son fils Milo, son petit Houdini. Même après tout ce qu'elle avait vu dans ce boulot, elle ne pouvait pas comprendre qu'on puisse faire du mal à un enfant.

« Tu penses toujours que nous avons bien fait de la jouer discrète sur le frère ? demanda Guy. J'ai vraiment l'impression qu'il est la brebis galeuse de la famille, le genre de type qui passe sa vie à traîner sur les plages. » Ils avaient déjà vérifié les informations qu'ils détenaient sur Michael dans leur fichier. Rien de suspect dans son dossier, mais le système pouvait ne pas avoir enregistré d'éventuelles plaintes déposées contre lui dans les Caraïbes.

« Je suppose que tu sais comment Melissa Eldredge a fait sa réputation ?

– Oui, j'ai consulté Google. Une erreur judiciaire, semble-t-il.

– Une erreur aux yeux de qui ? commenta Hall. L'accusée s'appelait Jennifer Duncan, un mannequin loin d'être célèbre qui avait épousé une grosse fortune – très grosse fortune –, un promoteur immobilier du nom de Doug Hanover, qu'on a trouvé assassiné avec son propre pistolet dans leur maison du West Village. Jennifer avait appelé le 911, mais refusé de répondre aux questions, prétendant être en état de choc. L'enquête a montré qu'elle avait consulté deux avocats spécialistes du divorce au cours du mois précédent. Si le couple avait divorcé, elle n'aurait presque rien reçu, selon les clauses de leur contrat prénuptial. Mais suivant les dernières dispositions du testament ? Elle empochait le tout. Le procureur s'est fondé presque entièrement sur le mobile et les éléments de preuve matériels relevés sur la scène du crime, principalement les traces de sang. Le jury a décidé que c'était elle qui avait appuyé sur la gâchette.

– Tu as appris tout ça aujourd'hui ? »

La mémoire photographique de Hall pour les détails ne cessait de l'impressionner.

« Pas du tout. Quand j'étais en congé maternité je me suis plongée dans les émissions d'histoires criminelles à la télévision. C'est à ce moment que Melissa Eldredge s'est manifestée et a déclaré que Jennifer était en fait une femme battue. À cette époque, celle-ci était en prison depuis trois ans.

– Donc elle a nié avoir assassiné son mari mais, en voyant qu'elle ne convainquait personne, elle a décidé d'invoquer la légitime défense ?

– C'est une longue histoire, mais fondamentalement l'accusation s'est pris les pieds dans le tapis. L'avocat de la défense avait voulu savoir si le mari s'était montré violent dans ses relations précédentes. Or il se trouvait que la première épouse de ce type avait cherché quelques années auparavant à obtenir une ordonnance restrictive à son endroit. Quand les avocats de l'accusation ont contacté cette femme, elle a déclaré qu'il s'agissait d'un malentendu et nié avoir été agressée. Le bureau du procureur a alors décidé de ne pas mettre la défense au courant, et c'est ainsi que l'accusation contre Jennifer a pu être annulée. L'ironie de l'histoire est que Melissa Eldredge avait été une des assistantes du procureur dans le premier procès.

– Elle a donc utilisé sa propre erreur pour faire tomber la condamnation de Jennifer plus tard ? demanda Marino.

– Exactement. Elle a fait valoir qu'elle était simple assistante junior et qu'elle s'en était remise à l'avis de ses supérieurs, mais que cette décision l'avait toujours perturbée. Quand elle s'est mise à son compte, elle a décidé de représenter Jennifer. Une fois celle-ci sortie de prison, elles se sont montrées ensemble au journal télévisé et dans plusieurs talk-shows. Jennifer a hérité de toute la fortune de son mari et les enfants n'ont rien touché. Et maintenant Melissa est pratiquement devenue une célébrité. Ce qui me ramène à ta première question. Elle voulait qu'on lance une alerte enlèvement et qu'on utilise les hélicoptères. Comment aurait-elle réagi si nous avions posé à son frère des questions embarrassantes ?

– Il faut qu'elle comprenne que la famille doit être éliminée de la liste des suspects, dit Guy. C'est la procédure. Retrouver l'enfant est la priorité absolue.

– Qu'est-ce que le scorpion disait à la grenouille ? Que c'était sa nature. Cette femme est avocate, et d'après mon expérience, les avocats n'aiment pas beaucoup qu'on interroge leurs proches.

– Alors, qu'est-ce qu'on attend pour s'occuper de lui ? »

De même qu'ils n'avaient pas eu besoin d'exposer pourquoi des parents pouvaient s'en prendre à leur enfant, ils ne détaillèrent pas les sombres raisons qui pouvaient conduire un homme de l'âge de Mike Eldredge à trouver un moyen de se trouver seul avec la petite belle-fille de sa sœur.

Hall haussa les épaules. « Pour le moment on se contente de le tenir à l'œil.

– Et comment ?

– Tu vois le SUV Volvo gris un peu plus haut dans la rue ? C'est Mike Eldredge dans la voiture de sa sœur. Tu n'as pas remarqué que je le suivais depuis qu'il a quitté la maison ? »

Ce n'était pas la première fois que Marino constatait que son équipière était la meilleure.

14

CHARLIE serrait tellement fort le volant que les jointures de ses doigts étaient blanches. Malgré l'obscurité, la douleur dans son regard et la pâleur cendreuse de son visage n'échappèrent pas à Melissa. « Au moins, les inspecteurs ne mentaient pas quand ils ont dit qu'ils lançaient les recherches », fit-elle sur un ton qu'elle espérait rassurant.

De fait, les alentours du cottage fourmillaient d'agents en uniforme qui frappaient aux portes, des photos de Riley à la main. Melissa et Charlie, quant à eux, avaient le sentiment de sillonner les rues au hasard, Melissa appelant les hôpitaux pour vérifier s'ils avaient du nouveau.

L'écran de son téléphone s'allumait à chaque nouveau message. Neil et Amanda sur un fil de discussion, Katie sur un autre. Tous proposaient de se joindre aux recherches, mais Charlie avait été catégorique : ça ne ferait que compliquer les choses. Si Melissa, lui et Riley formaient désormais une famille, Charlie ne considérait visiblement pas les amis de Melissa comme les siens.

Un appel de Rachel s'afficha sur l'écran Bluetooth. Il répondit immédiatement. « Salut. Je suis en voiture avec Melissa. On la cherche. La police fouille le quartier. On n'est même pas sûrs de ce qu'il faut faire pour l'instant.

– À cette heure-ci il n'y a plus de trains, mais je peux louer une voiture. Ou prendre un VTC. Dis-moi comment je peux vous aider. » Melissa comprit à sa voix enrouée que Rachel avait pleuré. « Je me sens tellement coupable. J'aurais dû annuler mes rendez-vous. J'aurais pu m'occuper de Riley pendant ton déplacement. »

Melissa gardait les yeux fixés sur le trottoir qui défilait de l'autre côté de la vitre. Elle sentait la brûlure de la culpabilité. Oui, c'était sa faute. Si elle avait écouté Mike, si elle avait parlé à quelqu'un de ses cauchemars, peut-être ne se serait-elle pas endormie aussi profondément.

« Ce n'est la faute de personne, dit Charlie en posant une main rassurante sur celle de Melissa. Tu connais Riley. Elle veut toujours partir à l'aventure. Elle aura trouvé le moyen de sortir de la maison et se sera perdue. Elle sait qu'elle ne doit pas parler aux inconnus. Elle a très bien pu s'endormir dans un coin. »

Ils s'accrochaient à ce scénario comme à une bouée de sauvetage.

« Quoi qu'il en soit, dit Rachel, je prends le premier train demain matin. Et je vais tâcher de croire que ma nièce sera là pour m'accueillir et que nous préparerons le petit déjeuner ensemble. Melissa ? Tu m'entends ?

– Oui, Rachel.
– Je sais que je n'ai pas été des plus chaleureuses…
– Je comprends tout à fait que ça ait été dur. Tout ça a dû te paraître vraiment très rapide. Pas besoin d'en parler maintenant.
– Je suis contente que tu fasses partie de la vie de Charlie, je voulais que tu le saches. Et c'est bien aussi pour Riley. À partir de maintenant, les choses vont changer. »
Melissa sentit une boule se former dans sa gorge. Y aurait-il seulement un « à partir de maintenant » ? Riley reviendrait-elle à la maison ?
« De mon côté aussi. Nous sommes une famille. »
Rachel raccrochait quand le téléphone de Melissa sonna. C'était Mike. « Tu l'as trouvée ? » demanda-t-elle sans préambule.
« Non, je suis désolé. Par contre la police m'a trouvé, elle. Il faut qu'on parle. »

De retour au cottage, ils trouvèrent Mike dans le salon, assis dans un fauteuil, la tête entre les mains. Il sursauta en les entendant entrer. La tension et l'épuisement que trahissait son visage le vieillissaient. Ou peut-être le voyait-elle d'habitude comme le petit garçon qu'il avait été, tout comme lui semblait la voir comme la petite Missy. Mais à cet instant, elle n'arrivait pas à croire combien, maintenant qu'il était adulte, il ressemblait à leur père.
« Tu peux nous laisser une seconde, Charlie ? » demanda-t-il d'un ton las.

Lèvres pincées, poings sur les hanches, Charlie secoua la tête. « Désolé, Mike, c'est de ma fille qu'il s'agit. Je dois savoir. »

Mike acquiesça d'un signe de tête. « Je suis allé au parc, en me disant qu'on pouvait peut-être y retrouver le soir des gens qui étaient là pendant la journée. J'ai croisé un couple qui promenait son chien, mais la description de la femme ne leur disait rien. J'étais en train de regagner la voiture quand les inspecteurs sont arrivés. Ils ont prétendu qu'ils venaient fouiller les lieux, mais ça n'avait aucun sens. J'ai quitté la maison avant eux. Ils m'ont forcément suivi. »

La respiration de Charlie s'accélérait, ses poings se serraient. « Pourquoi ils s'intéresseraient à toi, Mike ? Tu as fait quelque chose à ma fille ? » Mike eut un mouvement de recul, comme si on l'avait giflé, et Melissa étouffa un cri. Les yeux brillants de colère, Charlie se tourna vers elle. « Combien de fois tu m'as répété que ce qui vous est arrivé avait bousillé ton frère ? Je n'aurais jamais dû le laisser s'approcher de Riley. »

Pour la première fois depuis qu'ils avaient enterré leur père, elle vit des larmes dans les yeux de Mike. « Super, lâcha-t-il. Merci à tous les deux. » Le sarcasme ne suffit pas à masquer sa peine.

« S'il te plaît, Mike, implora Melissa, on pourra parler de nous et du reste plus tard, mais pour l'instant c'est Riley qui compte. La police, qu'est-ce qu'elle voulait savoir ?

– Ce qui intéresse aussi Charlie visiblement. Mon emploi du temps. Vous serez donc heureux d'apprendre qu'après le départ de Melissa et de Riley, je suis allé à pied au magasin de pêche pour voir si je pourrais trouver du travail dans le coin. Un couple qui achetait un nouveau dévidoir m'a entendu parler au patron : Christian et Lea, des passionnés de pêche qui habitent ici mais passent une partie de l'année dans les Caraïbes. On est allés boire une bière et ils m'ont emmené à Montauk pour me présenter des gens qui pourraient avoir besoin de mes services pendant l'été. J'étais tellement impatient de vous apprendre la nouvelle ! Mais la maison était plongée dans le noir quand je suis rentré. Je ne connais pas leur nom de famille, mais j'ai le numéro de Christian. Ils doivent être connus dans la région, l'inspecteur a tout de suite su de qui je parlais et les a appelés. Ils ont confirmé qu'on avait passé la journée ensemble. Appelle-les, si tu veux.

– Ce ne sera pas nécessaire, tu le sais, dit Melissa.

– Je suis désolé, fit Charlie. Je n'ai pas les idées claires en ce moment. »

Mike accepta d'un geste ses excuses. « Je comprends, ne t'inquiète pas.

– Alors c'est tout ? demanda Melissa. Ils t'ont demandé ton alibi, et tu en as un. Pourquoi tu avais l'air inquiet quand tu m'as appelée ?

– Leurs questions ne concernaient pas que moi. » Il baissa les yeux. « Ils m'ont demandé depuis combien de temps vous vous connaissiez, si je connaissais bien Charlie, si toi tu le connaissais bien. Ils s'interrogent. »

Il marqua un temps d'arrêt, persistant à éviter le regard de Charlie. Voilà pourquoi il voulait parler en tête à tête avec elle, comprit Melissa. Ce n'était pas pour lui-même qu'il s'inquiétait, mais pour Charlie. Il fallait qu'elle sache. « Quelles questions ? »

Quand Mike finit par reprendre la parole, c'est Charlie qu'il regardait. « Des questions sur tes beaux-parents. Ils m'ont demandé si je connaissais leur nom, si je savais comment les contacter et s'ils voyaient Riley, ce genre de choses.

– Ça n'a aucun sens, dit Melissa. Si Charlie avait le moindre soupçon les concernant, il en aurait parlé à la police.

– C'est ce que j'ai répondu. Ensuite ils m'ont demandé si Charlie serait plus heureux sans sa fille. C'est devenu vraiment sordide. »

Le désarroi et la consternation se lisaient sur le visage crispé de Charlie. « Ils pensent que... que je l'ai envoyée vivre chez les parents de Linda ? Si j'avais fait ça, je l'aurais dit, c'est tout. Pas besoin de mettre en scène un enlèvement. »

Mike gardait le silence. Melissa connaissait son frère : il y avait autre chose. « Mike ? C'est ce qu'ils ont suggéré ? » insista-t-elle.

Il secoua lentement la tête et marmonna : « C'est plus sordide que ça. Ils ont sous-entendu que tes beaux-parents t'accuseraient d'avoir fait quelque chose de vraiment moche à Riley. Pour ne plus l'avoir dans les pattes. »

15

CHARLIE serrait et desserrait les poings en regardant Mike gravir l'escalier, les laissant seuls absorber le choc de la bombe qu'il avait lâchée. Melissa détestait le voir malheureux. « Je t'en prie, Charlie, je ne comprends pas pourquoi tu ne veux pas dire à la police comment joindre les parents de Linda.

– Tu ne penses tout de même pas que je ferais du mal à ma fille ? » dit-il sèchement.

Melissa lui prit la main et le sentit avec soulagement répondre à sa pression. « Bien sûr que non, tout comme je présume que tu ne doutes pas de Mike. Mais si on en croit la police, la plupart des agressions contre un enfant viennent d'un membre de la famille. Ils nous testent, en ce moment, pour nous éliminer en tant que suspects.

– Et en attendant, ils ne s'occupent pas de trouver Riley.

– Nous savons qu'ils ont des équipes sur le coup. Nous les avons vues. » Elle passa un bras autour de sa taille.

« Je suis désolé d'avoir été désagréable avec Mike, dit-il. Et de t'avoir entraînée là-dedans.

– On s'en remettra. Comme à chaque fois. Mais il nous a fait revenir à la maison pour une bonne raison. La police fait manifestement fausse route. Donne-leur le numéro de téléphone, et puis c'est tout. Et tant qu'on y est, ce ne serait pas insensé de s'assurer que les parents de Linda ne sont pas impliqués, étant donné les circonstances.

– Crois-moi. Je les connais. Ils ne seraient pas venus jusqu'ici pour enlever Riley. C'est ridicule.

– Alors laisse les inspecteurs les appeler. Une fois leurs soupçons dissipés, ils poursuivront leur enquête. Au moins, ils font leur boulot. »

Charlie abattit les paumes de ses mains sur la table basse. « Personne n'appelle les parents de Linda !

– Tu me fais peur, chéri. Qu'y a-t-il ? »

Il se passa les doigts dans les cheveux et secoua la tête. « Ils me détestent, OK ? »

Melissa savait que l'ex-belle-famille de Charlie n'avait pas apprécié sa décision de quitter l'Oregon pour s'installer à New York, et il lui paraissait évident qu'ils n'étaient pas restés très proches depuis le déménagement. « Ils te détestent ? J'ai du mal à le croire.

– Je t'ai dit que si je m'étais installé ici, c'était parce que ma sœur pouvait m'aider avec Riley. »

Elle hocha la tête.

« Ce n'est pas la seule raison. Après la mort de Linda, j'ai découvert qu'elle avait une histoire avec un collègue de bureau.

– Tu n'en as jamais parlé…

– Laisse-moi finir. Je ne crois pas qu'il s'agissait d'une véritable liaison mais, apparemment, cet homme et elle avaient envisagé de vivre ensemble si elle mettait fin à notre mariage. Je pense que c'est la raison pour laquelle elle voulait prendre ces vacances – pour décider si elle voulait ou non rester avec moi. Quand j'ai découvert l'existence de cet homme, je me suis repassé tout l'accident. Riley et moi n'étions peut-être pas à même de la rendre heureuse, mais Linda n'a pas supporté la pensée de nous quitter. Quand ses parents ont découvert qu'elle avait peut-être envisagé de divorcer, ils sont arrivés à une conclusion différente. » Il soutint son regard.

Elle écarquilla les yeux, comprenant ce qu'il sous-entendait. « Oh, Charlie, non… »

Il essuya une larme au coin de son œil. « Ils ont été convaincus qu'elle allait me quitter et que je l'avais découvert. Ils m'ont accusé de l'avoir poussée. Ils ont même engagé un avocat pour tenter de me prendre Riley. Ils n'ont jamais rempli les papiers, parce qu'ils n'avaient rien d'autre que cette théorie abracadabrante. Mais après ça, comment étais-je censé faire partie de leur famille ? Je ne pouvais pas voir ma fille exposée à des gens qui pensaient que j'avais assassiné sa mère.

– Non, bien sûr. Mais il me semble qu'ils devraient être les principaux suspects. Ils auraient pu se convaincre eux-mêmes qu'ils avaient le droit de te prendre Riley. »

Il secoua la tête catégoriquement. « Je les connais depuis vingt ans. C'est le genre à appeler des avocats mais ce ne sont pas des kidnappeurs. S'ils l'avaient vraiment voulu, ils auraient pu m'empêcher de déménager en me traînant devant le tribunal des affaires familiales. Je ne les imagine pas prendre les choses en main. Mais si la police les appelle, Dieu sait ce qu'ils sont capables de dire.

– Je comprends, souffla doucement Melissa sans être pour autant totalement convaincue.

– Je suis désolé, dit-il en lâchant sa main et se levant. Je ne peux pas rester assis ici plus longtemps. Je vais repartir à sa recherche. Tu pourrais peut-être aller arranger les choses avec Mike ?

– Non, je t'accompagne.

– J'ai juste besoin d'être seul pendant quelques minutes », dit-il d'un ton sans appel.

16

« AVALE AU MOINS quelques bouchées, Melissa. Tu as l'air épuisée. Ça te fera du bien, tu as besoin de reprendre des forces », la pressa Mike. Melissa secoua la tête et repoussa son assiette. Il avait espéré qu'elle serait tentée par l'odeur des œufs au bacon qu'il lui avait préparés.

« J'avais gardé le bacon pour le petit déjeuner de demain, fit-elle remarquer d'une voix blanche. Avec des pancakes aux myrtilles – ses préférés. Riley doit avoir tellement faim, elle n'a rien mangé depuis des heures. »

Dehors, ils entendirent le bruit des hélicoptères volant à basse altitude. « On dirait qu'ils ont fini par répondre à ta demande, dit Mike. Ils ont mobilisé des volontaires dans tout l'East End de Long Island. Tout le monde veut aider. Arrête de te torturer, tu n'as rien fait de mal et on a besoin que tu sois en mode je-sais-toujours-quoi-faire. C'est toi qui as pensé à faire appel aux héliports privés.

– Je n'ai encore rien dit à maman. Et toi ?

– J'ai pensé que c'était à toi de le faire, mais j'ai peur qu'une nouvelle pareille l'anéantisse. »

Le silence qui suivit laissait entendre qu'il valait mieux attendre. « Tu sais que Charlie ne pensait pas réellement que tu aurais pu faire du mal à Riley, n'est-ce pas ? »

Il évita son regard. « Eh bien, tu lui as visiblement donné l'impression que je suis sérieusement perturbé. »

Elle haussa les épaules et lui adressa un sourire triste : « Nous le sommes tous les deux, pas vrai ? Comment pourrait-il en être autrement ? Nous avons géré le traumatisme différemment, c'est tout. Te voir suffit à me replonger dans les tourments que nous avons vécus enfants. Après ce que j'avais traversé, je pensais mériter le droit de laisser tout ça dans le passé.

– Ce que tu as traversé ? Ça nous est arrivé à tous les deux ! »

Elle n'arrivait pas à croire qu'il mette le sujet sur la table en pareilles circonstances. « Mais j'étais la fille. Celle qu'il a mise dans la baignoire. Pourquoi crois-tu que je déteste tant aller dans l'eau et que je ne sache pas nager alors que j'ai grandi à Cape Cod ? C'est moi qu'il a emmenée quand il a tenté de s'enfuir !

– Alors tu n'as pas compris ? Je suis autant victime que toi, dit-il lentement, laissant aux mots le temps de faire leur effet. Tout ce qu'il avait prévu de te faire ? Il me l'a fait en premier. C'est pour ça qu'il m'a laissé suffoquer sur ce lit, Melissa, et qu'il a tenté de partir avec toi. »

Après tant d'années à tenter de surmonter leur traumatisme, il n'avait jamais exprimé aussi clairement les ignobles abus que cet homme lui avait fait subir. Leurs parents avaient préféré ne pas ressasser les détails de cette histoire avec elle, la jugeant trop jeune pour s'en souvenir. Elle se mit à trembler de manière incontrôlée, les imaginant tous les deux, si petits, enfermés dans le grenier. Riley… Riley était-elle dans un endroit aussi terrifiant en ce moment ? Entre les mains d'un prédateur comme Carl Harmon ?

Ses pensées les plus sombres furent interrompues par la sonnerie de son portable. C'était à nouveau Katie.

« Tu devrais répondre », dit Mike en montant à l'étage.

« Enfin ! » La voix de Katie eut un effet réconfortant immédiat. « Dis-moi que ça signifie que Riley est à la maison.

– Non, et nous sommes terrifiés. Je ne peux m'empêcher de penser que sa disparition est liée aux posts de TruthTeller. La police dit que les messages n'étaient pas assez menaçants pour obtenir un mandat et remonter jusqu'à l'utilisateur du site. Mais je me demande si je ne devrais pas leur parler de ma dispute avec Jennifer.

– Attends, tu crois que Jennifer Duncan est TruthTeller ? Pourquoi n'as-tu rien dit ?

– Parce que je ne l'ai jamais vraiment cru. Et je ne le crois toujours pas. Je suis sûre que TruthTeller est une grande gueule quelconque qui ne me connaît même pas. Jennifer m'est venue à l'esprit parce que je ne me suis jamais vraiment remise de la manière dont nous nous sommes brouillées.

Elle était bien plus qu'une cliente, et tu sais à quel point je déteste perdre une amie. »

Si Melissa n'avait pas officiellement été mêlée au détail de la succession, elle avait cru comprendre que les avocats des enfants de Doug Hanover soutenaient que, même si Jennifer n'avait pas été condamnée, elle avait tué leur père et n'avait pas droit à un centime de son héritage. Quand Melissa avait suggéré au départ qu'il devait y avoir suffisamment d'argent dans la succession pour parvenir à un accord raisonnable, Jennifer avait clairement fait comprendre qu'elle voulait tout. Dans son esprit, chaque dollar versé aux enfants de Doug équivalait à de l'argent versé à leur mère. « Cette femme savait parfaitement quel genre d'homme pouvait être Doug dans l'intimité. Et quand j'ai été arrêtée, elle n'a rien fait pour m'aider. Elle a même menti au bureau du procureur et refusé de confirmer que Doug l'avait maltraitée elle aussi. Et tu sais pourquoi ? Parce qu'elle voulait que je pourrisse en prison à vie pendant qu'elle et ses enfants prendraient tout l'argent. Donc pas d'accord possible. Je mérite ce qui m'est dû. »

Melissa lui avait conseillé plusieurs avocats spécialisés dans les litiges de succession, mais Jennifer avait continué à la presser de se charger elle-même de l'affaire. Leur dernière conversation avait été orageuse : « Tu t'es servie de moi pour te faire un nom, et maintenant tu me jettes comme un vieux mouchoir. » Son obsession pour obtenir l'héritage et sa rage lorsqu'elle avait échoué avaient fini par faire douter Melissa de son innocence. Elles ne s'étaient jamais reparlé.

Plusieurs mois plus tard, Melissa avait lu dans le *New York Post* que Jennifer avait obtenu ce qu'elle voulait. Le tribunal avait tranché en faveur des termes initiaux du testament, lui concédant la totalité des biens, estimés à près de 40 millions de dollars.

« Sans preuves, je te conseille de ne pas raconter tout ça à la police, dit Katie. Tu pourrais te faire radier du barreau si tu brises le secret professionnel en exposant tes soupçons. » Melissa avait seulement raconté à son amie sa brouille avec Jennifer pour avoir le point de vue déontologique d'une consœur avocate. « Tu sacrifierais toute ta carrière.

– Je renoncerais à tout pour retrouver Riley...

– Bien sûr. Mais s'en prendre à ta belle-fille ? On peut comprendre qu'elle soit furieuse que tu n'aies pas voulu t'occuper de la succession, mais elle n'a rien à gagner dans cette histoire. Elle retournerait en prison. Si tu as raison et qu'elle est bien Truth-Teller, ses posts n'ont rien à voir avec la disparition de Riley. »

Katie avait raison. Jennifer Duncan pouvait bien la mépriser désormais, mais elle n'avait aucune raison de kidnapper sa belle-fille. « Je vais garder mes soupçons pour moi pour le moment, dit Melissa. Mais à propos de secret professionnel, j'ai besoin d'un avis concernant Charlie et la police. » Après s'être assurée de la discrétion de Katie, elle lui expliqua pourquoi son mari ne voulait pas que les inspecteurs Hall et Marino prennent contact avec ses ex-beaux-parents.

Katie ne mâcha pas ses mots. « Il lui faut un avocat. Maintenant. Il y a déjà deux heures, en fait.

– Je suis avocate, dit Melissa.

– Désolée, il lui faut un avocat objectif. Pas sa femme.

– Tu réagis comme si Charlie avait fait quelque chose de répréhensible. Et la police va penser que nous sommes coupables si nous faisons appel à des avocats. Je pense qu'il devrait lui-même appeler les grands-parents de Riley. Il est juste qu'ils sachent qu'elle a disparu. Ensuite, la police pourra enquêter sur nous autant qu'elle veut. Il n'y a rien à trouver.

– Tu t'entends parler ? Tu sais très bien comment ça marche. C'est comme ça que des innocents finissent derrière les barreaux.

– Désolée Katie, mais j'ai du mal à mettre ma casquette d'avocat, là. OK ? Je suis en mode maman ourse, tout ce qui compte c'est de retrouver Riley.

– Bien sûr, mais je te rappelle que tu as écrit un livre entier expliquant comment la police peut désigner un bouc émissaire innocent sur un simple pressentiment et laisser courir les vrais coupables. Si les ex-beaux-parents de Charlie sont réellement convaincus qu'il a tué leur fille, ils risquent de se transformer en grenade dégoupillée quand ils apprendront qu'il est remarié et que Riley a disparu. Cela va raviver leur théorie du complot. La police verra un lien entre la disparition de Riley et la mort de sa mère et cela affectera les recherches.

Or ce qui compte, c'est de ramener cette petite fille chez elle. Charlie peut te reprocher de faire appel à un avocat. Mais la police s'y attend sans doute déjà. »

Katie avait raison, Melissa le savait. « Peux-tu t'en charger ?

– J'ai encore assez de métier pour savoir garder une conversation confidentielle, mais il vaut probablement mieux que vous fassiez appel à quelqu'un qui vive d'autre chose que de sa pâtisserie. Pourquoi pas Mac ? C'est le meilleur avocat que nous connaissons... à part toi. Et c'est ton ami. Il peut donc dire à la police qu'il est là pour t'épauler. Parce que franchement, vous avez besoin de toute l'aide possible. »

17

KEVIN BERRY blottit sa tête dans l'oreiller en gémissant. À côté de lui, sa femme Cheryl plissait les yeux devant l'écran de son ordinateur portable. Elle posa une main compatissante sur son torse.

« Le coup de soleil, c'est ça ?

– Ma punition ! J'aurais dû utiliser la crème que tu m'as achetée. » Il avait couru un dix kilomètres avec des amis à Montauk dans la matinée, sans protection solaire. Et il en payait le prix. « Ça t'ennuie si je regarde les infos ? Je peux descendre si tu préfères. »

Il savait qu'elle avait énormément travaillé pour terminer à temps le papier qu'elle devait présenter lors d'une conférence mondiale sur la santé, prévue le mois suivant. Elle était censée l'envoyer aux organisateurs le lendemain, mais à Paris, où se tiendrait la conférence, c'était déjà le lendemain.

D'un geste théâtral, elle pressa la touche Entrée. « Et… c'est parti. » Elle attrapa la télécommande sur la table de nuit et alluma la chaîne d'information locale, leur rituel avant de dormir.

Un visage d'enfant souriant remplit la moitié de l'écran. Elle avait les joues rebondies et deux petites couettes blondes sur le haut du crâne. En bas défilait un bandeau : LES RECHERCHES SONT EN COURS POUR RETROUVER LA FILLETTE DE TROIS ANS DISPARUE DANS LE COMTÉ DE SUFFOLK. La description de l'enfant était affichée à côté de sa photographie :

- Riley Miller
- 89 centimètres
- 14 kg
- Vêtue d'un pyjama « La Reine des Neiges », la reine Elsa sur le haut, des flocons de neige sur le pantalon
- A peut-être une peluche Peppa Pig

À la fin du reportage, Cheryl était sous le choc. « Quelle horreur ! Je plains les parents.

– Les gamins partent en vadrouille, ça arrive. C'est peut-être une fausse alerte. Apparemment, des équipes de recherche quadrillent l'East End.

– Mais elle n'a que trois ans. Et ça fait plusieurs heures qu'elle a disparu. Toute seule, elle n'a pas pu aller bien loin. Ça n'augure rien de bon. »

C'était le genre de nouvelle que personne ne voulait entendre. Mais Cheryl ne se contentait pas de regarder les informations. Elle était atteinte personnellement. C'était l'une des nombreuses choses qu'il adorait chez elle : Cheryl était sans conteste la personne la plus compatissante qu'il ait jamais rencontrée. Dotée de ce que les experts appelaient une « personnalité empathique », elle éprouvait et absorbait les émotions et le vécu d'autrui. Cela faisait d'elle une compagne formidable et la meilleure amie qui soit. Mais cela signifiait aussi que les problèmes des autres pesaient sur ses épaules comme si c'étaient les siens.

« Laisse-moi deviner, tu songes à t'extraire du lit pour te joindre aux équipes de recherche.

– Bien sûr. Seul, on ne fait peut-être pas la différence, mais si chacun apporte sa pierre à l'édifice ? Nous sommes tous connectés. »

C'était sa façon de voir le monde. « OK. Mettons que tu réussisses à aller à Southampton ce soir, comment penses-tu revenir ? »

Ils vivaient à Shelter Island, une île de trente et un kilomètres carrés et trois mille deux cents habitants, coincée entre North Fork et South Fork, dans l'East End de Long Island. Pour Kevin, il n'y avait pas de plus bel endroit au monde et il avait l'avantage d'échapper à la foule et aux prix exorbitants des alentours. Mais on n'y accédait que par bateau et si Cheryl attrapait le dernier ferry de la soirée pour rejoindre les recherches, elle ne pourrait sans doute pas rentrer.

« Heureusement que j'ai épousé le capitaine du ferry », dit-elle en arquant les sourcils.

Non seulement Kevin était le coach d'athlétisme du lycée, mais il était aussi le capitaine du *South Ferry* depuis des années. « Je te l'ai déjà dit, ce n'est pas notre limousine personnelle. Si on apprend que je l'ai sorti juste pour nous, nos amis penseront que je peux faire le taxi pour eux aussi et finiront par m'appeler au milieu de la nuit. »

Il éteignit la télévision puis la lumière et l'attira contre lui. Les nuits blanches passées à travailler sur sa présentation se faisant sentir, la respiration de Cheryl devint lourde et régulière. À son tour, il ferma les yeux, mais ne put s'empêcher de voir la photo de Riley Miller, disparue en pyjama avec sa peluche préférée pour seul réconfort.

Peut-être Cheryl n'était-elle pas le seul « type de personnalité empathique » sous ce toit.

Si on n'avait pas retrouvé l'enfant le lendemain matin, il ferait en sorte d'apporter sa pierre à l'édifice.

18

LE LENDEMAIN ne leur fit pas l'effet d'un jour nouveau. Comment le temps pouvait-il continuer de s'écouler alors que Riley était toujours portée disparue ? Si Melissa avait grappillé quelques minutes de sommeil, c'était uniquement à cause de ses cauchemars qu'elle le savait. À propos de Riley cette fois, et non de son propre passé. À chaque fois qu'elle avait brusquement ouvert les yeux, Charlie était éveillé lui aussi. Maintenant, le teint crayeux, les traits tirés, il s'activait frénétiquement – tout juste douché, il cherchait ses clefs. Ils se faisaient tous deux violence pour mettre un pied devant l'autre.

Le train de Rachel devait arriver dix minutes plus tard.

« Tu ne veux vraiment pas que je t'accompagne ? demanda Melissa.

– Je ne serais pas contre. Rachel non plus, d'ailleurs. Seulement, d'après Mac, il vaut mieux que vous restiez ici, ton frère et toi. Mais tu es avocate. Et la femme que j'aime et que j'ai épousée. Alors c'est toi qui décides…

– Non, il sait ce qu'il fait », dit-elle en secouant la tête. Quand elle avait appelé Mac, la veille au soir, il avait tout de suite accepté d'être l'avocat de Charlie. Son premier réflexe avait été de solliciter un interrogatoire au commissariat afin que les inspecteurs rayent Charlie et Rachel de la liste des suspects et traitent l'affaire comme un kidnapping, ce qui permettrait de déclencher l'alerte enlèvement. « Te disculper devrait être une simple formalité. Tu étais dans l'avion quand Riley a disparu.

– Et Rachel avait quatre rendez-vous chez des clients. Je n'arrive toujours pas à croire qu'ils nous traitent comme des criminels, dit Charlie avec dégoût.

– Je sais. Ils font leur travail, c'est tout. Mac réorientera l'enquête. Je lui ai parlé de la femme du parc.

– J'ai passé la nuit à réfléchir à chaque éventualité. Je n'ai pas fermé l'œil. Cette femme, elle est repartie à pied, c'est ça ? Et toi et Riley, vous avez quitté le parc dans une autre direction. Comment a-t-elle pu vous suivre ?

– Peut-être qu'elle nous surveillait depuis un moment et qu'elle savait qu'on finirait par revenir ici. » Sa théorie ne tenait pas la route, elle s'en aperçut. « Mais alors pourquoi attirer l'attention sur elle ? Et s'en prendre à Riley ? » Manifestement, l'incident du parc n'était pas fortuit, mais quel était le lien ?

« C'est sans doute une tordue qui t'a vue sur les réseaux sociaux.

– C'est aussi ce que pense la police. Peut-être que Mac pourra faire en sorte qu'ils explorent cette piste. File, ou tu vas être en retard », dit Melissa en tapotant sa montre. Elle rajusta le col de sa chemise et lui donna un rapide baiser. « Je vais préparer le canapé-lit du bureau pour ta sœur. Je suis vraiment contente qu'elle vienne.

– Comme tu l'as dit à propos de Mike, la famille, c'est la famille. Ça vaut ce que ça vaut, mais hier soir Rachel s'est excusée de ne pas être venue au mariage.

– Ça n'a plus d'importance. Tout ce qui compte, c'est Riley.

– Tu te sens capable d'appeler ta mère ? Tu veux que je reste avec toi ? »

Ce matin-là, Melissa et Mike avaient décidé qu'il était temps de parler à Nancy. Cela faisait trop longtemps que Riley avait disparu pour continuer à le lui cacher. Si traumatisant que ce soit, si elle l'apprenait aux informations, ce serait pire.

Melissa secoua la tête. « Ça va remuer de vieux traumatismes. C'est à Mike et moi de le lui annoncer. »

Ils utilisèrent le téléphone de Mike, au cas où Melissa recevrait un appel concernant Riley. « La première personne qui me téléphone un lundi matin, c'est mon garçon ! s'écria Nancy d'une voix enjouée. C'est de bon augure pour le reste de la semaine.

– Salut maman, dit Mike d'un ton affectueux. Melissa est à côté de moi, tu es sur haut-parleur.

– Oh, mais c'est encore mieux. Le cottage vous plaît toujours ? Il est plus petit que la maison, mais il y a quand même suffisamment de place pour nous tous – pour l'instant en tout cas. L'ancien propriétaire m'a assuré qu'on obtiendrait facilement un permis de construire pour une petite maison d'amis à l'arrière. »

Des rides se creusèrent sur le front de Mike tandis qu'il se tournait vers Melissa pour qu'elle annonce la nouvelle.

« Le cottage est génial, lança Melissa, mais il faut que je te dise quelque chose. C'est Riley. Elle a disparu. On a fait une sieste hier et quand je me suis réveillée, elle n'était plus là. »

À l'autre bout du fil, l'émotion de Nancy était perceptible.

« La police la cherche, ajouta Melissa.

– S'il te plaît, dis-moi que ce n'est pas vrai. »

Melissa aurait tant aimé que ça ne le soit pas.

Melissa sentait le regard de Mike sur elle. Ils étaient dans la cuisine et elle picorait le sandwich qu'il lui avait préparé pour le petit déjeuner, avec les œufs et le bacon de la veille, agrémentés de ce qu'il avait trouvé dans le réfrigérateur.

« Tu penses que maman a encaissé ? » demanda-t-elle.

Une fois assimilée la disparition de Riley, Nancy ne s'était pas apitoyée sur son sort, elle n'avait pas ressassé les traumatismes du passé. Non, elle avait proposé un plan d'action : imprimer des affichettes, organiser des équipes de recherche, contacter les écoles et les casernes de pompiers.

« J'en suis sûr. Elle est bien plus solide qu'on ne le croit. Elle a tout de suite regardé les horaires des vols et promis de monter dans le prochain avion. Sa façon de prendre le taureau par les cornes m'a fait penser à toi. »

Prendre le taureau par les cornes. Ça avait toujours été le réflexe de Melissa et elle en était fière. Elle se surprit à mordre à pleines dents dans son sandwich. « C'est très bon. » Mike avait lié les œufs, le bacon et le fromage avec une sauce à sa façon.

« C'est fou ce qu'on apprend à cuisiner quand on vit la moitié du temps sur un bateau.

– Une fois de plus, tu prends soin de moi, dit-elle. Merci.

– Je suis soulagé que tu avales quelque chose. Tu m'as vraiment fait peur hier, je ne t'avais jamais vue dans cet état. J'ai cru un instant que tu étais dans le coma. C'est à cause de tes cauchemars ? »

Elle n'avait plus aucune raison de nier leur existence. « Je ne crois pas. Je commence à être habituée, et de toute façon ils me rendent plutôt insomniaque.

– Tout le contraire de ce qui t'est arrivé hier. Impossible de te ranimer, il t'aurait fallu une perf de café. »

Comme dans un film, elle se vit dans la chambre d'amis du cottage, la tête lourde, à peine consciente. « Mon café, murmura-t-elle. Je suis passée au Starbucks. J'ai pris un grand café glacé. Je l'ai bu en entier. » Elle était en train de le siroter en consultant son téléphone quand elle avait remarqué la femme qui parlait à Riley sur l'aire de jeux. Ses paroles ignobles résonnèrent à ses oreilles : *C'est pour ça que vous étiez sur votre téléphone à boire votre café et à l'ignorer ?*

Elle attrapa ses clefs de voiture et se rua dehors. Mike se précipita à sa suite. Elle ouvrit la portière et se mit à fouiller frénétiquement sous les sièges.

« Qu'est-ce qui se passe ? s'inquiéta Mike.

– Mon gobelet. Un gobelet en plastique avec une paille et un couvercle. Il devrait être ici, j'en suis sûre. C'est cette femme. Il faut le retrouver. Tu as pris ma voiture hier soir. Tu l'as jeté ?

– Non, je n'ai pas vu de gobelet. »

La petite voix de Riley lui revint tandis qu'elle essayait de vite l'éloigner de l'inconnue du parc. *Tu as oublié ton café, Missa. Je vais le chercher !* Melissa avait emporté le gobelet. Elle en était certaine. Elles étaient montées en voiture et étaient rentrées directement au cottage. Étaient-elles passées près d'une poubelle ? Pas dans son souvenir, mais comment en être sûre ? Elle courut à la cuisine et se mit à vider à même le sol la poubelle qui était sous l'évier. « On a sorti les ordures ? Je ne m'en souviens pas. Il faut le retrouver. Mon gobelet. C'est important.

– Il n'était pas dans ta voiture quand je l'ai conduite. Le porte-gobelet était vide, j'ai mis mon portable dedans.

– Tu es sûr de ne pas l'avoir jeté ?

– Sûr et certain. Je suis allé directement au parc, la police est arrivée et m'a interrogé. J'ai fait le trajet de retour d'une traite.

– C'est elle ! » Comment n'avait-elle pas compris plus tôt ? « La femme. C'est la seule explication possible. Comment Riley aurait-elle pu disparaître sans que je m'en aperçoive ? Je me serais forcément réveillée ! C'est la seule explication possible.

– Je ne te suis plus, Melissa. De quoi tu parles ?

– Tout ça... c'était planifié. La femme du parc. Elle a mis quelque chose dans mon café, et quand j'ai perdu connaissance elle est venue ici prendre Riley. Si j'arrive à mettre la main sur ce gobelet, ils pourront chercher des empreintes. »

Elle sortit son téléphone de sa poche arrière et appela Charlie. Répondeur. Elle essaya Mac et tomba sur son message d'absence plein d'entrain. Même résultat avec les numéros que les inspecteurs Marino et Hall avaient griffonnés sur leurs cartes de visite. Elle laissa un message à l'inspectrice Hall, lui demandant de la contacter le plus rapidement possible, puis envoya un texto à Charlie et à Mac pour leur exposer sa théorie.

Elle se dirigea à nouveau vers la porte d'entrée, ses clefs de voiture toujours à la main.

« Où tu vas ? demanda Mike.

– Au parc. Je frapperai à toutes les portes du voisinage s'il le faut, mais je retrouverai cette femme. »

Elle n'avait pas atteint le seuil que Mike avait déjà enfilé ses chaussures.

19

INSTALLÉ sur le canapé du salon de leur appartement de l'Upper East Side, Neil Keeney pianotait sur son portable : *Encore moi. Des nouvelles ? Dis-nous comment t'aider. Amanda t'embrasse aussi.*

Il pressa le bouton Envoyer. Il ne pouvait pas imaginer ce que Melissa et Charlie étaient en train d'endurer.

De la cuisine, où elle hachait des oignons, Amanda l'appela : « Oh, c'est Riley, monte le volume ! »

Il avait coupé le son de la télévision où ils regardaient NY1 pour se tenir au courant des dernières nouvelles.

Sur la gauche de l'écran s'affichait la photo désormais familière de Riley souriant à l'appareil, tandis que le présentateur relatait d'un air sombre la troublante disparition d'une enfant dont on était sans nouvelles depuis plus de vingt-quatre heures. « La recherche de la petite Riley Miller mobilise tout le comté de Suffolk. Ici, vous pouvez voir les habitants de Shelter Island fouiller la réserve de Mashomack en espérant un dénouement heureux à cette terrifiante histoire », expliquait-il tandis qu'un montage de différentes images de gens ratissant l'est de South Fork était diffusé à l'écran.

Lorsque le reportage passa à une série de cambriolages à Brooklyn, Neil remit la télévision en mode muet. « La résidence de Nancy est bien située à Southampton, non ? interrogea Amanda. Il me semble que Shelter Island est très loin de là, même si je ne suis pas une habituée de Long Island. C'est une véritable île, séparée du continent, je crois.

– Nous y sommes allés une fois, tu ne te souviens pas ? Ce dîner avec ton frère qui sortait avec… Comment s'appelait-elle ? Tu sais, la publicitaire. La soirée s'est prolongée et nous avions dû courir pour attraper le dernier ferry. C'est à une heure environ de la nouvelle maison de Nancy. »

Le portable d'Amanda sonna sur le comptoir, à côté de la planche à découper. Elle répondit aussitôt, de cette voix que Neil appelait en plaisantant sa « voix de travail ». Il disait que lorsqu'elle était en mode officier de police, il avait l'impression d'être à l'école primaire attendant son tour au confessionnal.

Il la regarda hocher la tête en marmonnant un « okay » et « je vois » puis elle cita son nom. « Oui, j'en suis consciente. En fait, quand ils ont disparu, mon mari Neil a reconnu la photo du coupable à la télévision. Ce qui a permis de conduire la police à la maison où ils étaient détenus. C'est son premier lien avec la famille Eldredge. »

Elle tendit le téléphone à Neil. « C'est l'inspectrice Hall de Long Island. Ils veulent savoir ce qui est arrivé à Mike et Melissa quand ils étaient enfants. »

Il mit le haut-parleur, afin qu'Amanda écoute la conversation. Neil connaissait les faits par cœur. Non seulement il y avait été personnellement mêlé, mais il avait écrit un article sur l'affaire pendant ses études, en se concentrant sur la manière dont le premier mari de Nancy Eldredge lui avait fait lentement perdre confiance en elle, au point de la rendre complètement dépendante de lui. C'était Neil qui avait contacté dans le cadre de ses recherches Lendon Miles, le psychiatre aux méthodes peu orthodoxes qui avait réussi à faire ressurgir de la mémoire de Nancy tous les détails de son premier mariage, effacés par son traumatisme. Jusqu'au décès de Miles cinq ans auparavant à quatre-vingt-neuf ans, les deux hommes étaient restés en contact, comme amis et collègues.

Neil connaissait tellement bien les faits de l'affaire Carl Harmon qu'il répondit aux questions de l'inspectrice Hall avec une expertise clinique, jusqu'à ce que la curiosité de cette dernière prenne soudain un tour personnel : « Et en tant que psychiatre, lui demanda-t-elle, que diriez-vous de la manière dont Melissa et Mike se sont sortis de leur traumatisme ? »

Neil se demandait quelle était la pertinence de cette histoire ancienne avec l'enquête sur la disparition de Riley. « Mieux que quiconque dans ces circonstances, répondit-il avec honnêteté.

– Ne reste-t-il aucune trace sur la psyché des victimes ? » poursuivit l'inspectrice.

Neil chercha le regard d'Amanda, mais elle se contenta de hocher la tête. Elle ne s'attendait pas non plus à ce genre de question. « Ni Mike ni Melissa n'ont jamais été mes patients, donc il ne serait pas juste de spéculer. Ce que je peux dire, c'est que je les ai vus tous les deux avec Riley. Melissa est du genre à s'investir dans ce qui lui tient à cœur, et elle est dévouée à cent pour cent à cette petite fille, quant à Mike, c'est un oncle parfait. Si je peux vous aider en quoi que ce soit d'autre...

– Nous nous assurons juste que nous avons toutes les informations nécessaires, docteur Keeney. Merci de nous avoir consacré du temps. »

À la fin de la conversation, il repassa le portable à Amanda. « Pourquoi posent-ils des questions au sujet de Carl Harmon ?

– Pas la moindre idée, répondit-elle. J'ai pensé au début que c'était un simple appel de courtoisie, étant donné que j'ai contacté tous les flics que je connais dans le comté de Suffolk. Mais c'était pour me dire que Melissa et Charlie ont engagé un avocat, son ami Grant Macintosh – celui qui l'aide à réaliser son podcast. Ils ne se rendent pas compte que ça fait mauvais effet aux yeux de la police.

– Certes, mais les inspecteurs perdent un temps précieux à poser des questions sur cette histoire cauchemardesque vieille de quarante ans. Peut-être y a-t-il moyen de leur faire comprendre que, dans l'esprit de Melissa, l'aide d'un avocat peut faciliter le travail de la police ? C'est ce qu'elle a fait durant toute sa carrière. »

Amanda fit le tour de l'îlot de la cuisine et embrassa Neil sur le front. « Je t'aime pour cette idée optimiste.

– Je dois paraître bien naïf, hein, de croire qu'il est possible de modifier le point de vue de la police…

– Honnêtement, avec les seuls faits bruts et sans connaître les parties impliquées, mon instinct me pousserait à penser que quelqu'un dans cette famille en sait plus qu'il ne veut le dire.

– Mais nous les connaissons tous, fit-il. Sauf Charlie peut-être, mais il est évident qu'il adore sa fille et la police a confirmé qu'il était dans un avion au moment de la disparition de Riley. »

Amanda se remit à hacher machinalement les oignons, pourtant déjà hachés menu.

« Tu ne peux pas douter de Mike et de Melissa. Je les connais depuis toujours. »

Elle posa son couteau et choisit soigneusement ses mots. « Tu as perdu de vue Mike depuis qu'il a déménagé aux Caraïbes. Tu m'as dit toi-même qu'il avait pris ses distances avec tout le monde à cause de ce qui lui était arrivé dans son enfance. Et combien de fois as-tu dit que tu t'inquiétais de voir Melissa s'efforcer de paraître parfaite et se prouver qu'elle n'avait pas été affectée par les abus qu'elle avait pu endurer ?

– Cela ne fait pas d'eux de mauvaises personnes.

– Neil, tu es psychiatre et je suis flic. Nous savons tous les deux que les gens qui commettent des actes répréhensibles en ont souvent subi eux-mêmes. C'est un cercle vicieux. »

Si quelqu'un d'autre avait osé émettre une telle hypothèse, Neil aurait été furieux. Mais c'était Amanda. « Cette inspectrice t'a dit quelque chose ? Ils ont des preuves ? »

Elle secoua la tête : « Rien de précis. Mais Hall fait bien son boulot et elle sait que j'ai tiré toutes les ficelles possibles pour m'assurer qu'ils recherchent Riley. Elle a insinué que je ne devais pas risquer ma réputation professionnelle pour régler les problèmes d'un ami proche. Et elle m'a dit la même chose à ton sujet en apprenant que tu étais psy et un ami d'enfance de Mike.

– C'est complètement dingue, on parle de l'un de nos plus proches amis !

– Un suspect est toujours l'ami d'enfance de quelqu'un. L'inspectrice me l'a rappelé très clairement. Neil, les apparences peuvent être trompeuses. »

20

UNE FOIS de plus, au bout de quatre sonneries, Melissa tomba sur le répondeur de Charlie : *Bonjour, je suis absent…*

Elle raccrocha, sachant que la boîte vocale était pleine. Pourquoi les messages n'avaient-ils pas été écoutés ?

Mike et elle n'avaient pas pu trouver la femme du parc, mais Melissa avait une théorie la concernant. Seul Charlie détenait l'information dont elle avait besoin pour savoir si elle était sur la bonne piste.

Au désespoir, elle lui envoya un nouveau texto, les doigts tremblant sur l'écran. *S'il te plaît rappelle-moi. Je crains que quelque chose vous soit arrivé, à Rachel et à toi. Que se passe-t-il ?*

Son regard glissa vers l'écran de la télévision placée sur la console à l'extrémité du salon et dont le son était coupé. Pour l'instant, les nouvelles locales avaient parlé d'une histoire de saisie de drogue à Riverhead et diffusaient des images d'un incendie dans une résidence à Islip. D'après le bandeau qui défilait en bas de l'écran, tous les habitants avaient été évacués et deux d'entre eux avaient reçu une assistance médicale après avoir inhalé de la fumée. L'affaire Riley était-elle déjà oubliée ?

Elle essayait de joindre à nouveau Charlie et Mac quand un coup frappé à la porte la fit sursauter. Elle poussa un cri qui résonna dans le silence du cottage. Puis elle inspira profondément, s'efforçant de retrouver son calme, se persuadant que c'était Mike qui revenait de l'aéroport JFK avec leur mère. Avant de réaliser qu'ils devaient arriver une heure plus tard.

Charlie ! C'était forcément lui, après tous les appels téléphoniques restés sans réponse.

Elle courut jusqu'à la porte, s'attendant à le trouver sous le porche. Il avait peut-être perdu son téléphone, ou alors n'avait plus de batterie ; il aurait une explication, c'était évident, le contraire était inimaginable. Elle n'avait pas atteint la poignée de la porte qu'elle se reprochait déjà d'avoir laissé son imagination s'emballer. En déverrouillant la serrure elle imaginait même Riley à côté de Charlie, tenant la main de son père. La police l'avait retrouvée. Ce qui expliquait pourquoi personne ne répondait au téléphone. Ils seraient tous les deux souriants, impatients de lui raconter tous les détails.

Ce cauchemar se terminerait enfin et ils pourraient tous les trois rentrer chez eux, en famille.

Mais son cœur cessa de battre quand elle ouvrit la porte : les inspecteurs Hall et Marino se tenaient devant elle.

Elle cligna des yeux, éblouie par l'éclat du ciel avant le coucher du soleil sur la baie, espérant qu'ils ne prendraient pas son expression pour de la méfiance. « Inspecteurs, avez-vous reçu mes messages ? J'ai cherché à vous joindre. » Le gobelet. La preuve qu'elle avait été droguée.

« Pouvons-nous entrer ? demanda Hall. Nous aimerions vous parler de quelque chose. »

Bien sûr, discuter, encore. Depuis le début de l'enquête, tout ce que les inspecteurs voulaient, c'était parler, même si Charlie et elle leur avaient déjà raconté tout ce qu'ils savaient. « J'ai essayé de vous appeler toute la journée. Savez-vous où sont Charlie et sa sœur ? Je m'inquiète à leur sujet.

– La dernière fois que nous les avons vus, ils étaient avec l'avocat de votre mari, Grant Macintosh, dit Marino.

– Je sais que cela peut paraître étrange, expliqua Melissa, mais nous avons eu besoin de nous faire aider. Nous sommes tous tellement épuisés, et Grant est un vieil ami du temps où je travaillais au bureau du procureur. » Elle aurait voulu expliquer que c'était à cause des ex-beaux-parents de Charlie, mais elle ignorait ce que Charlie et Mac leur avaient déjà raconté.

« *Nous ?* s'étonna Marino. Vous avez dit : *nous* avons eu besoin d'aide. Mais sauf erreur, Grant Macintosh représente votre mari, madame Eldredge, et non vous. Et nous sommes ici pour discuter avec vous, et non avec M. Miller. »

Toute sa vie Melissa s'était enorgueillie de ses talents d'oratrice. Là, elle avait juste envie de crier : *Arrêtez de parler et trouvez Riley !* Au lieu de quoi elle détourna le regard afin de garder son sang-froid. La vue du sourire de Riley qui s'affichait dans un coin de l'écran de télévision capta soudain toute son attention. Elle se précipita sur la télécommande pour activer le son. Quelle partie des informations avait-elle manquée ?

« ... où l'enfant de trois ans a été vue pour la dernière fois. Mais ce soir, News 12 a appris que le père de la fillette disparue s'est remarié le mois dernier et que, par un étrange hasard, sa nouvelle épouse avait elle-même été enlevée dans son enfance, une histoire qui avait fait les gros titres à l'époque. » Une vague de panique s'empara de Melissa alors qu'une autre photo apparaissait à l'écran. Elle reconnut immédiatement son visage. Elle avait déjà vu cette photo. C'était cet homme – ce malade mental – en train de sortir du tribunal de Californie, quarante-sept ans plus tôt, alors que sa mère était jugée pour le meurtre de ses enfants, Peter et Lisa. Avant même que Melissa ne soit née. Avant que cet homme ne refasse surface à Cape Cod, un peu empâté, plus vieux et plus chauve, vivant sous une autre identité. Avant... avant qu'il ne trouve leur famille. Avant...

Des mots s'affichèrent en bas de l'écran : « La belle-mère, MELISSA ELDREDGE, a été kidnappée par CARL HARMON il y a quarante ans. » Ses jambes faillirent se dérober sous elle à la vue de son nom à côté de celui qu'elle refusait de prononcer à voix haute. Elle eut un haut-le-cœur.

Elle se tourna vers l'inspecteur Marino qui faisait face à la télévision, les mains sur les hanches. « C'était ce dont nous voulions vous parler et ce que nous, les flics, appelons une drôle de coïncidence. »

21

MELISSA avait les jambes en coton, comme si elle essayait de garder l'équilibre sur un navire ballotté par une mer démontée. Cela faisait un jour et demi que Riley avait disparu, ils n'avaient aucune piste, et voilà que la police perdait son temps à poser des questions au sujet de Carl Harmon.

« Le premier mari de ma mère a tué leurs deux enfants, Peter et Lisa, dit-elle en se retenant au dossier du canapé. Il s'est fait passer pour mort, et quand elle a pris un nouveau départ à Cape Cod, il nous a enlevés et a essayé de nous tuer nous aussi. C'est affreux, mais ça n'a aucun rapport avec Riley. Notre kidnappeur s'est écrasé sur des rochers. Il respirait à peine quand ils l'ont sorti de l'eau. Il a juste eu le temps d'avouer, puis il est mort. Vous pouvez appeler la police d'Adams Port pour vérifier. »

L'inspectrice Hall hochait la tête avec compassion. « C'est dur de traverser une telle épreuve pour une fillette de trois ans.

– J'ai parfois du mal à croire que c'est arrivé. »

Le dos tourné, Marino jetait un œil aux photos de famille que Melissa avait disposées sur le manteau de la cheminée. « Entre votre podcast et votre livre, il est surprenant que vous n'ayez pas davantage utilisé ce qui vous est arrivé, dit-il. Vous aussi êtes une victime de crime.

– Mon podcast traite d'affaires non résolues ou d'injustices. Mon enlèvement a été résolu et le coupable a payé. Quant à mon livre, il n'a rien à voir avec cela. Pour être honnête, je préfère ne pas parler de cet incident. Et de toute façon, quel est le rapport avec Riley ?

– On veut juste être sûrs de ne rien laisser passer, dit Hall. C'est une sacrée coïncidence que vous ayez été kidnappée lorsque vous étiez enfant et que votre belle-fille se volatilise au même âge et dans des circonstances comparables.

– Vous avez eu mes messages à propos de la femme du parc ? Je buvais un café glacé près de l'aire de jeux. Elle a dû mettre quelque chose dedans. Sinon comment expliquer que je ne me sois pas réveillée ? Mike et moi avons passé la journée à faire du porte-à-porte. Peut-être qu'un portrait-robot serait utile ? Il y avait une autre femme, elle nous a vues, Riley et moi. Il faut la retrouver, elle pourrait nous aider.

– Une parfaite inconnue aurait drogué votre café et vous ne l'auriez pas remarqué ? demanda Marino, sceptique.

– Je l'ai laissé sur le banc quand j'ai vu la femme parler à Riley.

– Vous avez dit avoir échangé deux mots avec elle et qu'ensuite elle était partie dans la direction opposée, continua Marino. Donc, je répète, comment se serait-elle débrouillée pour mettre quelque chose dans votre café ?

– Elle devait avoir un complice. Il y a un bosquet juste derrière le banc. » Melissa réfléchissait en même temps qu'elle parlait. « Quelqu'un a pu se cacher derrière un arbre, verser la drogue pendant qu'elle faisait diversion, et repartir aussi vite.

– Donc maintenant c'est une conspiration, dit Hall. Vous êtes avocate et vous animez un podcast à succès sur les affaires criminelles. Se pourrait-il que Riley ait été enlevée pour vous punir de quelque chose ? »

Non, cela n'aurait aucun sens. C'était justement l'argument qu'avait utilisé Katie pour lui faire comprendre qu'il était absurde de soupçonner Jennifer Duncan. « C'est pour ça que je vous ai appelés, dit Melissa. Nous sommes tous partis du principe que la cible de la femme du parc, c'était moi, et qu'enlever Riley était un moyen de m'atteindre. Et si c'était Riley la cible ? Cette femme savait que ses remarques me secoueraient. Elle a sans doute vu les commentaires de TruthTeller. Elle en est peut-être même l'auteure. Elle m'a droguée pour que je me sente responsable de la disparition de Riley – et peut-être aussi pour que vous perdiez votre temps à me poser des questions inutiles au lieu de la chercher.

– Vous parlez de cette femme comme si vous saviez de qui il s'agit, souligna Hall.

– J'ai ma petite idée, mais Charlie doit d'abord l'entendre de ma bouche. C'est important. Et si j'ai raison, il détient les informations dont nous avons besoin. » Les mots sortaient vite, si vite qu'elle butait sur certains, comme si elle s'embrouillait.

« Charlie n'est pas là, insista Hall. Si vous savez qui retient votre belle-fille, vous devez nous le dire. Vous n'avez pas envie qu'on retrouve Riley ? »

Trouver Riley était la seule chose qui comptait. « Vous pensez que sa disparition a un lien avec ma famille. Mais le lien, c'est avec la famille de Riley. Vous savez comment sa mère est morte. Je me suis repassé toutes les conversations que j'ai eues avec Charlie concernant la mort de Linda. Elles ont toujours été brèves et, évidemment, je n'ai pas insisté pour qu'il me donne des détails. Je m'en veux maintenant. Il n'a jamais mentionné de rapatriement du corps ni de dispersion des cendres. Vous savez combien de personnes se suicident en se jetant du haut des chutes du Niagara ? Et pourtant, on ne retrouve jamais de corps, les flots sont trop puissants. Mais il y a peut-être une autre explication. Il faut que je parle à Charlie. S'ils n'ont pas retrouvé la dépouille de Linda, elle est peut-être encore en vie. »

Les inspecteurs s'abstinrent de tout commentaire, mais une fois de plus, ils échangèrent un regard qui en disait long. Melissa ne put le supporter.

« Je suis en train de constituer le dossier à votre place et vous me traitez comme si j'étais folle ou stupide, voire les deux ! s'écria-t-elle. Vous voulez que je vous parle de l'épreuve que j'ai traversée enfant ? Très bien. La police de la côte Ouest a laissé Carl Harmon faire accuser ma mère du meurtre de ses propres enfants, et c'est à cause de ça que mon frère et moi avons été enlevés et victimes d'abus. Je vous en prie, écoutez-moi. D'après Charlie, devenir mère avait anéanti Linda. Elle souffrait peut-être d'une forme grave de dépression post-partum. C'est elle qui a demandé à aller en Norvège. Elle voulait randonner jusqu'au sommet de la plus haute chute d'eau de la région. Elle pourrait avoir simulé sa mort. Peut-être qu'elle a des regrets et qu'elle est revenue pour Riley. Ou bien elle a découvert qu'il s'était remarié et ne l'a pas supporté. »

L'inspectrice Hall voulut passer un bras apaisant autour des épaules de Melissa, mais celle-ci eut un mouvement de recul. « Nous sommes de votre côté. Vous voyez bien qu'il y a trop de coïncidences dans cette affaire. Pensez-y. Linda aurait simulé sa mort, comme Carl Harmon ? Mais comment aurait-elle été certaine de survivre à sa chute ? »

Melissa ferma les yeux. « Pouvez-vous simplement m'aider à joindre mon mari ? »

Son téléphone sonna. *Enfin*, pensa-t-elle. *Charlie*... il lui expliquerait pourquoi il ne l'avait pas appelée de la journée et elle pourrait lui poser les questions qui la taraudaient. Mais ce n'était pas son mari. C'était Patrick. Au moins, elle avait pensé à modifier le nom qui lui était attribué dans ses contacts – *Futur Mari*. Elle refusa l'appel.

« Ce n'était pas Charlie ? » s'enquit Hall.

Melissa secoua la tête, espérant que les inspecteurs ne tenteraient pas d'en savoir plus. Ils avaient déjà une mauvaise opinion d'elle, un appel de son ex-fiancé n'arrangerait pas les choses. « Charlie pourra nous dire si le corps de Linda a été localisé, insista-t-elle. Ça ne vous semble pas important ? »

Les inspecteurs pensaient qu'elle inventait une théorie fantaisiste pour détourner les soupçons, elle le lisait sur leur visage. Elle se demandait s'ils comptaient s'en aller sans même lui répondre, quand Hall reprit la parole. « Faites-vous des cauchemars ? De Carl Harmon ? » Le style de question qu'un policier ne posait que s'il connaissait la réponse. « Certains de vos proches vous ont conseillé de faire une thérapie, mais vous avez refusé. Ce genre d'émotion refoulée peut exploser. Il semble aussi que vous ne comptiez pas avoir d'enfants avant de rencontrer Charlie…

– C'est faux ! D'où tenez-vous ça ? Et quel est le rapport de toute façon ?

– Vous avez épousé le père de Riley, poursuivit Hall, mais vous n'avez pas adopté sa fille.

– Je voulais le faire. J'ai même pris contact avec des avocats, mais Charlie et moi avons décidé d'attendre un an ou deux. Nous nous sommes mariés tellement vite.

– Trop vite, peut-être, dit Hall. Tout ça, ça fait beaucoup. Vous ne vouliez pas faire de mal à cette douce enfant. Pas intentionnellement en tout cas. On craque, ça arrive. On doit ensuite vivre avec ses remords.

– Dites-nous où est son corps, intervint Marino. Charlie mérite de pouvoir faire son deuil, Melissa.

– Attendez, vous pensez que… que j'ai tué Riley ? » C'était un cauchemar, bien pire que ceux qui hantaient ses nuits. Elle avait du mal à respirer. « Non, je n'ai pas craqué comme vous dites. C'est Linda qui a craqué. Vous ne comprenez pas ? Elle a abandonné Riley, et c'est sans doute elle qui la retient. Je dois parler à Charlie. Et il nous faut une photo de Linda pour voir si c'est la femme du parc. » Plus elle s'obstinait, plus elle avait l'air de délirer.

« Combien de temps avez-vous travaillé sur l'affaire Evan Moore ? » interrogea Marino.

Evan Moore. Ce nom lui fit l'effet d'un coup de poing. Qu'est-ce qu'un enfant kidnappé huit ans plus tôt à l'autre bout du pays avait à voir avec Riley ? « Je ne sais pas. Six mois je crois. Pourquoi cette question ?

– Parce que c'est une coïncidence de plus », dit Hall. Il devenait évident qu'ils essayaient de la déstabiliser. « Le principal suspect dans la disparition d'Evan reste sa belle-mère. Certains de ses amis ont déclaré qu'elle était folle amoureuse du père d'Evan mais qu'elle n'avait jamais voulu avoir d'enfants. Elle s'est sentie prise au piège. Sans Evan dans les pattes, elle pensait pouvoir vivre son conte de fées en tête à tête avec son mari. Y a-t-il une raison pour que vous vous soyez intéressée à ce dossier en particulier ?

– Oui, bien sûr : ce pauvre enfant a disparu depuis des années, cette femme l'a sans doute tué et elle s'en est sortie en toute impunité. »

Hall hocha la tête. « Elle a prétendu avoir fait une sieste après être allée au supermarché et à la salle de sport. Le problème, c'est que son téléphone portable a borné sur Camano Island, à une heure au nord de Seattle. Je crois me souvenir que votre ami Mac a mentionné dans votre podcast qu'il aurait suffi qu'elle laisse son téléphone chez elle pour ne jamais être soupçonnée.

– Selon vous je me serais inspirée de cette affaire pour faire du mal à Riley ? Vous déformez tout. J'ai entendu parler d'Evan Moore par une de mes amies, Laurie Moran. Elle produit une émission qui s'appelle *Suspicion*. Vous en avez sans doute entendu parler. Son mari, Alex Buckley, est juge fédéral. Laurie et moi nous sommes rencontrées quand elle a commencé à fréquenter Alex. Il était encore avocat à l'époque. Laurie devait couvrir l'affaire, mais la belle-mère a refusé d'apparaître à l'écran, or c'est justement l'intérêt de l'émission. Quand elle a appris que je lançais mon podcast, elle m'a suggéré de m'y intéresser.

– Et maintenant Riley a disparu, comme Evan.

– Sauf que ça fait une journée qu'elle a disparu, pas huit ans. Comment vous convaincre que vous perdez un temps précieux avec moi ! »

Elle sentait son sang battre dans les veines de son cou. Ils l'interrogèrent à nouveau sur son emploi du temps de la veille – le déjeuner au Sip 'N' Soda, l'arrêt au Starbucks, l'aire de jeux au parc, puis le retour au cottage.

« Pas d'autres arrêts ? demanda Marino. Pas de tourisme ? »

Elle savait où ils voulaient en venir. Ils l'enfermaient dans un compte-rendu exhaustif de ses déplacements. Ce qu'elle ignorait en revanche, c'est pourquoi. « Visiblement, vous ne me croyez pas. Vous allez me dire pourquoi ? »

Hall sortit son portable de sa poche arrière. « Nous avons reçu un appel ce matin. Le capitaine du ferry de Shelter Island. Vous êtes déjà allée à Shelter Island ?

– Non. Je ne suis venue dans les Hamptons que deux ou trois fois. Je ne suis même pas sûre de savoir où se trouve cette île.

– Cet enregistrement semble prouver le contraire. » Hall leva l'écran de son téléphone. Il affichait une vidéo en noir et blanc, des voitures avançant lentement sur une route vers une espèce de quai. « Et c'est… juste là. » Hall mit sur Pause et zooma. « Vous voyez ? Une Volvo XC60 grise, comme la vôtre. Et là, vous voyez ? » Elle zooma à nouveau. « L'image n'est pas très nette, mais on distingue les chiffres de la plaque d'immatriculation. Ça ressemble drôlement à ATN9050, non ? Votre plaque.

– Je n'ai jamais mis les pieds à Shelter Island.

– Attendez, j'ai mieux. » Elle agrandit une autre partie de l'image. Celle-ci était de mauvaise qualité, mais derrière le volant du SUV se trouvait une femme aux cheveux clairs et bouclés, comme Melissa. « Vous voyez ses lunettes de soleil ? » Hall s'approcha de l'îlot de cuisine et tourna les lunettes de Melissa face au salon. « Je les ai remarquées hier. Jolies. Chanel, à ce que je vois.

– C'est de la folie. Elle porte des lunettes de soleil, je vous l'accorde, mais il n'y a aucun moyen de savoir si elles sont identiques aux miennes. Ce n'est pas moi sur cette vidéo, je n'aurais jamais fait de mal à Riley, c'est juste innommable. J'étais ici, à la maison. Vous avez entendu mon frère, il a eu beaucoup de mal à me réveiller. Riley est encore en vie et nous allons la retrouver. »

Si elle avait eu le moindre espoir d'avoir convaincu les policiers, il s'envola quand l'inspectrice Hall remit la vidéo en route, sans zoomer sur la conductrice cette fois. « Et… nous y sommes », dit-elle en appuyant à nouveau sur Pause. Melissa sentit son estomac se soulever. La femme n'était pas seule dans le SUV. Derrière le siège passager, du côté où elle installait toujours le siège bébé de Riley, Melissa distingua un enfant. L'image était loin d'être nette, mais elle devina les couettes de chipie et les joues de chérubin.

« Oh mon Dieu, c'est Riley », dit-elle. Il n'y avait pas de doute dans son esprit. Pour la première fois depuis le début de ce cauchemar, elle pensa pouvoir la retrouver. « C'est exactement de cette façon qu'elle se tient dans le siège bébé. Elle chantonne, elle invente des comptines sur ce qu'elle voit dehors. » Elle se sentait si proche de la fillette, comme si tendre la main aurait suffi à l'atteindre. Melissa entendait presque la voix de sa belle-fille par-dessus son épaule, qui inventait des paroles sans queue ni tête pour passer le temps. Son cœur se serra. Comment pouvaient-ils croire qu'elle ferait du mal à cette adorable petite ?

« Bien, dit Hall, nous sommes d'accord : Riley est à l'arrière de cette voiture qui embarque sur le ferry de Shelter Island. Vous maintenez que vous vous trouviez ici, au cottage ? » Hall tapota sur son téléphone et présenta de nouveau l'écran à Melissa. « La même voiture, en route vers South Fork, quarante minutes plus tard. »

À l'évidence, il s'agissait d'un SUV Volvo. La vidéo était d'aussi mauvaise qualité. Même conductrice, mêmes cheveux bouclés blond vénitien, mêmes lunettes de soleil, copie conforme de celles de Melissa. L'inspectrice Hall fit une pause puis zooma.

Le siège bébé était vide. La fillette qui ressemblait tant à Riley chantant ses adorables petites comptines avait disparu.

22

MELISSA essuya les larmes qui lui montaient aux yeux. « Ce n'est pas moi. Je le jure. » Le son de sa voix lui paraissait lointain, comme si le choc et la peur l'avaient pratiquement rendue sourde. Il fallait que la police la croie, et il fallait qu'elle trouve Charlie. « La vidéo n'est pas assez nette pour qu'on puisse lire la plaque d'immatriculation. Cette femme pourrait être n'importe qui avec des cheveux bouclés et des lunettes de soleil – par un jour ensoleillé, soit dit en passant.

– Et pourtant un seul coup d'œil à la petite fille dans le siège bébé vous a suffi pour affirmer que c'était Riley, répondit Hall. C'est curieux, non ? Si vous connaissez intimement quelqu'un, vous pouvez le reconnaître, même sur les photos les plus floues.

– Eh bien, vous ne me connaissez pas *intimement*. En revanche moi je peux certifier que cette femme au volant de la voiture n'est pas moi.

– Ne pensez pas que nous soyons les seuls à avoir vu ces vidéos », dit Hall sèchement.

Melissa posa une main sur son ventre, les propos de Hall lui infligeaient une douleur cinglante. Charlie. Elle parlait forcément de Charlie. Voilà pourquoi il ne répondait pas à ses appels.

« Des équipes sont déployées sur Shelter Island en ce moment même, dit Marino. Fouiller la baie du Peconic prendra beaucoup plus de temps. Savez-vous à quoi ressemble un corps qui s'est décomposé dans l'eau ? Et la météo prévoit une tempête d'été qui va balayer le nord-est cette nuit. Ils annoncent des rafales et des pluies violentes. On devra peut-être suspendre les recherches jusqu'à ce que le temps s'améliore. Vous auriez tout intérêt à nous dire où elle se trouve. À l'évidence, vous n'avez pu agir ainsi que si vous traversiez un épisode psychotique. Vous êtes juriste. Vous savez ce que cela signifie dans l'État de New York. Au maximum, vous risquez d'être poursuivie pour homicide involontaire, peut-être même réduit au second degré. Vous pourriez plaider l'aliénation mentale.

– Sauf que je n'ai pas eu d'épisode psychotique ! cria-t-elle. C'est forcément cette femme au parc. Elle savait qu'avec ce qu'elle avait mis dans mon café je serais dans les vapes. Il faut sans tarder faire des analyses, pendant que la drogue est encore dans mon organisme.

– Vous nous avez dit être certaine que les portes du cottage étaient fermées à clef quand vous vous y trouviez avec Riley.

– Je vous ai dit aussi que je n'étais pas certaine de la fermeture des fenêtres. Nous n'avions aucune raison de le vérifier. Et si c'était moi qui avais enlevé Riley, pourquoi aurais-je verrouillé la porte d'entrée ? J'aurais cherché à faire croire que n'importe qui pouvait pénétrer dans la maison. Je vous en prie, demandez à Charlie s'il est vraiment certain que Linda soit morte en Norvège. Mon instinct me dit qu'on n'a jamais retrouvé son corps.

– Vous n'êtes pas en position d'orienter l'enquête », dit Marino.

Le téléphone qu'elle tenait à la main sonna. Sur l'écran, une alerte indiquant un message audio de Patrick Higgins, bientôt suivie d'un texto : *Je viens de voir les infos. Appelle-moi.*

Elle se demanda si Marino avait vu le nom sur l'écran. Et s'ils connaissaient le rôle qu'avait joué Patrick dans sa vie. À moins de trouver un moyen de les convaincre de son innocence, elle devait s'attendre à ce qu'ils passent au peigne fin tous les messages de son téléphone. Elle envoya une brève réponse à Patrick. *Je présume que tu cherches à m'aider, mais je t'en prie ne m'appelle plus. Cela fait presque deux ans que nous ne nous sommes pas parlé.*

Patrick rappela presque aussitôt.

« Vous êtes certaine de ne pas vouloir prendre cet appel ? demanda Marino. On dirait que quelqu'un tient à vous parler.

– C'est sûrement à cause du bulletin d'information, dit-elle, rejetant l'appel à nouveau. Nos amis sont visiblement inquiets. Je ne laisse mon téléphone allumé qu'au cas où Charlie essaierait de me joindre. »

Elle pianota rageusement sur son écran. *Il faut que tu arrêtes ça. Vraiment.*

Un autre message apparut au même moment. *Appelle-moi. C'est important.*

Elle sentait le regard de Marino posé sur elle, de plus en plus intrigué par cet échange. Elle entreprit d'éteindre son appareil, mais se ravisa : elle ne pouvait risquer de manquer un appel de Charlie. Elle fit apparaître la photo de profil de Patrick, bronzé et souriant sous sa casquette de base-ball de l'université de Cornell, prise lors de leur unique visite à Saint-Martin. Elle pressa la touche Bloquer et fourra le téléphone dans sa poche arrière. « Écoutez, je n'arrive pas à retrouver ce gobelet. Je suppose que la personne qui a pris ma voiture en essayant de se faire passer pour moi s'en est débarrassée. Le produit avec lequel on m'a droguée est certainement encore dans mon organisme. Il faut me faire une prise de sang avant qu'il ne soit trop tard.

– Encore une fois, ce n'est pas vous qui décidez, dit Marino. Et nous ne sommes pas habilités à faire des tests de dépistage.

– Vous n'avez pas besoin de l'être si je me porte volontaire. Et votre refus de procéder aux simples vérifications que je suggère est bien la preuve que découvrir la vérité ne vous a jamais réellement intéressés. Je n'hésiterai pas à m'en servir lors d'un éventuel procès. J'indiquerai que vous avez été aveuglés par vos préjugés envers moi en raison de mon activité professionnelle.

– OK, vous avez fini de pousser votre coup de gueule ? demanda Marino.

– Je ne pousse pas de coup de gueule, j'expose les faits. Un dernier point : si vous ne procédez pas à ces analyses, je prends la voiture, je vais aux urgences et je les fais faire moi-même. »

Marino esquissa un léger sourire. « En parlant de voiture, dit-il, où est votre Volvo ? Nous ne l'avons pas vue dehors.

– Mon frère est parti chercher ma mère à l'aéroport. Ils devraient arriver d'une minute à l'autre. »

Les inspecteurs échangèrent un regard. Hall fit un bref signe de tête, et Marino tira de sa poche arrière un document qu'il tendit à Melissa.

« C'est un mandat de perquisition pour votre voiture. Et si vous nous signez un formulaire de consentement, je fais venir un agent spécialisé pour l'analyse de sang. »

À peine Melissa avait-elle entendu le bruit familier de la Volvo qui s'arrêtait dans l'allée qu'une dépanneuse se garait le long du trottoir devant le cottage et qu'un policier du comté de Suffolk spécialement formé lui faisait une prise de sang. Dès qu'il eut terminé, elle courut à la porte d'entrée. Sa mère et son frère étaient sous le porche. Un grondement de tonnerre retentit au loin.

Pourvu que la tempête n'arrive pas jusqu'ici, pensa-t-elle. Elle avait consulté la météo entre ses coups de téléphone à Charlie et à Mac. Les pluies et les vents les plus violents étaient censés traverser New York et se diriger vers le nord, mais Long Island n'était pas tout à fait en dehors de la zone dangereuse. Des hélicoptères, de petits hydravions et des équipes de recherche au sol étaient encore à l'œuvre, mais si des avis de coups de vent étaient émis pour la région, les recherches aériennes seraient interrompues et les volontaires au sol se mettraient à l'abri. Elle ne supportait pas d'imaginer Riley seule sous l'orage.

« Que se passe-t-il ? » demanda sa mère, désignant l'officier de police ganté à côté de Melissa.

Celle-ci entendit avec stupéfaction les mots s'échapper de sa bouche. « Maman, ils croient que j'ai tué Riley. »

23

MELISSA était incapable de dire si sa mère l'avait prise dans ses bras pendant cinq secondes ou cinq minutes. Elle avait remarqué depuis un certain temps que Nancy Eldredge s'était tassée avec l'âge, mais en ce moment précis elle paraissait solide comme un chêne.

Et dire que la veille au matin, Melissa se réjouissait à l'idée de l'accueillir dans sa nouvelle maison, fière du travail qu'elle et Mike avaient accompli pour aménager le cottage le plus chaleureusement possible ! Elle se laissa réconforter par l'étreinte protectrice de sa mère, sachant qu'ensuite elle retournerait à l'affreuse vérité.

Elle revint sur terre quand le policier chargé de la prise de sang toussa pour attirer son attention. Il avait rangé ses instruments et devait passer devant elles pour quitter le cottage.

Par la fenêtre, elle regarda la dépanneuse emmener son SUV. Selon le mandat qu'on lui avait présenté, sa voiture allait être mise sous séquestre et soumise à une fouille approfondie. Ses pensées revinrent aux éléments listés dans le mandat :

empreintes digitales, cheveux, traces de sang, y compris à l'intérieur du coffre. Ces détails étaient terrifiants.

« Comment ces gens peuvent-ils te soupçonner d'avoir fait du mal à Riley ? » La voix généralement douce de Nancy bouillait de colère.

Mike la regarda d'un air soucieux, le front plissé de rides.

« Je suis désolée de t'avoir inquiétée, maman, dit Melissa. Je n'aurais pas dû me montrer aussi mélodramatique. Je suis sûre que la police ne me soupçonne pas réellement. Ils font simplement leur travail et explorent toutes les pistes. »

Mike, qui avait gagné la cuisine pour faire chauffer de l'eau, prenait dans le placard la tisane qu'ils avaient achetée seulement quarante-huit heures plus tôt. « Melissa a raison, dit-il. Ces inspecteurs ne m'ont pratiquement pas lâché de la soirée avant de se rendre compte que j'avais passé tout l'après-midi à la marina avec un couple du coin. » Il eut un petit rire, tentant en vain de tranquilliser sa mère.

« Tous les deux, vous me traitez comme un vieux débris et très franchement, c'est insultant. Je ne me pardonnerai jamais de vous avoir laissés dans le jardin ce jour-là, même pour quelques minutes, et je sais trop bien à quel point vous en avez souffert par la suite. Mais je crois que vous oubliez ce que j'ai traversé alors. Savez-vous que j'ai plongé dans l'eau glacée du lac, vous cherchant désespérément sous la surface ? Incapable de vous trouver, je me suis persuadée que vous vous étiez noyés et que je ne vous reverrais jamais. Votre père m'a retrouvée sur le sable glacé, mes vêtements mouillés me collant à la peau. Je serrais contre ma joue ta petite moufle rouge, Melissa. Au début la police s'est montrée d'un grand soutien. Sympathique, voire compatissante. Mais quand ils ont appris ma véritable identité – que j'étais la fameuse Nancy Harmon –, tout a changé. Ils étaient convaincus qu'en découvrant que mon secret allait être révélé, j'avais eu un épisode psychotique et que je vous avais fait subir à tous les deux le même sort que j'étais censée avoir fait subir à Peter et Lisa. »

Épisode psychotique, la même expression que celle employée par Marino.

Melissa n'avait jamais entendu sa mère parler aussi librement de ce qu'elle avait vécu lors de leur enlèvement. « Je suis tellement désolée, dit-elle. Nous savons tous les deux à quel point ce qui se passe doit être terrible pour toi.

– Arrête ! l'interrompit Nancy. Tu es une femme d'une intelligence rare, Melissa. Un vrai génie selon tes professeurs. Mais tu ne comprends pas un mot de ce que je veux dire. Mieux que personne j'ai compris ce qui se passait dans cette maison quand nous sommes arrivés, ton frère et moi. Je l'ai senti immédiatement à la façon dont les policiers nous ont regardés quand tu as ouvert la porte. Ont-ils seulement essayé de me rassurer au sujet de la disparition de ma petite-fille ? Non, ils n'avaient qu'une envie, partir d'ici au plus vite, probablement parce qu'ils me considèrent aussi comme une petite vieille dame fragile et ne veulent pas que j'apprenne la vérité. Donc arrête d'essayer de protéger ta mère.

– Très bien », dit Melissa.

Mike réapparut avec une tasse et une soucoupe, le sachet de tisane infusant encore. « Les criminelles que vous êtes prendront bien une petite infusion ? »

Sa mère accepta la tasse avec un clin d'œil amusé. « À présent, asseyez-vous tous les deux et racontez-moi. »

Pendant la demi-heure qui suivit, Melissa se força à exposer les faits bruts comme une avocate résumant une affaire pour des confrères. Ce n'est qu'en entendant ses propres paroles qu'elle comprit pourquoi c'était elle la suspecte naturelle, prévisible, et même incontournable.

Trop de coïncidences, pour reprendre les mots des inspecteurs. Melissa était la dernière personne connue à avoir vu Riley, la seule qui l'ait eue sous sa garde ce jour-là, et les portes de la maison étaient fermées à clef quand Mike était rentré et avait constaté sa disparition. La vie de Melissa avait récemment changé du tout au tout : d'avocate célibataire, elle était devenue une femme jonglant entre sa carrière, sa vie sociale, un mari et une très jeune enfant. Elle avait passé des mois à étudier une affaire non résolue dans laquelle la police soupçonnait une femme malheureuse d'avoir assassiné son beau-fils pour se libérer de la contrainte que lui imposait la garde de celui-ci. Dans son podcast, Mac avait déclaré que la belle-mère n'aurait jamais été soupçonnée si elle avait été assez intelligente pour laisser son téléphone portable chez elle quand elle avait pris sa voiture pour se débarrasser du corps.

Et il y avait aussi la pièce à conviction qui expliquait probablement le mandat de perquisition de sa voiture et les nombreux appels téléphoniques sans réponse adressés à son mari – la vidéo d'une femme conduisant une petite fille sur une île voisine dans un SUV semblable au sien, puis revenant seule à South Fork.

Il y eut un moment durant son monologue où son implacable objectivité de juriste cessa de la protéger. Elle se prit la tête dans les mains, pressant ses tempes comme si elle pouvait contrôler la direction que prenaient ses pensées. Comment ne l'avait-elle pas vu plus tôt ? Elle savait par son expérience professionnelle que des gens qui n'avaient même jamais écopé d'une contravention pouvaient accomplir des actes atroces sous l'effet d'une intense pression psychologique. Beaucoup d'entre eux étaient tellement choqués par leur propre conduite qu'ils effaçaient totalement ce crime de leur conscience, prétendant souffrir d'amnésie.

Combien de fois Mike lui avait-il répété qu'elle ne pourrait pas continuer à ignorer le mal qui leur avait été fait ? Il l'avait avertie que le traumatisme trouverait un moyen de refaire surface. À travers ces terribles cauchemars, son subconscient lui disait que l'illusion de normalité soigneusement construite au cours des ans était en train de s'effondrer. Elle se souvenait de l'expression d'inquiétude – *non*, pensa-t-elle après coup, *de pitié* – sur le visage de Charlie quand il l'avait trouvée au milieu de la nuit, enveloppée dans une serviette et regardant fixement l'eau couler dans la baignoire vide. Et deux jours plus tôt seulement elle s'était retrouvée sur la plage avant l'aube, pleurant comme une enfant après sa mère, sans pouvoir se rappeler comment elle était arrivée là.

Qu'avait-elle occulté d'autre ?

Elle finit par comprendre où la menaient ces retours en arrière. « Et si... » Elle releva la tête, mais ne put se résoudre à regarder sa famille. Ses bras se mirent à trembler comme si ses os voulaient lui dire la vérité sur ce qui s'était passé la veille dans cette maison. « Oh mon Dieu, et si... ils avaient raison ? Tout cela à cause de moi. Je me suis tellement efforcée de refouler le passé, comme si, *pfutt*, rien n'était jamais arrivé. *Le bonheur est un choix ?* Comme j'ai été arrogante et stupide. Mais c'est exactement ce que tu as dit, Mike : à la fin ce traumatisme trouvera un moyen de se manifester. Et si, et si... Pauvre petite Riley. Oh mon Dieu, non. Faites que ce ne soit pas possible. »

À côté d'elle sur le divan, sa mère posa sa tasse sur la table avec fermeté puis se rapprocha de Melissa et lui prit les mains. « Regarde-moi, Melissa. »

Le regard de Melissa resta fixé sur ses genoux tandis qu'elle secouait la tête. D'une voix qu'elle reconnut à peine, elle dit : « Peut-être que si j'allais à Shelter Island, quelque chose me paraîtrait familier. Peut-être que je pourrais me souvenir. J'ai juste besoin de me souvenir. Si je l'ai fait, il faut que je le leur dise. »

La voix de Nancy devint plus ferme. « S'il te plaît, ma belle, sensible, généreuse et très entêtée fille, regarde-moi à présent. »

Melissa obéit.

« J'ai traversé ce que tu traverses en ce moment. Ton frère et toi ne vouliez pas que je sache vraiment ce qui se passe aujourd'hui, de peur de faire ressurgir toute la douleur que j'ai éprouvée – que nous avons éprouvée – il y a quarante ans. Eh bien vous aviez raison, et c'est pour cela qu'il faut que tu m'écoutes. Tout ce que tu viens de dire à l'instant, je l'ai déjà entendu de ma propre bouche. À l'époque où j'étais en Californie – avant ta naissance, avant que je rencontre ton père, avant le procès qui m'a été infligé quand Peter et Lisa ont été tués –, je priais chaque matin et chaque soir dans ma cellule. *La paix... donnez-moi la paix. Apprenez-moi à accepter.* Je savais qu'il était absolument impossible que j'aie pu faire du mal à mes enfants. Ils étaient une partie de moi. J'ai eu l'impression de mourir en apprenant leur mort. Et pourtant ma prière avait pour but de m'aider à l'accepter, et d'accepter mon châtiment parce que je me pensais coupable. T'ai-je dit que j'avais écouté les enregistrements des séances avec le Dr Miles ? »

Le Dr Miles était un psychiatre réputé qui avait été très amoureux de la mère de Nancy avant sa mort dans ce que la police avait d'abord pris pour un tragique accident de voiture, peu de temps après que Nancy avait rencontré son nouveau fiancé. Au moment du kidnapping de Mike et de Melissa, le Dr Miles avait décidé d'aider la famille de la femme qu'il n'avait jamais cessé d'aimer. Quand leur mère déclara ne se souvenir de rien qui soit lié à l'enlèvement, il l'interrogea après lui avoir fait une injection de sodium amytal, pour éliminer ce qu'il pensait être une forme d'amnésie provoquée par des événements aux conséquences psychologiques catastrophiques.

« Quand j'ai accepté que Lendon me fasse cette injection, poursuivit Nancy, c'était par désespoir. J'aurais fait n'importe quoi pour vous retrouver. Mais une fois sous l'emprise de la drogue, j'ai ressenti une sorte de calme, tout au moins en comparaison de l'état de choc dans lequel j'avais passé le reste de la journée. Cela peut-il se comprendre ? J'ai soudain eu l'impression de me réveiller.

– Me suggères-tu de consulter un psychiatre pour qu'il m'aide à me souvenir de ce qui s'est passé hier ?

– Non, parce que je ne pense pas que tu refoules quoi que ce soit. Quand l'effet de la drogue de Lendon a disparu, j'ai découvert en moi une nouvelle certitude. Ton père m'a dit qu'il ne m'avait jamais vue aussi déterminée. J'étais absolument certaine de pouvoir aider la police à vous ramener à la maison. Après les heures que j'avais passées à m'apitoyer sur mon sort, je me suis levée du sofa et j'ai enlevé ma robe de chambre. Je n'aurais jamais eu la force de t'arracher aux mains de Carl si je n'avais pas pris la décision de croire en moi-même. Et cette petite voix du doute que tu as laissée murmurer à ton oreille – celle qui dit : *Et si j'avais fait quelque chose d'horrible ?* Ce n'est pas que tu aies fait quelque chose d'horrible, Melissa. C'est parce que tu aimes cette petite fille de tout ton cœur. »

Melissa avait tenté d'identifier le tourbillon d'émotions qui l'emportait depuis deux jours. Peur, colère, impuissance. Mais par-dessus tout : culpabilité. Au plus profond d'elle-même, elle savait qu'elle était responsable de la disparition de Riley et des malheurs qui pourraient lui advenir. « Je me sens paralysée par une culpabilité écrasante. Et si c'était mon subconscient qui me disait que j'ai réellement fait quelque chose d'horrible pendant que j'avais perdu connaissance ?

– Il y aurait quelque chose d'anormal chez toi si tu ne te sentais pas coupable, dit sa mère. Je pense que tu éprouves exactement la même chose que moi quand, après avoir laissé Peter et Lisa dans la voiture pour me précipiter au marché, j'ai découvert à mon retour qu'ils avaient disparu. Et lorsque nous avons choisi avec ton père d'avoir des enfants, j'ai juré de ne jamais, jamais prendre le moindre risque. Mais vous savez bien que c'est impossible. Cette horrible journée, je ne vous ai quittés des yeux qu'une toute petite minute quand vous jouiez dans le jardin. Une partie de moi ne se le pardonnera jamais, mais j'ai compris que je ne méritais pas la prison pour ça, contrairement à Carl Hamon. Et en fin de compte il a payé le prix fort. Maintenant, tu sais que tu peux tout me dire, je continuerai à t'aimer et à te défendre sans restriction. Crois-tu vraiment qu'il y ait la moindre chance que tu aies pu faire du mal à Riley ? »

Melissa serra les mâchoires en sentant une bouffée de chaleur lui monter au visage. Elle secoua la tête, soulagée d'éprouver à ce moment le sentiment d'une vérité fondamentale et indiscutable : « Jamais, dit-elle. C'est absolument impossible.

– Très bien. Dans ce cas, considère que ceci, la certitude que tu cherchais, est l'équivalent du sérum de vérité du Dr Miles. Maintenant, nous devons nous occuper de retrouver Riley. »

Melissa envoya trois messages successifs à Charlie ; mais sa boîte vocale annonçait qu'elle était pleine.

Elle appela ensuite Mac, et fut surprise de l'entendre répondre : « Allô ? »

C'est tout ce que tu trouves à me dire ! eut-elle envie de hurler. *ALLÔ ?!*

Au lieu de quoi elle le remercia d'avoir répondu. « Je ne sais pas jusqu'où ils t'ont mis au courant, mais il faut que je parle à Charlie. Vous êtes où ?

– Eh bien justement, je suis devant la maison de ta mère. Puis-je entrer ? »

24

À MESURE qu'il approchait du cottage, Grant Macintosh ralentissait le pas. L'appel téléphonique reçu la veille au soir l'avait pris de court. Sa petite amie, Sarah, avait organisé ce qu'elle appelait un « dimanche parfait à New York » : brunch dans le Meatpacking District, excursion au nouveau parc flottant sur l'Hudson River, promenade sur la High Line jusqu'au practice des Chelsea Piers pour taper quelques balles de golf. Ils étaient aussi allés au Met Museum et Sarah jubilait d'avoir atteint les vingt mille pas sur sa montre connectée. Lorsque, pour le dîner, ils s'étaient installés à leur table préférée chez Neary's, tout ce que Mac voulait, c'était une bavette d'aloyau de premier choix arrosée d'un verre de vin rouge et suivie d'une bonne nuit de sommeil.

Et puis Melissa avait appelé.

S'il avait suivi le conseil de Sarah et laissé la messagerie vocale se déclencher, peut-être aurait-il appris aujourd'hui seulement la disparition de Riley. Cette nouvelle était bouleversante en soi, mais Melissa ne s'était pas arrêtée là. La police les traitait Charlie et elle, mais aussi sa famille, comme des suspects, allant jusqu'à prendre son frère en filature pour l'interroger. Sans compter les questions sur le premier mariage de Charlie. Quand Melissa avait expliqué que ses ex-beaux-parents le soupçonnaient d'avoir tué sa première femme, Mac avait compris pourquoi elle l'appelait. Charlie avait besoin d'un avocat.

Mac n'avait pas vraiment le choix. Il connaissait Melissa depuis des années et jamais elle n'avait paru si désespérée. Sa belle-fille avait disparu et la police perdait un temps précieux à explorer des pistes stériles. Bien sûr qu'il l'aiderait. C'est à ça que servent les amis.

On n'était que le lendemain et il aurait déjà voulu avoir une machine à remonter le temps pour prendre une autre décision. Dire à Melissa qu'il était débordé ou que Charlie avait besoin d'un avocat sans lien personnel avec lui. Cela aurait été cruel, certes, mais la veille il ignorait encore ce qu'il savait maintenant.

Ce qu'il s'apprêtait à faire à Melissa était tellement pire.

C'est avec appréhension qu'il sonna.

Les remords de Mac s'accentuèrent quand Melissa lui ouvrit. Les joues habituellement roses de son amie étaient blêmes et ses yeux gonflés et rouges. Elle s'avança pour le prendre dans ses bras, comme d'habitude, mais il fit un pas de côté et se glissa à l'intérieur, refermant la porte derrière lui, soulagé de voir que les rideaux étaient tirés. La police ou la presse pouvaient surveiller la maison et la moindre marque d'amitié pourrait être interprétée comme un signe de collusion avec la belle-mère de Riley.

Une fois dans le salon, il ne put se résoudre à la repousser. « Merci d'être venu, dit-elle après l'avoir serré dans ses bras. J'étais morte d'inquiétude. Pourquoi vous ne m'avez pas donné de nouvelles, Charlie et toi ? Je ne sais même pas où vous êtes allés après le commissariat. Les inspecteurs Hall et Marino sont passés. Ils m'ont accusée d'avoir emmené Riley à Shelter Island et de l'avoir tuée. Mac, je n'arrive même pas à décrire ce que j'ai ressenti… c'est inimaginable. Je t'en prie, dis-moi que Charlie refuse de croire que je pourrais faire du mal à notre fille. »

Notre fille. Les mots qui sortaient de sa bouche sonnaient tellement sincères. La veille, il aurait juré qu'ils l'étaient. Mais comment en être certain ? Quand il participait au podcast de Melissa, il était prompt à pérorer sans trop réfléchir sur le détail le plus insignifiant. Maintenant qu'il était impliqué et que la suspecte était quelqu'un qu'il connaissait, il doutait de tout.

L'entretien avec Charlie et les inspecteurs qui avait eu lieu ce matin-là aurait dû n'être qu'une simple formalité. La veille, Charlie était dans un avion – un alibi irréfutable. Au dire de tous, c'était un père aimant, il adorait sa fille. Les tensions avec ses beaux-parents étaient problématiques, bien sûr, mais Mac était certain de pouvoir persuader la police qu'elles étaient naturelles. Après tout, ils avaient perdu leur fille dans un tragique accident et leur gendre avait emmené leur petite-fille vivre à l'autre bout du pays.

Seulement, quand Mac s'était entretenu en privé avec Charlie avant d'entrer dans le commissariat, celui-ci s'était montré inflexible : si les inspecteurs voulaient appeler les parents de Linda, ils devraient trouver leurs coordonnées eux-mêmes. Mais s'il y avait une chose que Mac avait apprise quand il était assistant du procureur, c'était que les forces de l'ordre étaient toujours très intéressées par les informations qu'on rechignait à leur donner.

Alors que Mac s'apprêtait à exposer dans le détail les inquiétudes de Charlie, les inspecteurs avaient commencé à interroger son client. Était-il vrai qu'il ne connaissait sa femme que depuis dix mois quand il l'avait épousée ? Voulait-elle des enfants avant de le rencontrer ? Ne s'intéressait-elle pas d'un peu trop près à l'affaire Judith Moore, la femme soupçonnée d'avoir tué son beau-fils et d'avoir caché son corps sur une île près de chez elle ? Que savait-il du traumatisme qu'elle avait subi enfant et des séquelles qu'elle en avait gardées ?

Sur quoi les policiers leur avaient montré la vidéo.

Mac aurait voulu se lever et taper du poing sur la table, comme pour prononcer la plaidoirie la plus vibrante de sa carrière. Melissa Eldredge était l'une des personnes les plus droites qu'il ait jamais rencontrées. Il fallait être stupide pour la croire capable de commettre un crime, en particulier un crime aussi abject que le meurtre d'un enfant. Mais ç'aurait été l'ami de Melissa qui aurait parlé, or, à la demande de Melissa elle-même, il était l'avocat de Charlie.

« Mac ? fit Melissa, les yeux remplis d'espoir. Que se passe-t-il ? »

Voilà pourquoi il ne voulait pas venir au cottage. Il avait l'obligation professionnelle de protéger son client, et non son amie. Il savait comment cela serait interprété si Charlie semblait se soucier davantage de protéger sa nouvelle femme que de retrouver sa fille. Et compte tenu de la réaction de Rachel, la sœur de Charlie, quand elle avait vu la vidéo du ferry – elle n'avait pas mâché ses mots –, tout contact futur entre les deux femmes risquait de se terminer en crêpage de chignon digne de la plus mauvaise émission de téléréalité.

« Les inspecteurs sont passés ? finit-il par articuler. Qu'est-ce qu'ils t'ont dit ? » *La vidéo. Ils t'ont montré la vidéo ? S'il te plaît Melissa, explique la vidéo.*

« C'est cette vidéo de mauvaise qualité, c'est ça ? Ils l'ont montrée à Charlie et c'est pour ça qu'il ne me rappelle pas ? Toi, tu l'as vue ? La conductrice pourrait être n'importe qui, Mac. Voyons. Il faut que tu lui expliques. »

Il pencha la tête sans la quitter des yeux. Elle avait plus de jugeote que cela.

Quand elle l'avait invité à rester boire un verre après l'enregistrement du podcast, il avait prétendu devoir rejoindre sa sœur. C'était un mensonge. En réalité, il allait boire un verre avec l'ancienne équipe du bureau du procureur. Si lui et Katie étaient les seuls ex-collègues avec lesquels Melissa était encore en contact, il y avait une raison :

la jalousie. À l'époque, alors que tout le monde s'occupait de banales affaires de vol et de trafic de drogue, Melissa avait été choisie pour jouer la « troisième chaise » lors d'un procès pour meurtre, un procès médiatisé par-dessus le marché : celui de Jennifer Duncan. Pendant toute la durée de la procédure, on lui avait épargné les basses besognes afin qu'elle, une femme, soit le bras droit des deux procureurs seniors spécialisés dans les homicides.

L'esprit de compétition était de bonne guerre entre collègues. S'il restait assez longtemps au bureau du procureur, n'importe quel juriste finissait par se voir assigner une affaire de meurtre. Katie aussi avait travaillé sur le dossier, mais son rôle était moins gratifiant : elle répondait aux demandes émanant du grand public ou des amis des victimes ou de leur famille. Deux mois plus tard, ç'avait été au tour de Mac de jouer la troisième chaise sur un gros procès.

Ensuite, Melissa avait touché le jackpot en parvenant à faire annuler la condamnation de Jennifer Duncan. Gros titres, journaux télévisés, talk-shows. Elle n'était plus une simple avocate, elle était devenue une *personnalité*. Beaux joueurs, Mac et Katie s'étaient réjouis que ça tombe sur elle à défaut de tomber sur eux. Ses autres ex-collègues furent moins indulgents.

S'ils la voyaient maintenant… ils seraient loin d'envier son sort.

Il laissa échapper un soupir, se préparant mentalement à ce qu'il devait lui annoncer. « Je t'adore, tu le sais ? Depuis notre premier jour chez le procureur, on est comme les doigts de la main.

– Bien sûr ! Toi, moi et Katie. Les trois mousquetaires. »

Ils avaient tous les trois une bonne raison d'avoir atterri au bureau du procureur. Pour Mac, c'était le père de substitution qu'il avait trouvé en la personne d'un procureur de district volontaire du programme *Big Brothers Big Sisters*. Pour Katie, c'était le délit de fuite non élucidé qui avait cloué son cousin dans un fauteuil roulant. Et, bien que Melissa n'ait jamais donné de détails sur ce qui était arrivé à son frère et elle, elle leur avait confié que c'était sans doute ce qui l'avait menée au droit pénal.

« Tu es la meilleure avocate que je connaisse, tu sais que le système ne fonctionne que si nous respectons la déontologie à la lettre. Tu l'as expliqué dans ton livre. Et déontologiquement, je suis l'avocat de Charlie, pas le tien. C'est toi qui m'as appelé et je dois faire le boulot pour lequel tu m'as choisi.

– Ça signifie que tu ne peux pas lui demander d'appeler sa femme afin qu'elle ait une chance de le convaincre de son innocence ?

– Ce que tu traverses est terrible, je le sais. Mais pour être franc, que la police s'intéresse à toi plutôt qu'à Charlie, ça m'arrange. Et vu les circonstances, de quoi ça aurait l'air s'il paraît trop intime avec toi ? Il a un alibi solide. Contrairement à toi. »

La douleur qu'il lut dans ses yeux prouvait qu'elle avait compris. Charlie n'avait pas pu tuer Riley luimême. Mais il était possible que lui et sa nouvelle femme aient planifié un meurtre pour se débarrasser d'une petite fille dont ni l'un ni l'autre ne voulait. Pour ne pas être soupçonné lui aussi, Charlie n'avait pas le choix. Il devait prendre ses distances vis-à-vis de Melissa.

« Je n'ai rien fait, Mac. Il doit le savoir. *Tu* dois le savoir. Il faut que nous mettions la police sur la bonne piste pour retrouver Riley.

– Ils la cherchent, Melissa. Tu n'entends pas les hélicoptères ? Que ce soit toi ou quelqu'un d'autre au volant de ce SUV.

– Tu es sérieux ?

– Tu sais ce que je veux dire. L'essentiel, c'est qu'ils ratissent Long Island. » Le téléphone de Mac sonna. Il avisa l'heure sur l'écran. Cela faisait déjà trop longtemps qu'il était là. « C'est Charlie. »

Les yeux de Melissa s'illuminèrent. « S'il te plaît, laisse-moi lui parler, je t'en supplie. »

Comme c'était difficile de la voir si vulnérable ! Elle qui avait toujours la réponse juste, la Wonder Woman capable de résoudre n'importe quel problème. Elle n'avait plus le contrôle sur rien.

Il décrocha et demanda à Charlie de patienter.

25

J'AI PEUT-ÊTRE *enfin une planche de salut,* pensa Melissa. Charlie avait appelé sur le téléphone de Mac, qui n'était qu'à quelques centimètres d'elle. Si elle pouvait seulement lui parler, il comprendrait qu'elle était innocente. Naturellement il le comprendrait. Elle en était sûre. Ils retrouveraient Riley, même si cela allait prendre du temps. Ils survivraient ensemble à ce cauchemar.

Elle tendit la main vers le téléphone et sentit son cœur se serrer quand Mac le mit hors de sa portée.

« Voici le deal, Melissa. C'est Charlie qui a insisté pour te parler, contre mon avis. Je t'en dis beaucoup plus que je ne devrais, mais je ne peux pas prendre le risque de vous laisser communiquer l'un avec l'autre, au cas où la police vous aurait mis sur écoute. Aussi notre arrangement est un seul appel, par mon intermédiaire. »

D'un signe de tête elle marqua son accord, et il lui passa le téléphone.

« Charlie, enfin, Dieu merci ! Ce n'est pas moi sur cette vidéo. C'est forcément la femme du parc. J'ai insisté pour que la police me fasse passer un test sanguin. Il montrera que j'ai été droguée, j'en mettrais ma main à couper.

– Mac me tuera s'il apprend que je t'ai dit ça, mais je te crois, Melissa. »

Ces mots lui firent l'effet d'une bouffée d'air frais la délivrant de la suffocation. « Tu ne peux pas savoir combien je suis soulagée de t'entendre dire ces paroles.

– Mon Dieu, bien sûr que je te crois. Et si quelqu'un est assez fort pour traverser tout ça, c'est toi, Melissa.

– Qu'est-ce que tu veux dire ? Traverser quoi ?

– Mac ne t'a pas avertie ? La police, nous pensons qu'elle te soupçonne, toi et pas moi.

– C'est la raison pour laquelle j'ai essayé de t'appeler. Nous devons prouver que…

– Non, Melissa, non. » Elle entendait la souffrance dans sa voix, mais ce n'était pas un signe de faiblesse. Elle sentait qu'il avait pris une décision et que celle-ci était définitive. C'était la raison du coup de téléphone. « Je t'aime plus que tout au monde – sauf Riley. Elle doit être la seule qui compte pour moi en ce moment, et je sais que tu seras d'accord.

– Bien sûr. Je ressens la même chose.

– Et la seule raison pour laquelle je ne me jette pas sous un camion, c'est l'espoir que j'ai de la retrouver. Riley est quelque part, vivante et en bonne santé, attendant que je la trouve. Il faut que je continue à y croire, et il faut que je la ramène à la maison, d'accord ? » Tandis qu'elle acquiesçait, il reprit. « Si cela arrive – quand cela arrivera –, je sais ce qui se produira. Les parents de Linda vont essayer de me la reprendre. Ils diront que je suis incapable de m'occuper d'elle. Et bien que je sache au plus profond de moi que tu n'es pas responsable, ils vont tout présenter à leur manière et dire que j'ai mis ma fille en danger en te la confiant quand je suis parti à l'étranger. Je t'aime, Melissa, mais si tu m'aimes à moitié autant, tu comprendras la position dans laquelle je me trouve. Mac insiste pour que je ne te voie plus jusqu'à ce que tout cela soit terminé. »

La partie de son cerveau qui raisonnait logiquement se dit qu'elle ferait la même recommandation à Charlie si elle était son avocate, mais elle était aussi profondément frustrée de ne pas avoir de réponse à toutes ses questions. « As-tu reçu mes messages concernant Linda ? »

Elle pouvait à peine entendre Charlie à cause des voix qui couvraient la sienne au commissariat. Il marmonna quelque chose signifiant qu'il était presque prêt, avant de reprendre leur conversation. « Je n'ai pas eu une minute à moi et je n'ai pas pu écouter tous mes messages. Je n'ai pas compris pourquoi tu te posais des questions la concernant.

– A-t-on jamais retrouvé le corps de Linda ? Peut-être n'est-elle pas vraiment morte à la suite de cette chute. Elle aurait pu découvrir que tu t'étais marié et avoir changé d'état d'esprit concernant Riley. Elle pourrait être la femme du parc.

– Melissa, Linda est morte. Comment aurais-je pu traverser tout le pays et m'être marié si je n'en avais pas été absolument sûr ?

– Ils l'ont donc trouvée après sa chute ? »

Elle entendit une voix en fond sonore. C'était Rachel. Elle ne put distinguer que ces mots : « Charlie » et « presque prêt ».

« Melissa, je suis désolé. Je dois y aller.

– Non, non, juste une seconde. Ne raccroche pas. »

D'autres voix en arrière-plan.

« Je t'aime, dit-il rapidement. Quoi qu'il arrive, ne l'oublie pas.

– Charlie, attends. Qu'est-ce que tu veux dire ? Ça semble tellement… »

Elle était sur le point de dire « définitif », avant qu'il ne l'interrompe. « Il faut que j'y aille. Mac a une stratégie. Il t'expliquera ; c'est pour Riley. Tout ira bien pour nous une fois que nous aurons retrouvé Riley. Je suis tellement désolé. »

La pitié qu'elle lut dans le regard de Mac lui fit mesurer à quel point elle était faible et vulnérable. « Il a dit que tu avais une stratégie.

– Une conférence de presse. Ça vaut ce que ça vaut, mais c'est sûrement ce que tu aurais fait. » Il prit la télécommande de la télévision sur la table basse et alluma la chaîne News 12 Long Island. En bas de l'écran, un bandeau annonçait que le père de la petite Riley Miller allait s'adresser aux journalistes.

« Je devrais être à ses côtés, dit-elle. Et toi aussi.

– Rachel est avec lui. Et aussi Hall et Marino. Il ne peut pas être vu en compagnie d'une avocate telle que toi. C'est une question d'image, étant donné nos relations avec la police. »

Bien sûr. Elle était la nouvelle épouse qui n'était dans la vie de Charlie que depuis un an. Elle était un problème d'image.

« Est-ce pour cela que tu es là ? demanda-t-elle. Pour m'accorder un unique coup de fil avant de me jeter dans la fosse aux lions, c'est ça ta stratégie ? »

Mac détourna la tête avant de répondre. « Charlie a besoin de sa valise. Il ne reviendra pas avant qu'on ait retrouvé Riley. Je suis désolé. Vraiment désolé.

– Peux-tu lui demander si on a retrouvé le corps de Linda après sa chute ? C'est le moins que tu puisses faire. »

Il eut le toupet de lui presser doucement l'épaule avant de monter à l'étage sans y être invité.

26

Dès le premier regard, Nancy avait su que c'était là qu'elle vivrait. Elle n'avait visité que trois maisons à Southampton. L'agent immobilier local lui avait été chaudement recommandé par Taylor Summers, qui avait repris l'agence immobilière de Ray après son départ à la retraite, six ans plus tôt. Elle aimait le plan très ouvert et les immenses fenêtres qui laissaient le soleil inonder chaque pièce. C'était la même intuition que pour la maison de Cape Cod, qu'elle avait louée seule avant que cela ne devienne leur foyer, à Ray et à elle. Elle avait su qu'elle y resterait, tout simplement.

Si elle avait eu la moindre réticence à faire une offre, elle aurait été balayée par la vue. De l'endroit où elle se tenait, à l'étage, près de la rampe surplombant l'escalier, elle avait une vue imprenable sur la baie, au bout de la rue. Elle commencerait ses journées en voyant la mer. Mais pour le moment, c'était l'écho montant du salon qui l'intéressait. Son fils à ses côtés, elle ne perdait pas une miette de ce qui se disait au rez-de-chaussée.

« Tu te rends compte ? chuchota-t-elle. Il empêche Melissa de parler à son mari, alors que c'est elle qui l'a embauché. Je croyais apprécier Mac, mais là, c'est ridicule. » Melissa avait demandé à s'entretenir avec Mac en privé, mais Nancy était chez elle. S'il continuait à s'adresser à sa fille de cette manière, elle lui dirait de ficher le camp. Avant son arrivée, elle avait réussi à redonner confiance à Melissa. Nancy refusait que sa brillante fille soit à nouveau brisée et vulnérable.

« Chut, je n'entends rien, lui souffla Mike.

– J'ai le double de ton âge, comment ça se fait que tu entendes moins bien que moi ?

– Sans doute toutes ces années à écouter du rock, la musique du diable, répondit-il avec la pointe d'humour pince-sans-rire qu'il conservait en toutes circonstances. Vraiment, maman, chut ! »

La sonnerie d'un portable monta du salon. *Charlie*, pensa Nancy. Peut-être appelait-il Melissa en dépit du cruel conseil de son avocat. Ou bien la police avait-elle retrouvé Riley ?... Quand ses propres enfants avaient disparu, chaque sonnerie de téléphone, chaque coup à la porte faisait naître l'espoir de la fin du cauchemar – ou la menace de la confirmation de ses pires craintes.

La sonnerie céda la place à la voix de Mac. *C'est Charlie.*

Nancy et Mike tendirent l'oreille. Mac expliquait à Melissa pourquoi Charlie l'appelait, lui, plutôt qu'elle. Mike haussa les épaules : du point de vue d'un avocat, ça se tenait.

Mais quand Melissa prit le téléphone pour parler à son mari, Nancy perçut du désespoir dans la voix de sa fille. *Charlie, enfin. Ce n'est pas moi sur cette vidéo… Qu'est-ce que tu veux dire ? Traverser quoi ?*

Nancy savait ce que l'on éprouvait quand on était suspect. Oh oui, elle le savait. Elle sentait encore la brûlure de l'hostilité du chef de la police de Cape Cod, Jed Coffin. Au vu de son passé, il pensait avoir résolu l'affaire avant même d'avoir posé la moindre question. Selon lui, elle avait vu l'article qui révélait sa véritable identité : Nancy Harmon, soupçonnée d'avoir noyé ses enfants en Californie et de s'en être sortie impunément. Certaine que cette révélation ferait voler en éclats sa nouvelle vie, elle avait « pété les plombs », comme il l'avait formulé, et fait subir à Michael et Missy la même chose qu'à ses deux premiers enfants.

Malgré le choc, au plus profond d'elle-même, elle avait senti que Ray était de son côté. Coffin avait demandé à parler avec lui seul à seul, comme si elle ne comptait pas. Sans s'inquiéter de faire attendre le policier, Ray avait posé ses mains sur les épaules de Nancy, sa joue contre la sienne, jusqu'à ce qu'elle cesse de trembler. Ce n'est que lorsqu'elle fut rassurée qu'il emmena le chef de la police dans la pièce voisine. La façon dont il se mouvait – grand, solide, maître de lui-même – levait toute ambiguïté : malgré l'autorité dont Coffin disposait, il devait à leur famille un minimum de respect. Même quand Coffin avait lu ses droits à Nancy, même quand les médias garés devant chez eux avaient aboyé leurs questions, sous-entendant clairement que Nancy était coupable, jamais Ray n'avait fléchi.

Nancy sut en entendant les mots de Melissa et le ton sur lequel elle les prononçait que Charlie n'arrivait pas à la cheville de Ray.

Charlie, attends. Qu'est-ce que tu veux dire ? Ça semble tellement...

Melissa ne termina pas sa phrase. *Tellement... quoi ?* se demanda Nancy. Froid ? Indifférent ? Égoïste ?

De longues secondes de silence s'écoulèrent avant que Melissa ne reprenne. *Il a dit que tu avais une stratégie.* Le ton de sa voix avait changé, elle s'adressait à Mac. *M'accorder un unique coup de fil avant de me jeter dans la fosse aux lions, c'est ça ta stratégie ?*

Mâchoires contractées, poings serrés, Mike était, comme toujours, prêt à défendre sa petite sœur.

Charlie a besoin de sa valise, dit Mac. Il ne reviendra pas avant qu'on ait retrouvé Riley. Je suis désolé. Vraiment.

Des bruits de pas. Mike se redressa, prêt à user de la force pour empêcher Mac de passer.

« Non, surtout pas, dit Nancy avec fermeté. Si Charlie veut récupérer ses affaires, alors bon débarras ! » Quand Mac atteignit l'escalier, elle était déjà dans la chambre d'amis. Elle attrapa la valise à roulettes remplie de vêtements qui était posée sur la commode, la referma et la déposa dans le couloir.

« Je suis désolé, dit Mac avec embarras. Je ne vous demande pas de comprendre, Nancy.

– Ce n'est pas plus mal. J'aurais été mortifiée de ne pas être à la hauteur de vos attentes. »

Mike sortit de la salle de bains des invités et, avec plus de violence que nécessaire, jeta à Mac un kit de rasage en cuir. « Il vaut mieux que tu t'en ailles, vieux. »

La porte d'entrée claqua et aussitôt le volume de la télévision du rez-de-chaussée passa d'un murmure à un rugissement. Une voix de femme, au ton journalistique : « Nous sommes à Southampton, Long Island, dans l'attente des dernières nouvelles du père de la petite fille disparue, Riley Miller. »

27

« NOUS SOMMES à Southampton, Long Island, dans l'attente des dernières nouvelles du père de la petite fille disparue, Riley Miller. »

Melissa se tenait debout, télécommande à la main, quand sa mère et son frère la rejoignirent dans le salon. Elle vit au premier coup d'œil qu'ils n'avaient pas perdu un seul mot de sa conversation avec Mac. Elle se réjouit un instant en imaginant la scène qui avait dû avoir lieu au premier étage avant le départ précipité de Mac emportant la valise de Charlie.

Malgré le mal que lui avait fait la trahison de Mac, ses mots lui revinrent à l'esprit quand elle regarda l'écran de la télévision. Plusieurs micros entouraient un pupitre placé sur le parking du commissariat en prévision de la conférence de presse. *Ça vaut ce que ça vaut, mais c'est sûrement ce que tu aurais fait.*

Il n'avait pas tort. Plus de six cent mille personnes disparaissent chaque année. Beaucoup ne sont jamais retrouvées, et seuls les noms de quelques-unes d'entre elles seront connus du public. Mac aussi bien qu'elle savait qu'une disparition ne peut susciter l'intérêt de tout le pays sans l'inévitable conférence de presse en présence de la famille affligée implorant le retour sain et sauf de leur parent bien-aimé.

Comme la correspondante de News 12 résumait les faits répétés tout au long de la journée, Melissa reconnut Hall dans le groupe de personnes rassemblées derrière le pupitre. L'inspectrice murmura quelque chose à l'oreille d'un autre policier, qui afficha une expression confuse avant de sortir du champ.

La caméra se tourna alors vers la correspondante. « Margot, la police vient d'annoncer que l'horaire de cette conférence de presse pourrait être plus flexible que prévu. Nous reviendrons vers vous. En attendant, les recherches pour retrouver Riley Miller se poursuivent dans l'est de Long Island. »

« Tu en penses quoi ? demanda Mike.

– Je ne sais pas, dit-elle, coupant le son. Mac a organisé une conférence de presse en présence de la police pour Charlie et sa sœur. Peut-être y a-t-il des faits nouveaux. Ou peut-être ont-ils trouvé Riley. » *Je vous en prie, faites qu'elle soit vivante, qu'on l'ait trouvée saine et sauve.*

Elle appela Charlie une fois encore. Boîte vocale de nouveau. Avait-il simplement coupé son téléphone en anticipation de la conférence de presse ou était-il allé jusqu'à bloquer son numéro ? Un appel à Mac resta également sans réponse, aussi lui envoya-t-elle un texto : *Il faut que Charlie s'exprime devant les caméras. Il peut dire tout ce qu'il veut à mon sujet, mais il faut qu'ils poursuivent les recherches. La tempête peut être aussi une menace supplémentaire.*

Elle composa ensuite le numéro de Rachel. Après trois sonneries, alors qu'elle s'apprêtait à laisser un message, elle fut surprise d'entendre sa belle-sœur lui répondre. « Allô. » Sa voix était basse, et Melissa entendait le bruit de fond d'une conversation.

« Oh, Rachel, merci d'avoir répondu.

– Écoute, Melissa, je serai franche. Je ne sais vraiment pas quoi penser de toi en ce moment.

– La seule chose qui m'importe est de retrouver ta nièce. Où en est-on avec cette conférence de presse ? Y a-t-il du nouveau ? Ont-ils trouvé Riley ? » Elle se prépara à entendre le pire.

« Non. Bien sûr nous te préviendrons si cela arrive – quand cela arrivera. » Elle s'arrêta, comme si elle ne savait quoi ajouter. « C'est Charlie. Il a été pris d'une crise d'angoisse quand nous sommes sortis du commissariat. J'essaie de le calmer, mais pour le moment il est dans tous ses états. D'abord, la mort de Linda. Maintenant, Riley introuvable. Je crains que cela l'anéantisse. Il se renferme en lui-même. C'est encore pire qu'à son retour de Norvège.

– Laisse-moi lui parler.

– Attends. Mac vient d'arriver. Je vois avec lui. »

Elle n'arrivait pas à saisir la conversation en arrière-plan, mais la voix de Rachel fut bientôt remplacée par celle de Mac. « Sérieusement, Melissa, ne viens pas. Si les journalistes te voient, ils voudront savoir pourquoi tu n'étais pas là plus tôt, et pourquoi tu n'es pas aux côtés de Charlie – quand j'aurai réussi à le faire sortir. Cela n'aiderait personne. S'il te plaît, laisse-moi gérer la situation.

– Mais, Mac…

– Il faut que j'y aille.

– N'oublie pas de questionner Charlie à propos de Lin… »

La conversation s'interrompit.

« Est-ce que ce crétin t'a raccroché au nez ? » demanda Mike. Il en avait deviné assez en écoutant ce que disait Melissa. « Je pensais que ce type était ton ami. »

Moi aussi, se dit Melissa. Regardant son écran maintenant éteint, elle se sentit épuisée. Avait-elle perdu à la fois son mari et son ami ?

28

SEULE dans la chambre d'amis, Melissa tenta une autre recherche sur son ordinateur portable. *Linda Mère Oregon Chute d'eau Norvège.* Une variation sur un même thème.

Une fois de plus, rien.

Finalement, elle ne savait que très peu de choses sur la première femme de Charlie. Elle ignorait jusqu'à son nom de famille. Une seule certitude, ce n'était pas Miller. En effet, quand Melissa avait expliqué vouloir garder son nom de jeune fille, Charlie avait mentionné que c'était ce que Linda avait fait. Il avait forcément prononcé le nom de Linda à un moment ou à un autre, mais Melissa avait un trou. Impossible de s'en souvenir.

Charlie et Linda s'étaient rencontrés en première année d'université à Seattle. *Charlie Miller Mariage Ban Linda Seattle Université de Washington.* Toujours rien.

Elle ouvrit la page internet du bureau des anciens étudiants et trouva un numéro. C'était encore les heures d'ouverture sur la côte Ouest. Une voix féminine, jeune et sympathique, répondit à la troisième sonnerie. « Bureau des anciens étudiants. Kelsey à l'appareil. »

Melissa était sur le point d'inventer une histoire alambiquée pour justifier ses questions, mais se ravisa. Rien ne serait plus convaincant que la vérité. Elle n'avait pas prononcé quatre phrases que la jeune femme à l'autre bout du fil s'exclama : « Attendez, vous êtes *la* Melissa Eldredge ? Genre, celle du *Justice Club* ?

– Oh, vous en avez entendu parler ?

– Bien sûr ! Ma coloc et moi on est totalement obsédées par la disparition d'Evan Moore. On était au collège quand c'est arrivé. C'est dingue, on a justement écouté votre podcast hier soir. Vous bossez sur un autre kidnapping ? La petite fille a disparu depuis combien de temps ? Riley Miller, c'est ça ? »

Melissa n'avait pas encore dévoilé que la disparue était sa belle-fille ni que l'ancien étudiant à propos duquel elle appelait était son mari, mais elle sentait que Kelsey avait envie de l'aider. Elle expliqua que l'enlèvement avait eu lieu la veille seulement et qu'elle essayait de trouver des informations sur la mère biologique de l'enfant. « Je ne connais que son prénom : Linda. Elle a épousé un camarade de fac du nom de Charles Miller. Et elle est originaire de Portland. » Elle indiqua également la date d'obtention de leur diplôme.

« Waouh, je ne sais absolument pas comment vous aider. Je ne suis qu'une étudiante. Vous pouvez peut-être appeler le secrétariat administratif…

– Conservez-vous les archives des annonces concernant les anciens étudiants ? » L'université de Melissa envoyait un magazine trimestriel et elle allait toujours directement à la page de son année, à la recherche de noms qu'elle connaissait. « Peut-être qu'ils ont annoncé leur mariage.

– Bien sûr, je peux vérifier. » Melissa entendit les touches du clavier de l'ordinateur. « Hmmm, je ne vois rien.

– Et des dons ? suggéra Melissa. Votre bureau en garde sans doute une trace.

– Oh ça, oui ! gloussa Kelsey qui s'amusait beaucoup à jouer les Miss Marple. OK, donc… Charles… Miller. Ça y est, je l'ai trouvé ! Son premier don date de l'année suivant l'obtention de son diplôme. Cinquante dollars seulement. Enfin, la plupart des nouveaux diplômés ne donnent rien. Ensuite il a fait des dons chaque année, en augmentant régulièrement les montants.

– Linda et lui se sont mariés trois ans après la fin de leurs études. Elle devrait être citée elle aussi.

– Non, pas de Linda. Juste Charles Miller. Tiens, c'est bizarre ça.

– Quoi ?

– Eh bien il envoyait 200 dollars par an, mais il a arrêté il y a douze ans. Depuis, plus rien. »

Charlie n'avait jamais mentionné quoi que ce fût pouvant expliquer cet arrêt soudain. Peut-être Linda avait-elle pris le relais ? Sans son nom de famille, impossible d'en être sûre. Pourtant, les dons effectués par des couples d'anciens étudiants étaient en général attribués aux deux noms. Melissa se trouvait dans une impasse.

« Merci beaucoup d'avoir essayé de m'aider, Kelsey. Si vous avez la moindre possibilité de continuer les recherches, ça pourrait vraiment être important pour sauver cette petite fille. Peut-être qu'un professeur ou une secrétaire plus âgés se souviendraient d'eux. Charlie Miller étudiait les sciences de l'environnement, si ça peut vous aider.

– Je vais continuer à creuser, dit Kelsey après qu'elles eurent échangé leurs numéros. Promis. »

À court d'options, Melissa reprit ses recherches sur Internet.

Charlie Linda Miller Norvège Chute mortelle Américaine
Charlie Linda Chutes d'eau Morte
Charlie Linda Mère américaine morte Selfie Oregon
Femme meurt Chute d'eau Europe Linda

Toujours rien.

Elle sentit un regard sur elle et leva les yeux de son écran.

« Je ne voulais pas te déranger, dit Nancy. Je te revois faire tes devoirs, assise en tailleur par terre ou sur ton lit, dans ton monde, heureuse. »

Melissa s'autorisa l'esquisse d'un sourire. Encore aujourd'hui, elle préférait travailler ainsi plutôt qu'assise devant un bureau. « Papa disait toujours que je me bousillais le dos. Et des années plus tard, c'est moi qui vous ai persuadés de vous inscrire au Pilates. » Un an après sa mort, elle n'arrivait toujours pas à s'habituer à son absence.

« Que fais-tu toute seule ici devant ton écran ? demanda Nancy, les yeux remplis d'inquiétude. Ne me dis pas que tu essaies de travailler dans un moment pareil.

– Je me sens tellement impuissante, répondit Melissa. Mais j'ai une intuition… J'essaie de trouver des infos sur la mort de Linda. Pour l'instant, j'ai fait chou blanc. »

Pendant leur thérapie de groupe, Charlie était vite passé dans l'esprit de Melissa du « type assis près de la cafetière » au « confident indéfectible ». Il avait perdu sa femme. Melissa travaillait à accepter la mort de son père. C'est en apprenant à faire leur deuil qu'ils avaient noué des liens profonds.

« C'est tellement frustrant. Je ne sais même pas où ils se trouvaient exactement quand elle est morte. »

À côté d'elle, sur le dessus-de-lit, un nouveau texto fit vibrer son téléphone. *J'ai posé la question à Charlie.*

Elle fixa l'écran pendant qu'une série de points l'informait que Mac tapait toujours. Les points s'arrêtèrent.

Mac… allez, écrivit-elle. *Qu'est-ce qu'il a dit ?*

Encore des points. *Linda a été incinérée en Norvège.*

Elle commença immédiatement à taper une réponse. Avait-il vu le corps ? Y avait-il la moindre possibilité que Linda ait soudoyé des fonctionnaires locaux pour l'aider à simuler sa mort ?

Un autre message de Mac. *Avant que tu me poses la question, oui, Charlie a identifié le corps. Il a répandu les cendres dans l'océan Pacifique, près de Cannon Beach, avec ses beaux-parents, avant que leurs relations ne se détériorent. Ce n'est pas Linda qui a enlevé Riley.*

Le ciel lui tomba sur la tête. Elle était tellement persuadée d'être sur la bonne piste.

Et la conférence de presse ? Il va la faire ? demanda-t-elle.

Je t'ai donné l'info que tu voulais, il faut que j'y aille.

« Des nouvelles ? demanda sa mère avec espoir quand Melissa reposa son téléphone.

– Je peux arrêter mes recherches. C'était Mac. Ma théorie ne tient pas. Charlie a vu le corps de Linda de ses propres yeux. » Elle aurait tellement voulu avoir raison. Si Riley avait été enlevée par sa propre mère, au moins elle aurait été en sécurité.

« Viens, ton frère nous concocte un bon petit dîner. Il faut que tu manges.

– Tu arrivais à avaler quoi que ce soit quand Mike et moi avions disparu ? »

Sa mère fit la moue. « Bon d'accord, tu as gagné.

– Tu pourras m'appeler si la conférence de presse passe à la télé ? La sœur de Charlie est inquiète, elle a peur qu'il ne supporte pas la pression. »

Nancy secoua la tête, mais se contenta de répondre : « Bien sûr. »

À nouveau seule, Melissa lança une autre recherche. *Melissa Eldredge Belle-fille Disparition.* Elle savait que c'était une erreur. Le premier résultat pointait sur LimiersDuNet, un forum de discussion consacré aux affaires criminelles, que Melissa consultait régulièrement pour son podcast. Sans surprise, beaucoup d'utilisateurs du forum la connaissaient et connaissaient le *Justice Club.* Si la plupart des commentaires exprimaient de la compassion pour Melissa et l'espoir que Riley serait vite retrouvée, d'autres considéraient qu'elle était la principale suspecte et le faisaient clairement savoir.

Elle en était à la troisième page de commentaires quand son téléphone vibra. Un nouveau texto. *Jennifer Duncan.*

À une époque, ce nom apparaissait sur son écran plusieurs fois par jour, mais cela faisait plus d'un an que les deux femmes n'avaient pas échangé.

Melissa, je suis tellement désolée. J'ignorais totalement que tu avais un lien avec cette petite fille jusqu'à ce qu'une amie m'appelle à l'instant. Si j'avais su que tu t'étais mariée et que tu avais une belle-fille ! Je t'aurais envoyé mes meilleurs vœux. J'aurais tellement voulu avoir un enfant, tu t'en souviendras. Je ne peux imaginer ce que toi et ton mari traversez. On ne s'est pas quittées en bons termes, mais je te serai toujours reconnaissante de ce que tu as fait pour moi. Comment puis-je t'aider ? En te prêtant une oreille compatissante au moins ? Je passe l'été à Sag Harbour. Je pense à toi, Jen.

Melissa ouvrit Instagram sur son ordinateur et chercha le compte de Jennifer. Postée en début d'après-midi, la photo la plus récente la montrait sur un bateau, souriant derrière ses lunettes de soleil modèle aviateur, ses longs cheveux blonds flottant au vent. *Un Lundi Au Soleil, C'est Possible ! #SagHarbor #Bateau #Plage #MeilleureVie #CrèmeSolaire*

Sag Harbor n'était qu'à quelques kilomètres.

Elle relut le message au moins trois fois, et les mots devenaient toujours plus ambigus. À première lecture, cela pouvait ressembler au message de compassion d'une ancienne amie et cliente. Mais si Jennifer la méprisait assez pour être TruthTeller, on pouvait y lire une tentative subtile de remuer le couteau dans la plaie. Une tentative passive-agressive, même, avec ce « Si j'avais su » qui ne faisait que raviver le souvenir de leur absence totale de communication ces derniers temps. Et puis ce *J'aurais tellement voulu avoir un enfant, tu t'en souviendras.* Pouvait-il s'agir d'une menace ? Jennifer était-elle à l'origine des commentaires agressifs que Melissa recevait ? Était-elle TruthTeller ?

Melissa se hâta de répondre avant de changer d'avis. *J'ai vraiment besoin d'une amie en ce moment. Et il faut que je m'aère, mais je ne veux pas que tout le monde me regarde.* Elle sauta du lit, enfila ses sandales et descendit l'escalier au pas de course avant même que Jennifer ne réponde. Elle voulut prendre ses clefs de voiture, mais la police les avait emportées.

Un nouveau message apparut sur son écran. *Je comprends tout à fait. Ma porte t'est ouverte.*

Melissa cliqua sur l'adresse qui suivait. « Mike, j'ai besoin des clefs de l'utilitaire. » Ils auraient dû rendre la camionnette de location depuis longtemps, mais ils n'étaient plus à ça près.

« Elles sont dans ma chambre. » Il baissa le feu sous le plat qu'il préparait et monta les chercher.

Nancy quitta son fauteuil dans le coin du salon. « Tu vas au commissariat ? Je t'accompagne. Charlie m'écoutera peut-être. Je lui expliquerai ce que j'ai ressenti quand j'ai été soupçonnée d'avoir tué mes propres enfants. Ça pourrait l'aider à reprendre ses esprits. »

Melissa secoua la tête. « Non, Mac a raison. Si j'y vais, ça tournera au grand déballage. J'ai besoin de prendre l'air.

– Ce n'est pas enfermée dans cette camionnette que tu prendras l'air, la tança sa mère. Pourquoi ne pas faire une promenade tous les trois ? Juste le tour du pâté de maisons ?

– Je ne veux pas que les gens me scrutent.

– Alors allons sur la terrasse de ma chambre, suggéra Nancy. Nous profiterons de la brise marine à l'abri des regards. »

Mike s'éclaircit la voix en revenant dans le salon. « Je sais ce que c'est d'avoir besoin d'être seul, dit-il. Elle se débrouillera, maman. »

Rien n'empêcherait Melissa de découvrir où Jennifer avait passé le week-end.

29

D'APRÈS LE GPS de son téléphone, le trajet en voiture jusque chez Jennifer devait prendre dix-neuf minutes.

Melissa détestait devoir mentir – spécialement à un membre de sa famille –, mais Mike et sa mère auraient tenté de l'arrêter si elle leur avait dit où elle allait, et plus encore si elle leur en avait donné la raison.

Melissa soupçonnait Jennifer d'être la personne à l'origine des messages de TruthTeller, mais elle avait abandonné l'idée d'un rapport avec la disparition de Riley. Tout cela avait changé à la lecture d'une phrase du message de Jennifer : *J'aurais tellement voulu avoir un enfant, tu t'en souviendras.*

Melissa avait commencé à mettre en question les motifs qui avaient poussé Jennifer à tuer son mari en la voyant tellement déterminée à hériter de la totalité de sa fortune après l'annulation de la condamnation. L'argent, pourtant, n'avait été qu'un des mobiles examinés par l'accusation durant le premier procès. L'enquête avait révélé que Jennifer avait eu recours à deux reprises et sans succès à l'insémination artificielle. Mais curieusement, l'autopsie de Doug Hanover avait révélé qu'il avait subi une vasectomie et, selon son dossier médical, elle avait été réalisée juste après sa sortie de l'école de commerce, soit vingt ans avant de rencontrer Jennifer.

Prises ensemble, ces informations montraient non seulement que Hanover avait trompé Jennifer à propos de son désir d'enfant et de sa capacité même à en avoir, mais aussi qu'il l'avait laissée subir un processus émotionnel et physique voué à se terminer dans la déception. Les procureurs avaient cependant été incapables de prouver que Jennifer connaissait la vérité avant l'autopsie. Au cours du procès, Hanover avait aussi été décrit comme un être cruel et égoïste. Melissa n'avait pas été surprise de voir les deux procureurs chargés de l'accusation renoncer à utiliser ces éléments, puis elle n'y avait plus pensé – jusqu'à ce jour.

Elle tourna dans Scuttle Hole Road à la hauteur de Water Mill. Sachant qu'elle n'aurait qu'à aller tout droit tant qu'elle n'aurait pas dépassé le golf et le vignoble, elle appela Katie, tenant le volant d'une main.

Katie répondit presque instantanément. « Oh, je suis soulagée que tu appelles. Je ne voulais pas te déranger avant la conférence de presse, mais que se passe-t-il ? Aux infos ils avaient l'air de dire qu'elle était prévue d'une minute à l'autre, mais ils sont maintenant passés à d'autres sujets.

– C'est Charlie. Il semble avoir été pris d'une crise de panique. Sa sœur pense que le choc l'a fait se renfermer en lui-même. L'enlèvement de Riley l'a terrassé, d'autant plus qu'il a ravivé le traumatisme causé par la mort de Linda.

– Comment ça une crise de panique ? Il faut qu'il donne cette conférence. Appelle Neil et vois s'il peut faire quelque chose pour lui. Peut-être lui prescrire un calmant, pour l'aider à contrôler ses nerfs. Ou Rachel et toi, vous pourriez donner la conférence de presse toutes les deux, et qu'il se borne à y assister, non ? Qu'en pense Mac ? »

Melissa aurait tout donné pour être aux côtés de Charlie dans l'épreuve qu'il traversait, l'avalanche de questions de Katie ne faisait que l'en convaincre. Elle était sûre qu'elle pouvait l'aider, comme sa mère l'avait forcée à sortir de la culpabilité dans laquelle elle était plongée et lui avait permis de se concentrer sur Riley.

« Je ne sais pas », dit-elle. Elle sentit la honte lui brûler les joues tandis qu'elle expliquait que la police pensait qu'elle mentait, et que Charlie avait pris ses distances avec elle sur les conseils de Mac.

« Tu plaisantes ? Melissa, je suis désolée, c'est moi qui t'ai conseillé de lui trouver un avocat.

– Arrête, ce n'est pas ta faute. Je t'appelle pour une autre raison. » Elle la mit au courant du message de Jennifer Duncan et de ses possibles implications.

« Attends. Jennifer est à Long Island ? As-tu averti la police ?

– Non, cela ressemblerait trop à une tentative pour détourner leur attention. J'ai vu la manière dont ils me regardaient. Ils croient vraiment que je suis coupable. Je n'ai même plus ma voiture, et je me sers de cette camionnette poussive. Je pars chez Jennifer à l'instant.

– Seule ?

– Je n'ai pas le choix. Je lui ai dit que j'avais besoin de parler à une amie.

– C'est moi l'amie à qui tu parles quand tu en as besoin, dit Katie, pas une femme peut-être coupable de meurtre et d'enlèvement.

– Je vois que tu n'as pas perdu ton sens de l'humour.

– Sérieusement, c'est trop dangereux, Melissa. Nous savons qu'elle est capable d'appuyer sur la gâchette si les circonstances s'y prêtent.

– Si elle avait voulu me tuer, elle aurait déjà pu le faire facilement. Si c'est elle qui a enlevé Riley, c'est pour l'élever comme sa propre fille. Elle voulait désespérément des enfants et Doug l'en a privée. Elle pourrait inventer une histoire d'adoption et engager des avocats pour la faire accepter. Elle pourrait même partir dans un autre pays et disparaître. Me contacter est peut-être une tactique pour éviter d'être suspectée – comme les assassins assistent aux obsèques de leur victime. Ou peut-être me hait-elle au point de vouloir se réjouir de mon désespoir. De toute manière, tant qu'elle ignore que je la soupçonne de quelque chose, elle n'a pas de raison de s'en prendre à moi. »

Le silence à l'autre bout de la ligne indiquait que la désapprobation de Katie n'avait pas varié. « Et pourtant tu m'as appelée pour me dire que tu te rendais chez cette femme. Tu vois le paradoxe qu'il y a là, je pense ? Tu sais que c'est dangereux.

– Au cas improbable où quelque chose tournerait mal. Si tu n'as pas de mes nouvelles dans une heure, appelle la police.

– Je n'aime pas ça.

– Tu n'as pas le choix. » Elle lui donna l'adresse. Elle était presque arrivée.

30

Écartant un coin du rideau dans le salon, Nancy regarda les feux arrière de la camionnette de location disparaître au coin de la rue.

« Elle ne devrait pas y aller seule, dit-elle. J'aurais dû l'en empêcher. »

Des effluves de tomates à l'ail montèrent de la cuisine quand Mike souleva le couvercle de la cocotte. Elle ignorait que son fils avait l'âme d'un chef. « Melissa est solide, maman. Elle a fini par avouer qu'elle faisait des cauchemars sur ce qui nous était arrivé dans notre enfance. Elle se souvient de plus de choses qu'elle ne le dit. Et maintenant Riley. C'est beaucoup. Laisse-la un peu tranquille.

– Comment ça des cauchemars ? Quand je lui ai fait remarquer qu'elle avait l'air fatiguée, elle m'a expliqué qu'elle souffrait d'insomnies. J'ai supposé que c'était à cause de la charge de travail en plus de l'installation de Charlie et Riley chez elle. »

Il secoua la tête. « C'est plus que ça. Tu te souviens de vendredi matin, quand on l'a retrouvée sur la plage où elle était soi-disant venue dire au revoir à la mer ? En réalité, elle s'y était aventurée dans son sommeil. Riley m'a dit qu'elle te réclamait et disait qu'elle ne voulait pas aller dans la baignoire. Elle revivait ce que nous avons traversé. »

Nancy savait par les rapports de la police que Carl avait abusé d'eux dans la baignoire et ailleurs. Dans les premières années de leur mariage, il insistait pour « donner son bain » à Nancy, il la touchait, l'examinait. Elle était trop jeune et inexpérimentée pour comprendre que ce n'était pas normal. C'était une des nombreuses manières dont il exerçait son pouvoir sur elle.

Elle souffrait à la pensée de ce que sa brillante, ravissante fille endurait, plongée durant son sommeil dans ce passé traumatique. Nancy aussi avait été assaillie de cauchemars. Combien de fois s'était-elle réveillée en sursaut, se redressant dans son lit, imaginant Peter et Lisa tels qu'on les avait retrouvés, des algues humides et des morceaux de plastique dans les cheveux et sur le visage. Leurs corps boursouflés dans la mort. Les cauchemars débutaient toujours de la même manière : elle était dans un commissariat, interrogée par la police, puis on la conduisait jusqu'à la morgue le long d'un interminable couloir pour qu'elle identifie ses enfants.

Et quand elle se réveillait, comme souvent la nuit, elle se glissait hors de son lit pour aller voir Missy et Michael et remonter leurs couvertures. Alors seulement elle pouvait regagner son lit, s'efforçant de faire le moins de bruit possible afin de ne pas réveiller Ray, soucieuse de ne pas l'inquiéter avec les sombres pensées qui l'habitaient. Mais même dans son sommeil, il percevait toujours son angoisse et tendait le bras pour l'attirer contre lui. Son odeur chaude suffisait à la calmer et elle se rendormait.

Avant d'épouser Ray, Nancy ignorait à quel point un couple pouvait être lié. Carl était si froid. Bien qu'il se soit montré impatient de l'épouser quand elle était encore très jeune, il ne l'avait plus touchée après la naissance des enfants, désireux de « soigner » avec des médicaments sa femme qu'il prétendait malade. C'est seulement après ses séances sous sodium amytal avec le Dr Miles qu'elle s'était remémoré ses pires angoisses concernant Carl. Elle avait compris que c'était lui et ses médicaments qui la rendaient si passive et indifférente… et dans quel but il agissait. Droguer Nancy et la maintenir dans cet état d'infantilisation était alors un de ses nombreux moyens de l'isoler pour rester seul avec Peter et Lisa.

En retrouvant les souvenirs qu'elle avait refoulés, elle avait aussi compris que Carl était l'instigateur de l'accident qui avait coûté la vie à sa mère. Elle était encore très jeune, mais n'avait plus eu d'amie après l'arrivée de Carl dans sa vie. Il la voulait pour lui seul et il avait trouvé un moyen de la priver de sa mère.

« Charlie était-il au courant des cauchemars ? demanda-t-elle. Qu'a-t-il fait pour l'aider à les combattre ? En a-t-elle parlé à Katie ? Elle n'aurait pas dû porter seule un tel fardeau.

– La connaissant, elle croyait sans doute pouvoir s'en libérer par elle-même. Et il est assez clair à présent que Charlie n'aide personne d'autre que lui-même. Il semble avoir pris le contrôle de la vie de Melissa à la minute où il l'a rencontrée. Elle a fréquenté Patrick pendant des années, et la voilà qui épouse ce type au bout de quelques mois ? Je suis désolé, mais je ne peux m'empêcher de penser que la disparition de Riley a quelque chose à voir avec son père. Que sait-on de lui au fond ? Il pourrait très bien devoir un million de dollars à un usurier. »

Pendant que Mike continuait de cuisiner, Nancy monta dans sa chambre et tâcha de se changer les idées en mettant de l'ordre dans les vêtements que ses enfants avaient apportés dans le camion de déménagement. La première fois qu'elle avait visité cette maison, elle avait été persuadée qu'elle y passerait les prochaines années de son existence. Mais aujourd'hui, avant même son installation, le danger s'abattait à nouveau sur sa famille. Elle fut presque tentée de tout remballer. Au lieu de quoi elle s'effondra sur son nouveau lit, se rendant compte qu'elle était épuisée. Fermant les yeux, elle tenta de s'accorder un peu de repos, mais ne parvint pas à chasser de son esprit les réflexions de Mike concernant Charlie et son influence sur Melissa pendant l'année écoulée.

Après que Patrick avait brusquement mis fin à leur relation, Melissa s'était renfermée en elle-même, se concentrant sur son travail et ne fréquentant que quelques rares amis. Nancy avait craint que sa fille ne veuille plus jamais se lier à quelqu'un d'autre. Mais elle avait rencontré Charlie. Tous deux avaient besoin de réconfort, sans compter cette petite fille qui avait besoin d'une mère. Nancy s'était tellement réjouie de voir Melissa prête à retomber amoureuse qu'elle n'avait pas remarqué à quel point la nouvelle relation de sa fille l'avait accaparée.

Nancy ne l'avait jamais vue aussi désespérée que lorsqu'elle suppliait Charlie de lui parler. Si Ray avait pris ses distances ainsi, ne serait-ce qu'un instant, quand Mike et Melissa avaient été enlevés, elle n'aurait pas survécu. Ce n'était pas une supposition. C'était une certitude.

Mike annonça que le dîner était servi. Elle s'apprêtait à descendre quand elle entendit un bip dans son sac. Elle sortit de la poche extérieure le téléphone que les enfants lui avaient offert à Noël. Elle venait de recevoir un nouveau texto. Il lui fallut un moment pour reconnaître le nom. *Chère Nancy, je suis désolé de vous contacter dans ces terribles circonstances. Il faut que je parle à Melissa, mais elle semble décidée à m'éviter. Je ne voudrais pas vous mettre dans une situation embarrassante, mais pourriez-vous me dire où je peux la joindre ? C'est urgent.*

Sa fille, si talentueuse, pleine d'assurance et de tendresse en était aujourd'hui réduite à douter de sa propre santé mentale, à se demander si elle avait pu maltraiter une petite fille qu'elle aimait de tout son cœur. Elle avait un besoin urgent de soutien – un soutien qu'elle ne trouvait pas chez son propre mari.

Sans réfléchir plus longtemps, elle composa le numéro de Patrick.

31

Le GPS de Melissa lui annonça qu'elle était arrivée à destination. Le gravier crissa sous ses pneus tandis qu'elle se garait dans l'allée en forme de fer à cheval, signalant vraisemblablement son arrivée à Jennifer. La lumière du porche était allumée à son intention. Elle ne pouvait plus reculer. Une fois devant la porte d'entrée, elle envoya un texto à Katie – *J'y suis.*

Elle était sur le point d'actionner le heurtoir en laiton, quand la porte s'ouvrit à la volée. Jennifer l'attira contre elle et la serra fort. Melissa reconnut immédiatement le parfum qu'elle portait toujours, une note florale et fraîche. Aurait-elle perçu cette fragrance si Jennifer s'était dissimulée dans le bosquet derrière le banc au parc ?

Elles traversèrent la maison jusqu'à un salon situé à l'arrière, Melissa cherchant en vain un signe de la présence de Riley : un gobelet pour bébé, une peluche ou un des biscuits qu'elle semait toujours derrière elle.

Jennifer fit un geste en direction de deux fauteuils blancs moelleux et Melissa s'assit tandis qu'elle leur servait du thé glacé.

« J'ignorais que tu avais une maison par ici », fit Melissa en prenant le verre que son hôtesse lui tendait. Elle attendit que Jennifer commence à boire avant de faire de même.

« Ce n'est pas le cas, pas encore. Pour l'instant, je loue. Mon agent immobilier m'emmène visiter d'autres maisons cette semaine. Mais je ne vais pas t'embêter avec ça. Tu tiens le coup ? Et ton mari ?

– C'est dur, mais on s'accroche. » Comment demander à Jennifer où elle avait passé l'après-midi de la veille sans éveiller ses soupçons ? « Depuis combien de temps loues-tu cette maison ? Elle est magnifique.

– Je l'ai pour l'été, mais j'ai passé les deux dernières semaines à New York. Je suis revenue ce matin. Ça me fait plaisir que tu aies accepté mon invitation. On n'aurait pas dû attendre un tel événement pour renouer. Tout est ma faute. Je n'aurais jamais dû te traiter de cette façon quand tu as refusé de t'occuper de la succession. Ma seule excuse, c'est que j'étais persuadée de ne rien obtenir sans ton aide. C'est dire l'importance que tu avais dans ma vie, Melissa. Ça m'attriste de te voir traverser une telle épreuve. Je suis profondément désolée. »

Les excuses de Jennifer semblaient sincères, mais Melissa n'était pas là pour ça. « Tu n'es arrivée qu'aujourd'hui ? Tu n'avais pas envie de profiter du week-end ?

– J'aurais bien aimé, mais le gala de charité pour le projet de lutte contre les erreurs judiciaires a eu lieu hier soir et je ne voulais pas le manquer. J'ai quitté New York très tôt ce matin. Un de mes amis donnait une fête sur son bateau. Il tient absolument à ce qu'elles aient lieu le lundi, pour avoir la mer pour lui. Hélas, je n'ai pas le don d'ubiquité.

– Ah oui, c'est vrai, le gala de charité…, dit Melissa d'une voix absente.

– J'avais espoir de t'y croiser, reprit Jennifer. J'aurais voulu te tendre un rameau d'olivier après tout ce qui s'est passé entre nous. Et nous voilà réunies, mais hélas dans ces tristes circonstances.

– Je n'ai pas pu y aller, mon frère et moi, on aidait ma mère à déménager. » Elle était prête à tout pour vérifier que Jennifer disait la vérité. « Où puis-je me rafraîchir ? »

Une fois seule, Melissa sortit son téléphone et chercha *Projet de lutte contre les erreurs judiciaires* sur Instagram. Les photos les plus récentes dataient du dîner de la veille. Sur l'une d'elles, Jennifer, vêtue d'une robe de soirée bleu marine, se tenait derrière un pupitre. En arrière-plan s'affichait une photo d'elle menottée et en tenue de prisonnière. La preuve irréfutable qu'elle n'était pas à Long Island lorsque Riley avait été enlevée.

Quand Melissa revint au salon, Jennifer lui adressa un sourire compatissant. « Parle-moi de ton mari et de ta belle-fille. J'aurais aimé être là pour te voir à nouveau amoureuse. »

Melissa elle aussi aurait aimé que Jennifer soit à ses côtés. Au fil des ans, elles étaient devenues bien plus proches qu'une avocate et sa cliente. Un soir, après un verre de trop, Melissa avait confié à Jennifer qu'elle serait incapable d'ouvrir son cœur à quelqu'un d'autre, après la douleur de la perte de Patrick. Elles étaient amies et la minute d'après, elles ne l'étaient plus. Jennifer lui avait manqué. « J'ai rencontré Charlie en thérapie de groupe. J'ai commencé à y aller il y a un an à peu près, après la mort de mon père. »

Jennifer porta la main à sa poitrine. « Oh, je suis désolée. Je ne savais pas. J'ai manqué tellement de choses… »

Melissa lui signifia d'un geste que c'était sans importance. « Nous nous sommes mutuellement aidés à guérir et j'ai su que c'était auprès de lui que je voulais passer le restant de mes jours. Et puis j'ai rencontré son bout de chou et je suis tombée amoureuse d'elle aussi. » Elle but une autre gorgée de thé glacé pour éviter que sa voix ne se fêle. « Me trouveras-tu horrible si je change de sujet ? J'ai besoin de penser à autre chose ou je vais dérailler.

– Évidemment, parlons de ce que tu veux.

– Eh bien… quelqu'un sur Internet n'arrête pas de me traiter de menteuse et d'hypocrite. J'ai fini par le bloquer. Ça fait partie du jeu quand on anime un podcast, mais parfois je me dis que je n'ai pas la peau assez dure pour ça.

– J'ai vu quelques-uns de ces posts, fit Jennifer. Une fois de plus, j'aurais dû être là pour toi. Si quelqu'un sait ce que c'est d'être traîné dans la boue, c'est bien moi. Ça mine ton moral et ton amour-propre. Même innocente, on finit par intérioriser un sentiment de honte et d'embarras. »

Melissa faisait le parallèle avec ce que sa mère avait dit un peu plus tôt, quand son téléphone sonna. Un texto de Katie. *Encore en vie ? Je n'arrive toujours pas à croire que tu y sois allée seule.*

Après avoir tapé sa réponse – *Tout va bien* –, elle sentit le regard de Jennifer au-dessus de son épaule et leva les yeux. Elle le savait : Jennifer avait lu le message.

« Désolée, dit Jennifer, rompant le silence gêné. Je ne voulais pas être indiscrète. C'était juste un réflexe. J'espérais que c'était des nouvelles de ta belle-fille. »

Melissa appuya sur Envoyer. « Non. Ce n'est que Katie.

– Elle ne voulait pas que tu viennes ici ?

– À mon tour de faire amende honorable. Ces commentaires agressifs sur les réseaux sociaux… eh bien, après ce qui s'est passé entre nous, je me suis demandé s'ils ne venaient pas de toi. »

Les yeux de Jennifer s'écarquillèrent et Melissa se prépara à essuyer le même genre de colère magistrale que la dernière fois qu'elles s'étaient parlé. Contre toute attente, Jennifer se mit à glousser.

« Pardon, je suis désolée, je n'aurais pas dû rire. Mais non, non, je ne suis pas ton troll, et de toute façon tu ne te serais pas déplacée uniquement pour me poser cette question. Tu te demandes si j'ai quelque chose à voir avec la disparition de ta belle-fille, je me trompe ? C'est pour ça que tu m'as demandé depuis combien de temps je suis ici ?

– Jennifer, je ne sais pas quoi dire. Tu n'as pas idée des hauts et des bas émotionnels que je traverse. J'ai eu une centaine de théories différentes. Si ça peut te consoler, j'ai même été persuadée qu'après avoir simulé sa propre mort, la première femme de mon mari avait refait surface et kidnappé Riley. Je ne suis pas au mieux de ma forme en ce moment.

– Je t'en prie, avec ce que tu traverses, pas besoin de t'excuser. » Elle s'éventa, encore sous l'effet de sa crise de rire. « Eh bien ! Après la façon déplorable dont je me suis comportée, j'étais nerveuse à l'idée de te revoir. Mais je ne m'attendais certainement pas à ça !

– Je suis mortifiée, fit Melissa.

– Disons que nous sommes quittes. J'ai encore honte de la façon dont je t'ai traitée après tout ce que tu as fait pour moi. J'ai dû passer pour un monstre de cupidité. J'étais tellement en colère ! Doug m'a volé mes plus belles années.

– J'ai appris que tu avais gagné finalement. Je suppose que les félicitations sont de rigueur.

– Son patrimoine est essentiellement immobilier, ça prendra des années avant que je touche quoi que ce soit. Mais le tribunal a reconnu ma légitimité, et ça fait du bien. Tu le pensais quand tu as dit que tu avais besoin de distraction ? Parce que si tu te sens capable de m'écouter, j'aimerais te donner ma version des faits. »

Melissa hocha la tête. Elle avait sincèrement envie d'entendre ce que Jennifer avait à raconter.

« Accroche-toi, cette histoire est digne de ton podcast. Pour tout te dire, les enfants de Doug ont de la chance de ne pas croupir en prison. »

32

JENNIFER s'arrêta près d'une desserte située dans un angle du salon pour se verser un doigt de whisky. Melissa déclina son offre.

« Doug m'a raconté toute l'histoire peu après notre rencontre. Rebecca et Brian – ce sont ses enfants – ont pratiquement cessé de lui parler après sa séparation d'avec leur mère. Il savait que sa conduite avait détérioré ses rapports avec eux, mais quand il a commencé à gagner de l'argent, il les a aidés autant qu'il le pouvait, sans rien attendre en échange. Ils en réclamaient toujours plus et il a continué à signer des chèques, persuadé qu'il le leur devait. Un jour, ils ont annoncé être prêts à l'accepter à nouveau dans leur vie. Cela a commencé par quelques dîners, puis ils ont proposé un voyage en famille à Maui. Doug s'est montré enchanté, espérant pouvoir enfin se rabibocher avec ses enfants. Ils ont fait une sortie en mer à bord d'un bateau à moteur qu'ils avaient loué pour la journée, et à un moment donné Doug s'est assoupi. Lorsqu'il s'est réveillé, il était à moitié groggy. Il a pensé que le mélange de soleil et de mal de mer l'avait assommé. Mais il a entendu sa fille demander si c'était le moment. Son fils a répondu qu'il fallait trouver un endroit où les récifs étaient moins profonds. Il a pensé qu'ils parlaient de plongée, les récifs abritant de nombreux poissons, mais quand il s'est redressé, ils l'ont regardé comme s'il ressuscitait d'entre les morts. Ils lui ont demandé aussitôt comment il se sentait, plaisantant sur le fait qu'il avait trop bu, bien qu'il soit certain de n'avoir pris qu'un verre de vin parce qu'il ne voulait pas gâcher leur sortie. »

Melissa comprit où elle voulait en venir. « Ils ne s'attendaient pas à ce qu'il se réveille ? » demanda-t-elle.

Jennifer leva un doigt affirmatif. « Je me souviens encore de Doug décrivant le sentiment de panique qui l'avait saisi… seul avec eux au milieu de l'océan, absolument certain que ses propres enfants allaient l'assassiner en simulant une noyade. Il a joué le jeu, déclarant que ça lui apprendrait à mélanger vin et bateau. Lorsqu'ils sont rentrés à l'hôtel, il a commandé un dîner dans sa chambre, prétendant être épuisé par la sortie en mer. Il craignait qu'ils recommencent. Le lendemain, il a pris pour prétexte une urgence de travail pour pouvoir rester enfermé dans sa chambre jusqu'au vol de retour le matin suivant. Il ne pouvait pas prouver ce qu'ils avaient fomenté, mais il n'avait pas l'intention de leur laisser une seconde chance de l'assassiner. Le lendemain de son retour à New York, il a fait venir un avocat pour exclure ses enfants du testament, puis leur a envoyé à chacun un dernier chèque de

250 000 dollars en expliquant qu'il les déshéritait. Apparemment, ils ont feint d'être profondément peinés, mais leur réaction a suffi à le convaincre qu'ils étaient dangereux.

– Ce n'est donc pas toi qui l'as convaincu de modifier le testament ? » demanda Melissa.

Jennifer secoua la tête : « Non, tout ça s'est passé bien avant notre rencontre. Il a réécrit son testament après notre mariage, c'est vrai, mais son ex et leurs enfants en avaient déjà été exclus des années auparavant. Il avait prévu d'attribuer une certaine somme à sa femme de ménage, son coiffeur et quelques amis et employés de longue date, le reste devant être versé à une fondation caritative.

– J'espère que tu sais que je ne te jugeais pas quand j'ai refusé d'être ton avocate pour la succession. Ce n'est pas mon domaine. J'aurais risqué de perdre le procès si je m'en étais chargée.

– À l'époque, j'ai eu l'impression d'être lâchée par une de mes rares amies et j'ai eu de la peine. Mais je comprends maintenant. Tu as été une bonne avocate et également une vraie amie. »

Melissa se rendit compte que Mac était dans la même position aujourd'hui. Elle avait l'impression qu'il la lâchait, mais il essayait d'être le meilleur avocat possible pour Charlie, comme Melissa elle-même le lui avait demandé.

Jennifer parlait encore du testament de son mari : « La bataille pour la succession n'a jamais été une question d'argent. Comme tu le sais, je pourrais gagner des millions en écrivant un livre si j'en avais besoin. La vérité, c'est que les enfants de Doug sont des sociopathes qui ont comploté pour tuer leur propre père, et je suis persuadée que si leur mère refusait de témoigner contre les abus de Doug, c'est parce qu'elle voulait me voir pourrir en prison tandis que ses enfants empocheraient sa fortune. Et quand je recevrai l'argent de la succession, je veux faire des dons aux personnes que Doug aimait, celles qui sont mentionnées dans son précédent testament, celui d'avant notre mariage. Ça peut paraître bizarre, j'en suis consciente, mais même après tout ce qui s'est passé, je ne veux pas que les personnes qui tenaient à Doug gardent un mauvais souvenir de lui… »

Ce n'était pas la première fois que Melissa décelait de la tristesse dans la voix de Jennifer quand elle parlait de son défunt mari. « Tu l'aimes toujours, n'est-ce pas ? »

Jennifer haussa les épaules. « Ça dépend de quel Doug on parle. Celui qui me faisait du café tous les matins, même s'il était très occupé, et qui m'appelait son ange ? Celui qui, le jour de notre cinquième anniversaire, s'est levé dans un piano-bar pour chanter *We've Only Just Begun*, même si c'était un piètre chanteur ? » Elle sourit à ce souvenir. « Oui, il me manque toujours. Il a été l'amour de ma vie. Mais l'homme dont je me suis cachée ce jour-là dans la buanderie ? Non, celui-ci, je n'en suis plus amoureuse. »

Melissa connaissait très bien cet incident. Pour aider Jennifer à prouver la légitime défense afin de faire annuler sa condamnation, elles avaient fait valoir qu'en raison de la régularité des violences que Doug lui infligeait, elle était capable de les prévoir avant même qu'il ne lève le poing. Parmi les nombreux épisodes qu'elle avait décrits figurait celui du placard de la buanderie où elle s'était cachée, sentant au ton de la conversation téléphonique de Doug qu'une importante affaire immobilière était en train de lui échapper. À cause des bleus qu'il lui avait faits après l'avoir trouvée, elle n'avait pas pu quitter la maison pendant trois jours.

Et même si Jennifer avait connu le pire chez son mari, elle n'avait jamais réellement eu l'intention de lui faire du mal. Le dernier jour de sa vie, elle lui avait pris son arme dans le seul but de l'effrayer, espérant que ce serait la leçon dont il avait besoin pour se faire aider. Mais il l'avait violemment attaquée. Les preuves étaient irréfutables : elle avait désespérément tenté de le réanimer après lui avoir tiré dessus.

Melissa se surprit à penser à ses parents. Quand ils s'étaient rencontrés, sa mère vivait sous un faux nom, fuyant le fait que presque tout le pays croyait qu'elle était coupable du meurtre de ses propres enfants et s'en était sortie en toute impunité. Malgré tout, son père était tombé amoureux d'elle, avait fondé une nouvelle famille avec elle, décidé à emporter le secret de sa femme dans sa tombe. Quand Mike et Melissa avaient disparu et que la véritable identité de leur mère avait été révélée, elle était devenue la suspecte numéro un. Pourtant, pas une seule fois leur père n'avait douté de son innocence. Au contraire, il avait bravé l'hostilité de ceux qui l'entouraient en la défendant avec passion et loyauté.

Mais Charlie ? Il avait suffi d'une vidéo floue d'une femme sur un ferry pour qu'il traite Melissa en parfaite inconnue, voire pire.

Elle entendait encore la voix de son frère s'étonnant de l'impatience que montrait Charlie de se remarier après avoir perdu sa femme et lui demandant si elle le connaissait assez bien. Elle avait fait sa rencontre alors qu'elle était encore anéantie par le chagrin, le cœur brisé par sa rupture brutale d'avec Patrick. C'était la seule fois de sa vie où sa devise *Le bonheur est un choix* lui avait totalement fait défaut. Elle s'était juré de ne plus jamais se montrer aussi vulnérable, mais Charlie était arrivé. Peut-être que son indéfectible quête de bonheur l'avait convaincue qu'il était la solution.

Charlie prétendait la garder à distance parce que seule Riley comptait pour le moment. Pourtant, il n'avait pas fait la conférence de presse qui aurait pu donner à la disparition de sa fille une dimension nationale. Aucune des décisions qu'il prenait en ce moment ne semblait sensée.

Elle avait passé la journée entière à s'évertuer à en apprendre plus sur la mère de Riley. Mais Riley avait aussi un père…

« Tu vas bien, ma chérie ? » Jennifer la regardait avec bienveillance. « Tu as eu une absence. Je connais cette sensation. Ça vient d'un coup, tu n'arrives plus à croire à ce qui t'arrive. Si quelqu'un sait que ton pire cauchemar peut devenir réalité, c'est bien moi.

– Oui, c'est exactement ça », dit Melissa. Était-ce possible ? Comme le disait Jennifer, les pires cauchemars peuvent se réaliser. « Tu sais, je suis vraiment épuisée. Je devrais rentrer à la maison. Merci, j'avais besoin de ce moment. Vraiment. Tu m'as manqué. »

Jennifer la serra dans ses bras une dernière fois après l'avoir raccompagnée à la porte.

Aussitôt dans la camionnette, Melissa appela Katie. « As-tu regardé les nouvelles ? Est-ce que Charlie a donné la conférence de presse ?

– Ils continuent de dire que c'est pour bientôt, mais rien pour le moment. Qu'a dit Jennifer ?

– C'est une longue histoire, mais ce n'est assurément pas elle. Elle était à New York hier.

– Comment peux-tu en être sûre ?

– J'ai vu des photos d'elle à un dîner de charité. Pas de doute possible. Katie, je vais te demander une très grosse faveur. Peux-tu aller chez moi ?

– Bien sûr, tout ce que tu veux. Je suis dans le New Jersey en ce moment, je termine une grosse livraison de cupcakes, mais j'irai chez toi dès que j'aurai terminé. »

Melissa ne se souvenait pas que Katie lui ait parlé de cette livraison, mais depuis deux jours elle n'était plus elle-même. « Où ça, dans le New Jersey ?

– Un endroit appelé Saddle River. Je suis presque arrivée. »

Saddle River était à cinquante kilomètres de New York. Entre la livraison et le retour, il faudrait deux heures à Katie pour arriver à l'appartement de Melissa.

« Je peux demander à Neil et Amanda, dit Melissa.

– Qu'est-ce qu'il y a ? s'inquiéta Katie. Tu as l'air paniquée.

– C'est Charlie, je commence à me demander s'il m'a dit la vérité. »

33

LE METRO-NORTH Railroad, train de banlieue reliant New York au Connecticut, ralentit, tirant Jayden Kennedy de son demi-sommeil. La gare de Wassaic. Il était arrivé à destination. Un coup d'œil à son téléphone lui apprit que le train avait deux minutes d'avance, malgré la tempête. Sous cette pluie diluvienne, il serait trempé en un rien de temps. Pour sortir il se mit dans le rang derrière un couple chargé de sacs de courses, tendant le cou pour apercevoir le petit parking situé de l'autre côté du quai.

La Mini était garée tout près du dépose-minute. Une faible lueur était visible derrière le pare-brise. Bien sûr que Julie était là. Depuis le jour où il l'avait rencontrée, elle ne l'avait jamais laissé tomber. Et jamais elle ne le ferait aussi longtemps qu'ils vivraient, il le sentait. Son téléphone sonna dans la poche de sa veste, la veste du costume qu'il avait acheté et réussi à faire retoucher le matin même. C'était elle. *Je suis juste devant. Bienvenue à la maison ! On va fêter ça.*

La petite fête attendrait qu'il se soit changé, son pantalon était trempé. Une fois chez Julie, il l'étendit sur la barre du rideau de douche dans la salle de bains. Même si son costume était fichu, l'aller et retour à New York en avait valu la peine. Ils n'en étaient pas encore à l'addition que son client potentiel lui avait proposé un contrat. Contrairement à ses missions habituelles, il ne s'agissait pas d'une formation ponctuelle pour le personnel. Non, il serait consultant à l'année pour un fonds international qui pesait plusieurs milliards de dollars et avait décidé de faire de l'investissement socialement responsable son cœur de métier. Au final, il gagnerait plus d'argent qu'il n'en avait jamais récolté à Wall Street. Largement de quoi se trouver un nouveau costume.

Il retrouva Julie dans la cuisine – une kitchenette en réalité. Elle vida le verre à cocktail qu'elle avait rempli d'eau glacée et y versa le contenu d'un shaker couvert de buée. Elle ajouta un cure-dents garni d'olives qu'elle avait pris soin de préparer à l'avance. Un martini gin parfait pour accompagner celui qu'elle s'était concocté pour elle-même. Elle leva son verre. « Je suis tellement fière de toi. Tu crois en tes convictions et en toi-même. Et ça paie. Félicitations ! »

Il avala une gorgée et le mélange dissipa immédiatement l'humidité de la tempête. « Ça sent drôlement bon !

– Coq au vin, annonça-t-elle. Normalement, je n'en cuisine que l'hiver, mais avec ce temps, il nous fallait un plat réconfortant. Par contre, il faut que ça mijote encore un peu.

– Du moment que je suis avec toi et que je sirote un bon cocktail, je peux attendre une éternité. »

Il lui racontait en détail son déjeuner d'affaires quand un bip perçant jaillit de son téléphone. L'alarme du système domotique de sa maison. « Ce n'est pas bon signe.

– Que se passe-t-il ? Ce n'est pas ton nouveau client j'espère...

– Non, ça vient de chez moi. Niveau d'humidité suspect au sous-sol. Il doit y avoir une fuite ou une inondation assez importante pour déclencher l'alarme. Et la pluie n'est pas près de s'arrêter. »

Il enfila une paire de baskets.

« Où tu vas ? demanda Julie.

– Chez moi, vérifier que tout va bien. » Hors de question de risquer un sinistre pour satisfaire aux bizarreries d'une start-up de location de vacances. « Je ne dérangerai pas la locataire. Je peux accéder au sous-sol en passant par la fenêtre de secours. Elle ne m'entendra même pas. Mais je vais quand même lui envoyer un message par l'appli Domiluxe pour la prévenir que j'arrive, on ne sait jamais.

– Je viens avec toi, dit Julie en éteignant la cuisinière.

– Mais ça va gâcher ton superbe dîner.

– Ça ira. Et tu as dit que tu étais prêt à attendre une éternité, tu te souviens ? Si tu déranges la locataire et qu'il s'agit effectivement d'une femme seule, il vaut mieux que je sois avec toi. »

Quand ils arrivèrent chez Jayden, la locataire n'avait pas encore répondu à son message. Il espérait que la maison serait déserte, mais la voiture blanche garée dans l'allée et les lumières allumées au rez-de-chaussée prouvaient le contraire. Une silhouette passa devant la fenêtre du salon. Pas de doute, elle était là.

« Au moins, les rideaux de devant sont tirés, dit Julie. Où se trouve l'entrée du sous-sol ?

– À l'arrière. Je vais contourner la maison pendant qu'elle est dans le salon. » Il rabattit la capuche de son imperméable et s'aventura sous le déluge. Ce n'est qu'en ouvrant la fenêtre du sous-sol qu'il se rendit compte que Julie lui avait emboîté le pas. Il secoua la tête avec désapprobation avant de pénétrer à l'intérieur, puis la laissa le suivre.

« Et si elle nous entend ? demanda Julie.

– Le sous-sol est en béton, chuchota-t-il. Et on va faire vite. »

S'aidant de la lampe de son téléphone, il trouva rapidement l'origine de la fuite, un soupirail que le vent avait ouvert. Il le referma, le fixa solidement, puis, à l'aide du balai et des serpillières qu'il rangeait dans un placard au pied de l'escalier, épongea la flaque d'eau. Ça suffirait pour l'instant.

Ils étaient sur le point de ressortir quand des bruits de pas résonnèrent au-dessus d'eux. La locataire avait quitté le salon et se trouvait dans la cuisine. Une fois dehors, Jayden fit signe à Julie de contourner la maison par l'autre côté pour regagner la voiture.

Alors qu'ils se dépêchaient de passer devant les fenêtres de derrière, il remarqua que les rideaux étaient ouverts. Sur le mur opposé, sa télévision était allumée. *C'est la dernière fois que je loue ma maison,* pensa-t-il en courant sous l'averse, rêvant de vêtements secs et peut-être d'un autre martini.

Ce n'est qu'une fois en sécurité sur la route qu'il s'autorisa à retirer sa capuche. « Mission accomplie, dit-il avec un sourire.

– Ça va te sembler dingue, mais j'ai trouvé ça amusant. Tu as remarqué ce qu'il y avait à la télé ?

– Non, pas vraiment, je n'avais qu'une idée en tête : sortir de là !

– Un dessin animé ! s'exclama Julie, au comble de l'excitation.

– Helen a peut-être emmené ses enfants finalement. »

Julie écarquilla les yeux. Elle s'était clairement préparée à réfuter ce genre d'argument. « Sauf que la soi-disant Helen est censée avoir deux ados. »

Effectivement, c'est ce qu'elle avait dit. « Peut-être qu'elle regarde ce genre de programme pour se détendre ? suggéra-t-il.

– On ne loue pas une maison à l'aide d'une cryptomonnaie et d'une messagerie intraçable pour regarder des émissions pour enfants. » Il voyait bien qu'elle se creusait la cervelle pour trouver une autre explication. « Je parie qu'elle a une double vie, continua Julie. Comme ce type qui avait non pas une, ni deux, mais trois femmes ! Il était pilote d'avion et avait des enfants dans trois États différents. Imagine : ta locataire est un homme qui a plusieurs familles et c'est son enfant caché qui regardait *Peppa Pig.*

– *Peppa Pig* », répéta-t-il. Voilà un nom qui lui disait quelque chose… mais quoi ? « Je ne comprends pas qu'on puisse avoir envie de passer sa vie à jongler avec les mensonges. » Tout comme il ne pouvait imaginer passer sa vie aux côtés de plus d'une femme. Entre son déjeuner d'affaires et son train de retour, il avait trouvé le temps de passer chez Tiffany pour choisir une bague de fiançailles.

Une fois le cauchemar Domiluxe derrière lui, il trouverait la façon parfaite de poser à Julie « la » question.

Son téléphone bipa. Helen, *via* l'appli.

NE VENEZ SURTOUT PAS !!!

« Ah, tu vois ! dit Julie avec un air entendu. Famille cachée. »

Un deuxième message suivit. *J'ai vérifié le sous-sol et je n'ai pas vu de fuite. Sans doute une fausse alerte. Je vous prie de respecter les termes du contrat de location.*

Le lendemain matin, il tenterait de convaincre l'ami qui avait lancé Domiluxe que son business model était tout sauf une bonne idée.

34

AU MÊME MOMENT, à Southampton, Wendy Keller suivait les dernières informations concernant la tempête, alternant entre le bulletin météo de News 12, la chaîne météo et une application spécialisée sur son portable. Il semblait que la perturbation se dirigeait vers le nord de New York. Jusqu'à présent il ne pleuvait même pas à Long Island, mais les alertes au vent violent clignotaient sur l'écran et l'inquiétaient. Les rafales pourraient atteindre quatre-vingts kilomètres à l'heure. Wendy n'était pas météorologue, mais ce n'était pas bon signe.

Avec un air sympathique, le présentateur de News 12 conseillait aux gens habitant à l'ouest d'Amagansett d'arrimer tout objet qui pouvait être emporté par la tempête. Elle regarda par la baie vitrée ce qui se trouvait à l'arrière de la maison. Le barbecue, une table avec un plateau en verre et quatre chaises. Deux jardinières en céramique. À cet instant, elle regrettait de ne pas avoir laissé Tom tout emporter quand il était parti. Cela pouvait représenter un danger si c'était projeté à travers les portes vitrées ou les fenêtres.

C'était le genre de choses dont Tom s'occupait. Les sacs de sable et les câbles résistants dont ils parlaient à la télévision ? Il serait allé hier à la quincaillerie pour avoir le temps de tout préparer. À l'inverse, Wendy regardait rarement les infos et, quand elle le faisait, elle pensait qu'ils exagéraient tout dans le seul but de faire de l'audience.

Elle décida qu'il valait mieux prévenir que guérir et traîna la table et les chaises à l'intérieur, les empilant dans le coin à côté des baies vitrées coulissantes. Elle poussa le barbecue à l'autre bout de la cour, là où il ne pourrait causer aucun dommage. Quant aux grandes jardinières, elle essaya en vain de les déplacer. Si le vent faisait bouger ces monstres, c'est que la situation était plus grave que ce que laissaient entendre les informations.

Ses préparatifs pour la nuit terminés, elle revint à son ordinateur. Six mois auparavant, lors d'une telle nuit de tempête, elle aurait cuisiné un bon dîner, lu une histoire à Anna avant qu'elle ne se couche, et se serait ensuite pelotonnée avec Tom sur le canapé pour lire ou peut-être regarder un film avec lui. Ils étaient heureux à l'époque. Ou du moins, elle l'était.

Maintenant ce n'était plus pareil. Elle avait besoin de vider son sac, et c'est ce à quoi servait l'ordinateur. Installée sur le canapé, elle prit son portable. Le navigateur était déjà ouvert sur Poppit, un forum de discussion qui permettait aux utilisateurs de poster ce qu'ils voulaient sans avoir besoin de s'inscrire. C'était complètement anonyme. Elle cliqua sur le lien pour entrer dans la seule communauté à laquelle elle appartenait : le Club des Ex.

Un de ses collègues lui avait parlé de ce groupe lorsqu'elle avait admis que son retour au travail chez le concessionnaire n'était pas dû à son refus de « jouer les mères au foyer », mais au fait que Tom l'avait quittée et qu'il n'avait pas assez d'argent pour faire vivre deux foyers. La moitié de ce qu'elle gagnait allait à la garderie d'Anna et, jusqu'à ce que celle-ci entre à l'école primaire en septembre, elle ne pouvait rien y faire.

Elle commença à écrire un nouveau message, en utilisant son pseudo habituel : Maman d'Anna. *Combien de temps avant que la solitude me paraisse normale ? Quand je pense y être arrivée, quelque chose tombe du ciel et me démolit à nouveau. Ce soir, c'est l'alerte météo. Ma première réaction a été de demander quoi faire à mon ex. Résultat, j'ai des meubles de jardin boueux dans un coin de mon salon et le dos en compote à force d'avoir essayé de déplacer des jardinières qui pèsent des tonnes. Mais surtout, cela me rappelle qu'il est parti et qu'il ne reviendra jamais.*

Cela faisait du bien de déverser son amertume, mais les réactions immédiates des autres membres du groupe étaient encore plus excitantes.

À long terme, avec lui, tu aurais eu pire que des meubles de jardin boueux dans ta vie. Les choses vont s'arranger.

Ce n'est pas définitif, Md'A. Accroche-toi ! Tu seras à nouveau heureuse. C'est promis. Garde le moral pour ta petite fille.

Je suis désolée pour toi, Md'A. Je sais à quel point tu étais stressée par ce week-end. Anna sera de retour demain (si je me souviens bien ?) et tu seras toujours sa maman, quoi qu'il arrive.

C'est là qu'était le vrai problème de Wendy. Ce n'était pas la tempête. Ni la terrasse. Le problème, c'était que Tom avait annoncé qu'il allait présenter leur fille à l'autre pendant le week-end. Elle refusait de prononcer son nom. L'autre femme. La raison pour laquelle Wendy vivait désormais la moitié de ses nuits toute seule et passait des heures à parler à des inconnues qui se trouvaient dans la même situation. Elle avait essayé de le convaincre qu'il était trop tôt pour lui présenter Anna. Elle n'avait que cinq ans. Cela la perturberait. Tom avait répondu que Wendy n'avait « aucun rôle à jouer dans cette décision » et qu'il ne le lui avait dit que dans l'intérêt d'un « partage équilibré des responsabilités parentales ».

Elle ne savait pas comment elle aurait traversé les derniers mois sans le soutien du Club des Ex. La plupart des membres n'apparaissaient que de façon sporadique, mais Wendy était l'une des trente « super-utilisatrices » qui postaient quotidiennement, en général plusieurs fois par jour. Ces femmes lui étaient encore inconnues, mais à ce stade elle les considérait presque comme une famille.

La plupart des messages consistaient en de brèves récriminations suivies de discours d'encouragement, mais le Club des Ex était aussi connu pour des aides plus concrètes.

Pas plus tard que la veille, Wendy avait accepté de faire elle aussi un peu de sale boulot.

Elle ressentit une pointe de culpabilité – ou était-ce de la honte ? – en se souvenant de l'expression effrayée et choquée de la femme lorsque Wendy l'avait affrontée. Elle était allée trop loin cette fois, mais elle n'aurait jamais accepté si elle n'avait pas été aussi bouleversée par le départ de Tom.

À partir de maintenant, elle s'en tiendrait aux messages.

À la télévision, News 12 était passée de la tempête à une alerte concernant la disparition d'une enfant et les recherches en cours sous la menace du vent imminent. *Bon*, se dit Wendy, *ma vie est exactement comme les nouvelles. Une catastrophe après l'autre.* Sans doute l'enfant s'était-elle égarée en jouant dehors, et ses parents avaient réagi de manière excessive.

Elle se détourna de l'ordinateur pour regarder la télévision. Le texte en bas de l'écran annonçait : « RECHERCHES EN COURS POUR UNE ENFANT DISPARUE DANS LE COMTÉ DE SUFFOLK. » D'autres informations s'affichèrent. Son nom était Riley Miller. Elle avait peut-être avec elle une peluche Peppa Pig. Elle avait été vue pour la dernière fois la veille en pyjama bleu « La Reine des Neiges ».

La veille. C'était donc autre chose qu'une enfant qui s'était perdue. Wendy ne pouvait même pas imaginer sa terreur s'il arrivait quelque chose à Anna. Elle avait besoin de se rappeler plus souvent qu'il existait des choses pires que la perte d'un mari.

Les informations avaient été remplacées par la photo d'un visage en forme de cœur souriant face à la caméra. Des cheveux blonds et des lèvres roses. Une si jolie petite fille.

Wendy commençait à rédiger un autre message quand son regard revint machinalement vers l'écran de télévision, mais la photo de l'enfant disparue avait été remplacée par des images d'un incendie d'entrepôt à Islip.

Elle chercha *Enfant disparue à Long Island* sur son navigateur et appuya sur Entrée.

« Oh non ! » s'écria-t-elle, seule dans son salon. « Non, non, non, non, non ! »

C'était la petite fille de la veille au parc. Dans quoi s'était-elle fourrée ?

35

Ricky Keeney, sept ans et un sourire jusqu'aux oreilles, brandit joyeusement un dix de trèfle devant l'écran. « Oncle Neil, tante Amanda, est-ce que c'est la carte que je vous ai montrée ? »

À des kilomètres de là, dans le salon de leur appartement new-yorkais, feignant l'émerveillement, Neil et Amanda Keeney applaudirent avec enthousiasme. « Comment as-tu réussi un truc pareil ? » demanda Amanda. Ils avaient bien entendu feint de ne pas remarquer que les mains de Ricky avaient furtivement disparu du champ de la caméra de l'ordinateur de sa mère.

« Un magicien ne révèle jamais ses secrets », déclara le petit garçon avec fierté.

Des quatre enfants Keeney, seule une des sœurs, Kit, vivait encore à Cape Cod, où ils avaient été élevés. Dierdre était professeure à l'université Brown, à Providence, et Jimmy, qui se faisait désormais appeler James, était enseignant à Boston. Dierdre avait emmené sa famille à Cape Cod pour le week-end afin que Ricky, son fils, rende visite à ses grands-parents et à ses cousins.

Le petit magicien voulut faire un dernier tour de cartes, mais la mère de Neil lui demanda d'aller montrer ses talents à son grand-père, qui était dans le salon, car il fallait qu'elle parle à son oncle et sa tante. Ricky partit en courant, trop heureux de retrouver son grand-père adoré, dont il portait d'ailleurs le prénom.

« Je viens d'avoir Nancy Eldredge au téléphone, dit la mère de Neil à voix basse bien qu'elle fût seule à la table de la cuisine. Vous êtes au courant de ce qui se passe ? Je n'en savais rien jusqu'à maintenant. Je ne sais pas comment elle tient le coup. Parfois, je me dis que cette pauvre femme est maudite. »

Amanda se tourna vers Neil pour le laisser répondre. « Melissa nous a appelés juste après la disparition de la petite, expliqua-t-il. La police s'est rendue au cottage très rapidement. Des recherches d'envergure sont en cours à Long Island.

– Toutes les émissions de télé spécialisées disent que les quarante-huit premières heures sont cruciales, avança la mère de Neil. C'est vrai, Amanda ?

– Pas toujours, mais en général chaque minute compte, effectivement, reconnut-elle.

– Riley n'a que trois ans. Elle ne peut pas se débrouiller seule aussi longtemps. Et selon Nancy, Charlie a tourné le dos à Missy. Il ne l'informe pas de ce que fait la police. Tu ne peux pas trouver un moyen de l'aider ? » Même par écran interposé, il était clair qu'elle s'adressait non à sa belle-fille, mais à l'agent de police.

La sensation de gêne qui n'avait fait que s'accentuer entre Neil et Amanda tout au long de la journée était désormais palpable. Par égard pour sa femme, Neil s'était abstenu de s'impliquer trop étroitement dans ce qui se passait à Southampton, quoi que ce fût. Amanda se retrouverait dans une position délicate si la police pensait qu'elle et son mari se mêlaient de l'enquête. De toute façon, ils ne pouvaient pas faire grand-chose. Et avec Nancy et Mike à ses côtés, Melissa était bien entourée.

« Comment ça "Charlie lui a tourné le dos" ? demanda-t-il.

– Apparemment, Missy a engagé un de ses amis, un ténor du barreau, mais il représente uniquement Charlie. L'avocat est même venu récupérer les affaires de son client au cottage. Nancy est très inquiète pour Missy. Tout ça fait ressurgir des souvenirs difficiles. Comment dit-on de nos jours, un *déclencheur* ? C'est ça, c'est un déclencheur lié au traumatisme qu'a subi Nancy. Et Missy aussi bien sûr. Les pauvres gens !

– Je ne savais pas pour Charlie. J'appelle tout de suite Melissa pour voir ce que je peux faire.

– Et moi je vais à St. Francis. » La mère de Neil allait à la messe tous les jours à l'église St. Francis Xavier, juste au bout de la rue. Neil savait qu'elle croyait dur comme fer que c'était grâce à la prière que Missy et Mike avaient été retrouvés, quarante ans plus tôt.

Il s'apprêtait à chercher le numéro de Melissa dans ses contacts, quand le nom de la jeune femme apparut sur l'écran. Peut-être les prières de sa mère commençaient-elles déjà à faire effet.

« Melissa, on allait t'appeler. » À côté de lui, Amanda hochait la tête en signe de soutien. Ne sentant plus de réticence de sa part, il mit le haut-parleur.

« J'ai besoin que vous me rendiez un service, dit Melissa. Vous pouvez aller à mon appartement ? »

36

Autrefois, l'inspecteur Guy Marino rêvait de devenir chanteur, humoriste ou chef cuisinier. Aucun de ces fantasmes ne s'étant réalisés, il avait au mieux décroché un job dans la sécurité privée pour un boys band. Aujourd'hui, quinze ans plus tard, il était devenu inspecteur de police à Long Island.

Elle était loin, l'époque où il s'intéressait aux campagnes de relations publiques des célébrités, mais il savait que quelque chose clochait dans le cas de Charlie Miller. Son éminent avocat avait organisé une conférence de presse très médiatisée et lui se cachait dans la cafétéria du commissariat, recroquevillé entre sa sœur et son avocat.

La coéquipière de Marino, Heather Hall, était au téléphone, mais une fois qu'elle aurait terminé, il proposerait que le chef de la police tienne la conférence de presse sans la famille. Les journalistes s'étaient déjà plaints d'être rassemblés à l'extérieur alors qu'une tempête était annoncée. Leur patience avait des limites.

Lorsque Hall raccrocha, son visage était pâle et son regard lointain.

« Ça va ? demanda-t-il.

– C'était le sergent qui travaille avec les équipes de recherche sur Shelter Island. Ils ont trouvé un haut de pyjama “La Reine des Neiges” sur la plage. C'est le sien, Guy. C'est celui de Riley. »

Ce n'était pas une bonne nouvelle. « À quel endroit sur la plage ?

– Il a été déposé par le courant du côté du bras de mer. Il était dans l'eau, c'est sûr. » Il n'y avait aucune raison que le kidnappeur jette les vêtements de la fillette à la mer. Plus vraisemblablement, si le corps de l'enfant avait été lesté, le haut de son pyjama avait pu être emporté par la marée. « Franchement, Guy, je ne sais pas si je vais réussir à encaisser. Chaque fois que je pense à cette pauvre petite, je n'ai qu'une envie, rentrer à la maison et serrer Milo dans mes bras.

– Hey, on sait bien que tu es plus coriace que moi, donc si tu n'encaisses pas, aucune chance que j'y arrive. D'accord ? Et on n'a pas perdu espoir de la trouver. Je ne suis pas encore prêt à abandonner.

– En tout cas, nous devons avertir le père.

– Une fois qu'on l'aura fait, il n'y a aucune chance qu'il tienne le coup devant les caméras.

– Le chef va vouloir mettre un point final à toute cette histoire de toute façon, dit-elle. Le pyjama change la donne. Nous ne sommes pas encore prêts à l'annoncer. Donc allons d'abord voir le chef », dit-elle, pensant à voix haute. « Ensuite seulement, nous le dirons au père. Et on peut l'interroger sur les médicaments avant d'annoncer la nouvelle. »

Les résultats de l'analyse toxicologique de Melissa Eldredge venaient de leur être communiqués. La seule substance identifiée était une molécule active se trouvant dans un somnifère délivré sur ordonnance et inconnu des inspecteurs.

Après avoir consulté leur chef, Guy frappa deux coups sur la porte avant d'entrer dans la salle de repos. Il comprit à l'expression de l'avocat que son client commençait à l'exaspérer. « Nous ne sommes toujours pas prêts, dit Mac. Vous devriez peut-être y aller sans nous...

– Bien sûr, on peut en discuter, dit Guy, mais en attendant, nous aurions besoin de votre aide. » Il s'adressa à Charlie : « Vous avez mentionné hier que votre femme avait des problèmes de sommeil. Prend-elle quelque chose pour dormir, par hasard ?

– Oui, elle a une ordonnance. » Le médicament en question correspondait bien à la substance trouvée dans le sang de Melissa. Sa présence dans son organisme pouvait s'expliquer par une utilisation régulière, ou elle pouvait avoir pris un comprimé en rentrant de Shelter Island, pour se calmer après ce qu'elle avait fait à Riley, ou pour que son frère la trouve endormie. Quoi qu'il en soit, la seule substance repérée dans son sang n'avait rien d'étonnant.

Hall lança un regard à son collègue. Il était temps de parler à Charlie du pyjama de Riley. Guy fut surpris de l'entendre annoncer la nouvelle elle-même.

Charlie les regarda d'un air absent, s'efforçant d'assimiler l'information, mais sa sœur, horrifiée, porta immédiatement la main à sa bouche, étouffant un sanglot. Charlie devint soudain blanc comme un linge et Guy craignit qu'il tombe dans les pommes.

« Donc c'était bien ma fille dans la vidéo du ferry, murmura Charlie. Et ce devait être Melissa qui conduisait la voiture. »

Rachel prit la main de son frère au-dessus de la table : « Je suis navrée, Charlie. »

Mac leva les mains : « Pas de conclusions hâtives, d'accord ? Quelle est la prochaine étape, inspecteurs ?

– On laisse tomber la conférence de presse pour l'instant, dit Hall. Des plongeurs vont explorer le bras de mer, mais il faudra attendre demain matin, qu'il fasse jour. Avez-vous un endroit où loger ce soir ? Je suppose que vous n'allez pas retourner chez votre belle-mère ? »

Charlie se prit la tête dans les mains. « Je ne sais pas. Nous allons sans doute descendre à l'hôtel. On trouvera une solution. »

Un coup frappé à la porte fut suivi par l'apparition de l'officier de service à l'accueil. « Hall, Marino, il y a quelqu'un qui désire vous parler. » Son attitude semblait indiquer que l'affaire était urgente. Guy hocha la tête.

« Essayez de vous reposer. On se retrouve dans la matinée, dit Hall.

– Tenez le coup, renchérit Guy. Nous, nous n'avons pas perdu espoir. Je vous le promets. »

Après avoir raccompagné les Miller et leur avocat à la porte située à l'arrière du commissariat pour éviter les journalistes qui faisaient le siège du parking armés de leurs caméras, Hall demanda à

Marino s'il pensait vraiment que Riley Miller puisse être encore en vie.

Il s'abstint de répondre. « Sergent, qui est cette personne qui nous demande ?

– Je n'ai que son nom : Wendy Keller, répondit-il en jetant un coup d'œil sur son bloc-notes. Elle aurait parlé à Riley Miller juste avant sa disparition. »

La femme les attendait dans une salle d'interrogatoire voisine. Elle cessa brusquement de ronger l'ongle de son pouce gauche quand ils entrèrent. Guy estima qu'elle avait à peu près son âge, soit quarante ans.

« Il semblerait que vous ayez des informations concernant Riley Miller ? interrogea l'inspecteur.

– C'est exact. Mais j'ai du mal à donner un sens à tout cela. J'ai vraiment peur, je me demande dans quoi je me suis embarquée. » Sa voix hésitait et ses mains tremblaient tandis qu'elle parlait.

« Très bien, commencez par vous asseoir, dit Hall en approchant une chaise de la table. Respirez. Vous êtes ici de votre plein gré. Toute information que vous pourrez nous communiquer est importante. Vous pensez avoir parlé à Riley Miller hier, c'est ça ? »

La femme poussa un gros soupir et hocha la tête.

« Alors, si nous commencions par ça, dit Hall.

– Mais je dois d'abord expliquer autre chose, sinon cela n'aura aucun sens, dit Wendy. Je fais partie d'un forum de discussion en ligne. Oh, c'est tellement embarrassant. Et pitoyable.

– Une petite fille a disparu », la reprit fermement Hall.

Wendy hocha la tête. « Et c'est pourquoi je suis ici, mais c'est tout de même difficile. Donc ce forum s'appelle le Club des Ex. C'est un groupe totalement anonyme de femmes qui, pour le dire sans détour, ont été larguées sans ménagement par leur mari. En gros, c'est un groupe de soutien où nous pouvons nous plaindre et essayer de nous réconforter mutuellement.

– Il n'y a rien d'embarrassant là-dedans, dit doucement Guy, espérant l'encourager à lui dire toute la vérité.

– Oui, mais parfois les membres du groupe font davantage qu'envoyer des messages. Par exemple, si la nouvelle petite amie de votre ex-mari vous bloque sur Instagram, peut-être qu'un autre membre du groupe ira sur son profil et fera des captures d'écran pour vous.

– Rien de bien méchant, dit Guy.

– Mais parfois ça va plus loin. Il y a deux semaines, une visiteuse du site qui lisait les messages sans intervenir a révélé qu'elle soupçonnait, sans en être certaine, que le prétendu voyage d'affaires de son mari à Washington cachait en réalité une rencontre avec une ancienne petite amie. Un membre du groupe qui vivait tout près a proposé de se rendre à son hôtel. Vous saisissez l'idée ? »

Ils hochèrent la tête d'un air bienveillant, mais Guy sentait que Hall commençait à perdre patience.

« Quel est le rapport avec Riley dans tout ça ? demanda Hall.

– Lundi dernier, un membre du groupe, une femme qui se fait appeler “Plaquée”, a déclaré que son ex emmenait leur fille de trois ans et sa nouvelle femme en vacances dans les Hamptons malgré ses objections. Elle cherchait quelqu'un du groupe qui serait prêt à les surveiller pour s'assurer au moins que la femme se comportait gentiment avec sa fille. Je lui ai envoyé un message privé pour lui dire que j'étais prête à l'aider. Mais plus nous échangions, plus elle s'échauffait, au point qu'elle a fini par me demander d'aller me confronter à cette femme. C'était tellement méchant. Comment ai-je pu faire une chose pareille ? »

Guy ne comprenait toujours pas où cette histoire les menait. « Vous confronter à elle ? C'est-à-dire ?

– La conversation a commencé assez innocemment. Je lui ai dit que sa fille était vraiment mignonne et lui ressemblait. Elle a aimablement répondu quelque chose du genre *C'est gentil*, mais a ajouté que l'enfant était en réalité sa belle-fille. Et c'est là que je lui suis rentrée dedans. J'ai failli me dégonfler, mais cette femme avait brisé un foyer heureux avec une petite fille, alors je me suis sentie légitime. Donc j'ai dit ce que “Plaquée” voulait que je dise : qu'elle ne s'occupait pas bien de sa fille parce qu'elle n'était que sa belle-fille. Et puis j'ai dit *Je sais tout sur vous* et je l'ai traitée de mystificatrice et d'hypocrite. Elle a paru bouleversée. Je me suis précipitée hors du parc, honteuse.

– Attendez, c'était le parc sur Pond Lane ? Avec l'aire de jeux ? demanda Guy.

– Oui. Et je suis presque certaine que cette petite fille est celle que vous recherchez. »

« Donc la femme du parc existe vraiment », dit Hall une fois qu'ils furent à nouveau seuls. Elle se frotta les yeux. Marino n'avait jamais vu sa partenaire aussi fatiguée. « Mon Dieu, est-il possible que Melissa ait dit la vérité ? Quelqu'un embobine cette pauvre femme désespérée pour qu'elle détourne l'attention de Melissa pendant qu'un autre glisse des somnifères dans son café ?

– Tu veux dire cette marque de somnifères que personne ne connaît et qui se trouve justement sur sa table de nuit ? Non. Impossible. À mon avis, cette "Plaquée" n'est autre que Melissa Eldredge elle-même. C'est probablement elle qui poste toutes ces menaces sur sa page. C'est un moyen de nous tromper. Elle nous incite à rechercher la femme du parc, nous pousse à faire une analyse de sang. Tout cela pourrait être un moyen de se fabriquer un genre de couverture.

– C'est un peu tiré par les cheveux.

– Eh bien, comme tu l'as souligné dès le début, elle est avocate. Elle a carrément un podcast sur la manière dont les criminels auraient pu mieux réussir leurs coups. Réfléchis : à chaque fois que nous lui avons parlé, elle n'a cessé de nous orienter vers la femme du parc. Finalement, c'est Melissa Eldredge qu'on voit sur une vidéo aller à Shelter Island et en revenir.

– Plus le haut de pyjama, dit Hall, dépitée.

– Donc on attend les résultats de la police scientifique sur sa voiture. Et les plongeurs se mettront au boulot dès demain. Rentre chez toi et embrasse ton petit Milo. »

37

MELISSA scrutait l'heure sur son ordinateur portable. Neil et Amanda étaient partis pour son appartement vingt minutes plus tôt, mais cela aurait aussi bien pu faire des heures. Revenue dans la chambre d'amis de sa mère, elle essayait de trouver des informations sur les clients de Charlie. Il n'y avait aucune trace de son travail sur Internet, ce qui n'était pas surprenant puisqu'il était consultant, travaillait seul, et obtenait la plupart de ses contrats sur recommandation de deux anciens collègues rencontrés dans la plus grande société de prospection géologique de la côte Ouest, où il était entré dès sa sortie de l'université. Si seulement elle se rappelait le nom de cette société !

Son téléphone sonna, elle répondit immédiatement. C'était Neil. « Alors, vous avez pu entrer ? » Elle avait prévenu Louie, le portier, que des amis passeraient et qu'ils auraient besoin de la clef de son appartement.

« Oui, nous sommes à l'intérieur, dit Neil. Je te mets sur haut-parleur pour qu'Amanda t'entende. Qu'est-ce qu'on doit chercher ?

– Je ne sais pas. Tout. N'importe quoi. Quelque chose ne tourne pas rond. Charlie est peut-être mouillé dans une affaire louche. On a pu enlever Riley pour avoir un moyen de pression. Peut-être qu'il doit de l'argent à des usuriers ? Ou qu'une de ses missions l'a entraîné dans une affaire douteuse ? »

Charlie pouvait avoir pris ses distances avec Melissa pour la protéger. Ce qui expliquerait pourquoi il était réticent à donner une conférence de presse.

« On commence par son bureau alors ? s'enquit Amanda.

– Oui. On lui a installé un espace de travail dans un coin du salon », dit Melissa. Neil et Amanda n'étaient pas venus chez elle depuis que Charlie y avait emménagé. Avec le recul, elle se rendait compte qu'elle ne voyait pas beaucoup ses amis depuis qu'elle l'avait rencontré.

« Son dernier contrat concernait la construction d'un hôtel-club à Antigua. J'ai cherché sur Internet, mais la seule annonce que j'ai trouvée date de trois ans. Un projet déjà terminé. »

Elle entendit des bruits de tiroirs. « C'est le bon bureau au moins ? demanda Neil. Le blanc avec un plateau en verre ?

– Oui, c'est ça.

– Il n'y a rien, dit Neil.

– Rien sur Antigua ?

– Non, rien du tout.

– Les tiroirs sont vides, renchérit Amanda. Comme nettoyés à fond.

– Quoi ? Il a déménagé ? Tu peux vérifier la chambre ? »

Melissa entendit des bruits de pas, puis de portes et de tiroirs.

« Il y a des vêtements d'homme dans le placard de ta chambre, dit Amanda.

– Et dans la commode aussi, ajouta Neil. Mais pas beaucoup. Il reste pas mal de place.

– Il n'a pas encore fini d'emménager, expliqua Melissa. Presque tout ce qui était dans son ancienne maison est encore au garde-meuble, dans l'Oregon. Continuez à fouiller, vous trouverez peut-être quelque chose. Je vais appeler le portier. Si ça a un rapport avec son travail, quelqu'un peut avoir pénétré dans notre appartement et pris ce qui était dans son bureau. »

Louie décrocha à la deuxième sonnerie. « Madame Eldredge, un des résidents vient de m'apprendre ce qui se passe, dit-il, ne s'embarrassant pas de politesses. C'est vrai que Riley a disparu ?

– Oui, répondit Melissa, qui avait encore du mal à le croire. Je vais vous poser une question bizarre, Louie. Quelqu'un est-il venu chez nous ces derniers jours ? Charlie et moi n'étions pas en ville. » Chaque fois qu'un visiteur empruntait une clef, le registre informatisé en gardait une trace.

« Non, d'après ce que je vois, la seule autorisation récente, c'est vous qui l'avez donnée pour vos deux amis qui sont encore là-haut.

– Savez-vous si mon mari a reçu d'autres visiteurs ? » Louie se demandait sans doute pourquoi elle ne posait pas ces questions directement à Charlie. Elle expliqua donc qu'il était au commissariat pour voir des photos de suspects potentiels. « Nous essayons d'établir la liste de toutes les personnes qui sont entrées dans l'appartement. Avez-vous remarqué quelqu'un ? Un ouvrier ou un client de Charlie, par exemple ?

– Personne, dit-il. À part sa sœur.

– Oui, bien sûr. Elle est passée chercher Riley deux ou trois fois.

– Deux ou trois fois, vous êtes sûre ? » lâcha-t-il d'une voix un peu trop aiguë.

Melissa recompta le nombre de visites. Il y avait eu le jour où elle était venue chercher Riley pour la garder pendant leur lune de miel. Et puis la sortie le lendemain de la fête d'anniversaire, et la fois où elle avait joué les baby-sitters pendant que Melissa et Mac enregistraient les épisodes de l'affaire Evan Moore. « Quatre fois pour être exacte. Pourquoi cette question, Louie ?

– Je dois me mélanger les pinceaux. Vous savez mieux que moi. Ma femme dit que j'ai la cervelle embrumée en ce moment.

– Louie, s'il vous plaît, c'est extrêmement important.

– Eh bien, à ce que j'ai vu, Miss Rachel est tout le temps fourrée chez vous. Elle a sa propre clef et on se salue quand elle prend l'ascenseur. Maintenant que j'y pense, elle vient uniquement en votre absence. Vous n'étiez pas au courant ? »

38

Le frère de Melissa faisait les cent pas derrière le canapé du salon, les poings serrés. « Je savais que j'aurais dû te secouer davantage, te rappeler à la réalité, dit-il. J'étais convaincu que tu ne m'écouterais pas, que tu t'entêterais plus encore à aller jusqu'au bout avec le mariage. Quand je le verrai, j'obtiendrai des réponses, de quelque manière que ce soit. »

Mike était toujours prompt à s'emporter, même s'il tâchait généralement de se contrôler. Elle ne l'avait pas vu aussi ouvertement en colère depuis la fois où elle lui avait raconté que son chevalier servant avait simulé une panne de voiture sur le chemin de retour du bal. À l'école le lundi suivant, le garçon avait un œil au beurre noir et lui avait présenté ses sincères excuses.

« Ne tirons pas de conclusions hâtives, dit sa mère en levant les mains. On ne peut pas reprocher à quelqu'un d'avoir un bureau vide dans une maison où il vient d'emménager. Tu as dit que Charlie travaillait essentiellement dans ses locaux professionnels et que la plupart de ses effets personnels étaient encore au garde-meuble.

– Mais s'il a caché le fait que sa sœur passait autant de temps à l'appartement, l'appartement de Melissa, d'ailleurs, objecta Mike, qu'est-ce qu'il cache d'autre ?

– Ce n'est un secret pour personne, Rachel trouvait qu'ils avaient pris trop vite la décision d'emménager ensemble. Cette femme a refusé d'assister au mariage, pour l'amour du ciel ! Mais c'est toujours la sœur de Charlie. On ne tourne pas le dos à sa famille pour un différend de ce genre. » Il était évident que leur mère faisait référence autant à Mike et Melissa qu'à Charlie et sa sœur. « Quand Riley a perdu sa mère, Rachel a été la seule à aider Charlie, jusqu'à l'arrivée de Melissa dans sa vie. Enfin, je ne prends pas son parti. Je n'ai jamais rien caché à votre père dès l'instant où je suis tombée amoureuse de lui. Mais Charlie essayait peut-être de faire en sorte que Rachel reste une présence constante dans la vie de Riley sans que cela provoque de frictions entre sa femme et sa sœur. Certes, il aurait dû vous en parler, mais je ne vois pas pourquoi vous êtes aussi remontés tous les deux, elle n'a fait qu'essayer d'aider sa nièce. »

Tandis que sa mère et son frère débattaient de l'importance de la trahison de Charlie, Melissa passa en revue ce qu'elle savait de lui. Elle repensa à la distance qu'il avait mise entre eux. Au ton glacial de sa voix lors de leur dernière conversation. À la première fois qu'il avait posé sa main au creux de son dos alors qu'il la raccompagnait à sa voiture après une séance de thérapie de groupe. À la façon dont il s'était penché vers elle pour lui murmurer *Tu es magnifique*, alors qu'ils étaient sur le point d'échanger leurs vœux de mariage.

Elle essayait désespérément de trouver une explication à tout cela – à chaque moment qu'ils avaient passé ensemble – mais elle en revenait toujours à la seule question fondamentale et terrifiante : s'il l'aimait, comment pouvait-il la laisser dans cet état de douleur et de trouble ? La partie rationnelle de son cerveau essayait de relier entre eux ces fils d'informations disparates, mais quelque chose la bloquait.

Elle tressaillit au son de la sonnette de la porte d'entrée. Peut-être était-ce Charlie revenant pour lui offrir toutes les réponses qu'il lui devait ?

Le souffle lui manqua un instant quand elle découvrit le visage de l'autre côté de la porte. Même à travers l'image floutée du judas, elle reconnut tout de suite ses yeux noisette. Son visage était plus fin et plus hâlé que la dernière fois qu'elle l'avait vu – lorsqu'il avait soudainement rompu leurs fiançailles –, mais c'était bien lui. Elle ouvrit la porte en grand. « Tu n'as rien à faire ici, Patrick. S'il te plaît. Je t'ai dit au téléphone de ne plus jamais me contacter. Tu me largues et tu te pointes maintenant, comme ça, parce qu'un enfant est porté disparu ? »

Une Tesla blanche était garée dans l'allée. Il rêvait d'en acheter une avant leur rupture. Peut-être que la voiture l'avait rendu plus heureux qu'elle n'aurait pu le faire.

« Et puis comment tu as su où me trouver ? »

Elle le vit jeter un bref coup d'œil dans la maison avant d'appuyer un bras contre la porte d'entrée. Un regard sur le visage de sa mère confirma ses soupçons.

« Je ne partirai pas, dit-il. J'ai la ferme conviction que c'est important.

– Tout ça ? Ça n'a rien à voir avec toi.

– Je dois te parler de ton mari. »

39

COMBIEN DE FOIS avait-elle imaginé ce qu'elle lui dirait s'ils se croisaient dans une soirée ou l'un des restaurants qu'ils avaient fréquentés toutes ces années ? *Alors, combien de cœurs as-tu piétinés récemment ?* Ou peut-être : Combien de femmes as-tu demandées en mariage ? Ou mieux encore, elle serait restée digne, courtoise et élégante, et il aurait compris l'erreur qu'il avait commise en renonçant à la vie qu'il aurait pu avoir avec elle.

Mais à cet instant, rien de tout cela n'avait plus d'importance. Patrick était dans le salon du cottage, installé dans un fauteuil, et il avait toute leur attention.

« C'est embarrassant et je vais encore passer pour un affreux personnage, mais je ne tournerai pas autour du pot. Après notre séparation, j'ai eu du mal à t'oublier. Je me réveillais en me demandant où tu étais, ce que tu faisais et si tu allais bien. »

Mike se leva du canapé, son soupir ironique résumant le sentiment de Melissa.

« Attendez, reprit Patrick. Je vous le promets, je ne suis pas ici pour tenter une grande réconciliation. Ce que je veux dire, c'est que j'ai continué à m'intéresser à ce que tu faisais, même si nous n'étions plus ensemble. J'ai écouté chaque épisode du *Justice Club* et... je consulte tes réseaux sociaux tous les jours.

– Cinglé, siffla Mike entre ses dents.

– Peut-être un peu, reconnut Patrick. J'ai vu ton post avec les bigoudis. Tu étais radieuse. La légende parlait de *faire le grand saut*. Sur le compte de Katie, j'ai vu la photo d'un gâteau de mariage dans un vignoble de Cape Cod. Alors j'ai appelé la mairie, qui a confirmé. Après ça, je me suis intéressé à ton nouveau mari, mais ce n'est pas les Charlie Miller qui manquent sur Internet. Bon sang, c'est tellement gênant... J'ai fini par appeler le vignoble et j'ai réussi à convaincre la responsable de me donner les coordonnées qui figuraient sur la carte de visite que Charlie lui avait laissée.

– Tu te fiches de moi ? » Melissa n'en croyait pas ses oreilles.

« Je t'avais prévenue, c'est très embarrassant. Mais il faut que tu saches.

– Qu'est-ce que tu as découvert ? demanda Mike.

– Qu'il n'y avait rien à découvrir, répondit Patrick. Le nom de domaine du site internet de sa boîte a été acheté il y a un an seulement, alors que d'après son profil professionnel ça fait six ans qu'il bosse en solo. Et le bail de son bureau a été signé une semaine plus tard. »

Programmeur informatique, Patrick concevait des applications web pour des entreprises. Melissa ne fut donc pas surprise qu'il soit capable de retracer l'historique du site de Charlie. Mais le bail de son bureau !

« Je sais que ça paraît dingue. Mais j'ai travaillé pour l'organisme qui gère l'immeuble dont il est locataire. Si je me suis renseigné, c'est parce que les infos concernant son site ne collaient pas. Son bureau est situé dans Hell's Kitchen, un minuscule espace dans un bâtiment délabré, il n'y a même pas d'ascenseur. Tu y es déjà allée, Melissa ? »

La seule fois où elle était passée dans le quartier, elle avait proposé à Charlie de déjeuner au restaurant Chez Napoléon. Quand elle avait voulu voir son bureau, il avait expliqué qu'il mourait de faim et voulait aller déjeuner sans traîner. Il l'avait attendue au coin de la rue. Après le repas, il avait insisté pour rentrer seul, prétextant une conférence téléphonique et se reprochant le retard que leur avait fait prendre la crêpe Suzette qu'ils avaient partagée pour le dessert.

Sentant le poids du regard de sa mère et de son frère, elle demanda à parler à Patrick en privé. Une fois dans l'intimité de la salle à manger, elle ne prit même pas le temps de s'asseoir.

« Tu n'avais aucun droit de t'immiscer dans ma vie, surtout après la façon dont tu m'as traitée. Tu pensais vraiment que je passerais le reste de mes jours seule à me lamenter sur mon sort ? C'est vrai que j'étais anéantie, complètement effondrée. Et quand mon père est mort, tu t'es contenté d'envoyer des fleurs. Pas même un coup de fil. J'étais brisée. Et puis j'ai rencontré Charlie. J'ai pris la décision d'être heureuse.

– C'est pour ça que j'ai gardé mes soupçons pour moi. J'ai failli t'appeler souvent, mais à chaque fois j'ai changé d'avis à la dernière seconde. Je me suis convaincu qu'il devait y avoir une explication et que je cherchais seulement une excuse pour revenir dans ta vie.

– Tu te trompes effectivement sur toute la ligne. Charlie est veuf. Il a été obligé de déménager à l'autre bout du pays après la mort de sa femme, tout en élevant seul un bébé. Il a dû réduire drastiquement son activité, alors il n'est pas surprenant qu'il ait signé son bail si récemment, ni qu'il ait été obligé de commencer dans des locaux plus que modestes.

– Tu dois me faire confiance sur ce coup-là, Melissa. Il n'aurait pas abandonné son nom de domaine. Ma main à couper que sa prétendue société n'existait pas avant l'année dernière – si elle a jamais existé. »

Melissa lui demanda à quelle date le site internet avait été créé. Deux semaines avant sa rencontre avec Charlie.

« Et maintenant, sa fille a disparu, dit Patrick. Ta mère est restée discrète, mais j'ai l'impression que ce type se comporte étrangement. »

Melissa se frotta les yeux, bien décidée à ne pas pleurer.

« Tu as dit ce que tu avais à dire, fit-elle avec froideur. Y a-t-il autre chose ?

– Non, c'est tout et c'est déjà pas mal, je trouve. Qu'est-ce qu'on fait maintenant ?

– Il n'y a pas de "on". Tu es la dernière personne vers qui je me tournerais et tu ne peux t'en prendre qu'à toi-même. » Voyant la douleur dans les yeux de Patrick, elle se radoucit. « Je te suis vraiment reconnaissante d'avoir fait tout ce chemin pour me prévenir, mais il faut que tu partes maintenant.

– Missy… »

Elle secoua la tête. Il n'avait plus le droit de l'appeler ainsi. « Je suis sérieuse. Va-t'en. » Il tenta de plaider sa cause tandis qu'elle le poussait vers la porte d'entrée. « Tu ne peux pas rester. Riley a disparu, mais ce n'est pas tout. La police pense qu'elle est morte et que c'est moi qui l'ai tuée. »

La confusion arracha une grimace à Patrick, et Mike et Nancy détournèrent les yeux. « Laisse-moi t'aider. S'il te plaît. » Il avança la main, mais elle recula.

« Patrick, dit-elle sèchement, si la police découvre que mon ex-fiancé est ici avec moi, ça risque de compliquer énormément les choses. Tu m'as demandé de t'écouter, je l'ai fait. Maintenant, c'est à ton tour. Tu dois partir. Tout de suite. »

Il soutint son regard un moment, hocha la tête, puis sortit en marmonnant des excuses.

Nancy bondit de son fauteuil. « Melissa, je suis tellement désolée ! C'est ma faute, c'est moi qui lui ai demandé de venir. Je voulais t'aider.

– Ce n'est pas grave, maman.

– Mais tu as raison, insista sa mère. Il ne faudrait pas que la visite de Patrick devienne un élément de plus utilisé contre toi.

– On n'en est pas là.

– On peut revenir à nos moutons ? demanda Mike. D'accord, c'est minable de sa part de t'avoir espionnée, je crois que c'est le terme adéquat. N'empêche que ce qu'il a trouvé est bizarre. Il y a quelque chose de louche.

– Certes », fit-elle, finissant par accepter l'évidence. Charlie lui avait-il menti depuis le premier jour ? Que savait-elle réellement sur son mari ? Et qu'avait-elle choisi de croire ?

Riley. À cette seule pensée, son cœur se serra. Riley était réelle. Ça au moins, elle en était certaine.

Et Linda ? Quand elle avait cherché des preuves de sa mort, Melissa n'en avait trouvé aucune. Elle n'avait même jamais vu de photo de la première femme de Charlie. Ses affaires étaient selon lui au garde-meuble et il ne cessait de repousser le moment de les trier, mais un père ne garderait-il pas au moins une photo de la mère de sa fille afin que celle-ci se souvienne d'elle ?

« Tu pourrais peut-être voir avec Rachel, dit Nancy. Elle a répondu la dernière fois que tu as appelé. »

La suggestion de sa mère, à cet instant précis, lui permit de comprendre ce qu'elle avait occulté. Le ton de Louie, quand il lui avait appris que Rachel était tout le temps à l'appartement, était presque compatissant.

Elle entendit la mignonne petite voix de Riley le matin du mariage, qui lui demandait si elle pouvait aller chercher son père *do-hors*, ajoutant qu'elle aurait voulu que sa maman soit là. Elle repensa aux nombreuses fois où Neil lui avait assuré qu'il était normal que Riley parle tout le temps de sa mère.

Tout semblait limpide à présent. « Et si Rachel n'était pas la sœur de Charlie ? »

40

LES MOTS sortaient si vite de sa bouche que Melissa dut se forcer à prendre une profonde inspiration pour exposer ses soupçons à Mike et à sa mère de manière méthodique, comme si elle détaillait les faits pour un jury ou pour les auditeurs de son podcast.

« J'étais tellement concentrée sur la question de savoir si Linda était vraiment morte que je ne me suis jamais arrêtée à celle de savoir si elle avait jamais existé. Voilà pourquoi Charlie refuse de dire à la police comment contacter ses parents. La famille entière n'est qu'une invention. »

Entre l'histoire de la chute fatale qui pourrait être ou ne pas être un suicide, la bataille pour la garde de l'enfant que ses ex-beaux-parents avaient menacé de lancer, leurs soupçons sur le fait qu'il ait pu provoquer la mort de leur fille… il avait abreuvé Melissa de tellement de détails qu'elle n'avait pas eu le loisir de gratter sous la surface des choses. « J'aurais dû m'en apercevoir dès que j'ai appelé l'université de Charlie. Si tous deux avaient été diplômés ensemble, les dons qu'il a faits auraient été répertoriés sous les deux noms une fois qu'ils étaient mariés, mais il n'y avait aucune mention de sa femme. »

Nancy et Mike étaient encore en train de digérer ce qu'impliquait sa conclusion. « Alors, si Linda n'existe pas, qui est la mère de Riley ? demanda Nancy.

– Rachel, expliqua Mike. C'est pourquoi elle refuse de voir Melissa. C'est la mère de Riley. »

Sa mère inspira avec force : « Oh, maintenant je comprends. Voilà pourquoi tu as dit qu'elle n'était pas la sœur de Charlie. Oh mon Dieu ! Est-ce vraiment possible ? »

Melissa était trop occupée à essayer de rassembler ses pensées pour répondre à la question de sa mère. Elle ne pouvait s'empêcher de songer à cette histoire de dons de Charlie à l'université. Kelsey, l'étudiante qui travaillait au bureau des anciens élèves, avait dit que les versements annuels s'étaient brusquement arrêtés il y a douze ans.

Elle essayait de trouver le numéro de Kelsey quand son téléphone sonna. C'était Katie.

« Au moins, je sais que tu es en vie, dit celle-ci après que Melissa eut décroché. Tu n'as pas vu mes textos ?

– Je suis désolée, dit Melissa. C'est la folie ici. Mais je t'ai dit que Jennifer avait un alibi solide comme le roc, il ne fallait pas t'inquiéter.

– Sauf que la dernière fois qu'on s'est parlé, tu voulais que j'aille vérifier quelque chose chez toi, parce que tu soupçonnais Charlie de te mentir. Tu m'as prise au dépourvu. Je m'en veux de n'avoir pas jeté les cupcakes par la fenêtre et fait demi-tour.

– Neil et Amanda y sont allés. »

Sa théorie sur Charlie et Rachel semblerait encore plus étrange énoncée à voix haute.

« J'ai essayé de creuser dans le passé de Charlie et voilà ce que j'ai trouvé : je ne crois pas que sa femme soit morte. Linda peut même ne jamais avoir existé. Et la mère de Riley pourrait en fait être Rachel. Toute l'histoire est une imposture.

– Quoi ? haleta Katie. Pourquoi feraient-ils une chose pareille ?

– Pour de l'argent, je suppose. Tu sais que je n'ai pas demandé de contrat de mariage.

– Si je peux t'aider dis-le-moi et j'arrive tout de suite, dit Katie.

– Non, merci, mais il faut que je me dépêche. Je dois appeler son université sur la côte Ouest avant qu'il soit trop tard. Je te ferai savoir si j'ai besoin de quelque chose.

– Promis ? Tu sais que je t'aime.

– Je t'aime aussi, dit Melissa. »

Kelsey décrocha presque immédiatement.

« Melissa ! J'étais justement en train de scanner quelques pages des vieilles chroniques pour vous les envoyer. »

Melissa était surprise qu'elle réponde aussi vite. « Je voulais savoir si vous aviez trouvé quelque chose d'autre sur Charlie Miller et sa femme, Linda, dit-elle. Je suis particulièrement intéressée par l'arrêt soudain des dons de Charlie.

– J'allais justement vous appeler à ce propos, dit Kelsey. J'ai un peu creusé et j'ai trouvé une vieille annonce dans le journal de l'université. Charlie Miller a été renversé par une voiture alors qu'il faisait une sortie à vélo, un week-end. Il y a eu un délit de fuite, probablement un conducteur ivre. Charlie ne s'est jamais remis. »

Les genoux de Melissa se dérobèrent sous elle. Son visage était brûlant.

« Attendez, donc le Charlie Miller qui a été diplômé là-bas est mort ?

– Non, pas mort. Au début, il était inconscient, on pensait qu'il allait peut-être se réveiller, mais il est tombé dans le coma, pour finir dans un état végétatif. Tout espoir a disparu. Mais techniquement, il était toujours en vie.

– De quand date cette information ? demanda Melissa.

– L'accident a eu lieu il y a douze ans. L'article est paru quelques mois plus tard, annonçant que sa promotion universitaire créait une bourse d'études à son nom. Il semble que les contributions se soient réduites au fil du temps. Il est possible qu'il soit réveillé maintenant, ou bien mort, mais nous n'avons publié aucune sorte de mise à jour.

– Vous disiez que vous scanniez des informations à me transmettre, dit Melissa.

– Oui, sa photo de classe de première année dans l'annuaire qui est envoyé à toute l'université.

Et j'ai aussi l'article sur son accident de vélo. Je vous les fais parvenir par e-mail tout de suite. »

Melissa se dirigea vers son ordinateur portable.

– Avez-vous appris autre chose ? demanda-t-elle en ouvrant le nouveau message de Kelsey.

– Rien, sauf que l'article sur l'accident mentionne sa famille. »

Melissa termina de passer en revue les pièces jointes à l'e-mail de Kelsey. Selon les parents de Charlie, c'était leur enfant unique. Ils priaient pour qu'il se réveille et ne cesseraient jamais de se battre. Aucune mention d'une Linda. Aucune mention d'une Rachel. Et, surtout, sur les deux photos, le jeune homme pouvait passer pour une version plus jeune de Charlie. À première vue.

Elle pouvait sentir la vérité dans sa chair. Il n'y avait pas de Linda. Pas de chute mortelle dans une cascade. Et pas de Charlie Miller. Du moins, pas celui qu'elle croyait connaître.

Son mari n'existait même pas.

41

Jayden Kennedy était sur un petit nuage. Non seulement il avait décroché un job, mais il avait trouvé une bague de fiançailles. Louer sa maison par l'intermédiaire de Domiluxe n'était pas une sinécure, mais c'était un mal pour un bien : lui et Julie n'avaient jamais passé autant de temps ensemble et il était encore plus convaincu de vouloir vivre avec elle.

Quel serait l'endroit parfait pour lui demander sa main ? Le chemin de randonnée sur lequel ils s'étaient rencontrés ? Le restaurant de leur premier rendez-vous ? Ou attendrait-il qu'ils soient en Grèce ?

Il sentit soudain les bras de Julie autour de sa taille. « Tu veux que j'éteigne la télévision ? » Il avait insisté pour débarrasser après le dîner et elle regardait les informations pendant qu'il faisait la vaisselle. « Je le sais toujours quand tes pensées partent à la dérive. Tu ne t'inquiètes pas à propos de ce nouveau client tout de même ? »

Il s'essuya les mains sur un torchon et se tourna vers elle. Le sourire de Julie avait une façon unique de s'emparer de son cœur. « Pas la moindre inquiétude. En fait, je rêvais à notre voyage en Grèce.

– Ça me plaît ! » Elle le regarda en plissant les yeux, cherchant à déchiffrer son expression. « Quel sourire ! Me cacherais-tu quelque chose ?

– Moi ? Non, rien. » Après lui avoir demandé sa main, et après qu'elle aurait dit oui, espérait-il, il lui rappellerait ce moment, soulignant que, décidément, elle lisait dans ses pensées.

Installés dans le canapé, ils écoutaient le présentateur météo expliquer pourquoi la pluie redoublerait dans les heures suivantes, quand le portable de Julie émit un bip. Un texto. « Mon amie Kara est dans les Hamptons, dit-elle les yeux pleins de surprise. Apparemment la belle-fille de Melissa Eldredge a disparu. Des équipes de recherche quadrillent la région.

– Ah bon ? C'est curieux. Dans son podcast, elle disait justement que si sa belle-fille disparaissait, elle ne se comporterait pas comme Judith Moore. » Quelque chose le titillait concernant cet épisode.

« Kara vient de m'envoyer un lien vers un article. » Julie le fit défiler sur l'écran et ils le lurent ensemble.

« *Peppa pig !* s'exclamèrent-ils d'une seule voix.

– C'est ça, elle en a parlé dans son podcast, rappela Jayden. Elle a dit qu'elle aimait tellement sa belle-fille qu'elle connaissait par cœur tous les épisodes de *Peppa Pig.* »

Il sentit une angoisse l'étreindre. Était-il possible que…

« Ta locataire ! s'écria Julie, une main devant la bouche. J'étais persuadée que c'était un homme avec une famille cachée, mais…

– La première fois qu'elle m'a contacté, elle m'a posé des questions sur la vieille balançoire à l'arrière de la maison. J'ai expliqué que c'était pour les enfants et elle a répondu que c'était parfait. Ça m'a semblé bizarre sur le coup. Il faut que j'aille voir.

– Tu veux te faire tuer ? Non, n'y va pas. S'il te plaît.

– D'accord, alors on appelle la police, dit-il en sortant son téléphone.

– Que feront-ils ? Tout ce qu'on a vu, c'est un dessin animé sur un écran de télé. On n'a même pas vu d'enfant, encore moins cette petite fille.

– Mais le dessin animé ne colle pas avec l'histoire que m'a servie ma mystérieuse locataire. Sans parler de sa réaction complètement disproportionnée quand je l'ai prévenue que j'allais passer jeter un coup d'œil au sous-sol. »

Julie se rongeait l'ongle du pouce, signe de profonde concentration. « OK, je crois que j'ai une idée. J'appelle la police d'une cabine téléphonique. J'explique que j'ai vu quelque chose de bizarre, la preuve de la présence d'un enfant qui regarde *Peppa Pig* chez un voisin célibataire qui vit seul. Si on est témoin de quelque chose, il est de notre devoir d'en parler, non ? Ensuite je leur donne ton nom et ton numéro pour qu'ils puissent te contacter.

– Et quand ils le feront, renchérit-il en comprenant où elle voulait en venir, je leur dirai que j'ai loué ma maison anonymement et que j'ai des soupçons.

– Comme ça, ils auront l'impression d'avoir deux sources d'information distinctes, fit Julie. Ils iront vérifier, j'en suis sûre.

– Tu es drôlement futée, s'exclama Jayden en prenant son imperméable. Allons-y. Il y a une vieille cabine près du snack-bar. »

42

LE COMMISSARIAT de police de Southampton était un bâtiment bas au toit plat dissimulé derrière une épaisse haie en bord de route. En se garant sur le parking, Melissa s'apprêtait à trouver plein de camionnettes de la télévision et de journalistes attendant le début de la conférence de presse. Mais elle n'aperçut qu'une femme s'avançant vers sa voiture, un laissez-passer autour du cou.

Melissa fouilla dans son sac et en sortit sa carte de presse, qu'elle devait au sponsor de son émission. Elle cacha son nom sous son pouce en la présentant. « Je viens juste d'arriver. Où en est la conférence de presse ?

– Elle est annulée, annonça la femme. Le chef a dit qu'ils n'avaient aucune nouvelle information à communiquer en dehors de ce que nous savions déjà. Tous mes collègues journalistes ont décampé, mais je suis restée pour essayer d'en savoir plus.

– Et alors vous avez trouvé quelque chose ?

– Honnêtement, je garderais ça pour moi si c'était le cas, mais non, rien. J'ai juste eu le sentiment qu'annuler la conférence de presse pouvait signifier que l'affaire prenait mauvaise tournure. J'ai moi-même une fille pas beaucoup plus âgée que Riley. J'espérais avoir de bonnes nouvelles avant de rentrer chez moi. Ces histoires laissent des traces, vous savez. »

Melissa étouffa un sanglot. « Désolée. Oui, je suis bien de votre avis. »

À l'intérieur, les équipes déployaient une énergie frénétique digne d'un commissariat de grande agglomération et non d'une petite station balnéaire. Elle reconnut le visage de Riley sur une pile de tracts qu'un policier en uniforme donnait à un collègue. Elle arrêta un homme en veste et cravate qui passait à côté d'elle. « Excusez-moi, êtes-vous un inspecteur du service ?

– Oui, que voulez-vous ?

– Je cherche les inspecteurs Hall et Marino. Au sujet de Riley Miller.

– Nous avons ouvert une ligne téléphonique dédiée à cela, mais vous pouvez faire une déposition auprès du sergent de service ici même, dit-il en montrant le bureau d'accueil.

– Mais ce sont eux qui sont chargés de l'affaire. Je leur ai parlé plusieurs fois. J'ai été une des dernières personnes en contact avec Riley avant sa disparition.

– Ah, je comprends. Selon moi, Hall a terminé son service pour aujourd'hui, et je pense que Marino est parti à Shelter Island. Je suis moi-même sur une affaire urgente, je vais vous trouver quelqu'un d'autre pour…

– Il faut que je parle à Marino ou à Hall. C'est très urgent. Je suis la belle-mère de Riley. »

L'attitude du policier, jusque-là peu coopérative, devint immédiatement plus réceptive. Les soupçons concernant la culpabilité de Melissa s'étaient clairement répandus dans le commissariat. « Curieux que vous ne l'ayez pas mentionné plus tôt. Voyons si je peux les localiser. Puis-je vous proposer d'aller patienter dans une salle d'attente ? »

Elle ne voulait pas risquer de se trouver dans une « salle d'attente » qui serait en réalité une cellule de détention. « Non merci. Je vais plutôt attendre dans ma voiture. Et aussi essayer de les joindre au téléphone. Mais je vous en prie, il faut qu'ils vérifient le passé de mon mari. Il n'est pas ce qu'il prétend être. »

Elle plongea la main dans son sac et en retira les pages qu'elle avait imprimées à la maison – la photo de Charlie Miller à dix-huit ans et l'annonce dans le journal de l'université de son accident de bicyclette. « Voici l'homme que je suis censée avoir épousé, mais en réalité il semblerait qu'il soit actuellement dans un coma profond et réside sur la côte Ouest. Je présume que si vous examinez le permis de conduire de mon mari, vous découvrirez qu'il a volé l'identité de cet homme. La photo ne correspond peut-être pas tout à fait, mais la ressemblance est suffisante pour qu'il ait pu faire renouveler son permis avec une photo plus récente, et ensuite obtenir un permis de l'État de New York une fois installé ici. »

L'inspecteur prit les documents avec hésitation, son regard se dirigeant alternativement vers la porte de sortie et une autre qui devait probablement être celle du bureau des inspecteurs. « Bon, d'accord, laissez-moi trouver quelqu'un. Puis-je vous conduire dans une salle d'attente ? Vous pourrez partir quand vous le souhaitez si c'est cela qui vous inquiète.

– Je préfère attendre dehors, dit-elle fermement. Vous me trouverez facilement. Je suis dans une camionnette de location. »

Une fois dans la camionnette, elle trouva la carte de visite de l'inspecteur Hall et appela le numéro de portable qu'elle avait griffonné au dos. Elle laissa un message en détaillant tout ce qu'elle avait appris des mensonges de Charlie et de l'identité du vrai Charlie Miller, heureusement juste avant que la boîte vocale ne lui indique que la durée impartie était dépassée. Elle pressa la touche Envoyer. Elle était sur le point d'appeler l'inspecteur Marino quand son téléphone sonna.

C'était Charlie. « Tu appelles enfin », dit-elle, se forçant à paraître soulagée et reconnaissante, aussi amoureuse de lui qu'elle en avait été persuadée quand il avait quitté le cottage le matin même.

« J'ai reçu tes messages, dit-il. Tous. J'ai eu finalement le temps de les écouter.

– Alors tu n'as pas bloqué mes appels ? » demanda-t-elle. Elle donnait l'impression d'être morte d'inquiétude, exactement ce qu'il aurait sans doute désiré qu'elle soit.

« Bien sûr que non. Jamais je n'aurais fait cela. Je tentais de suivre les directives de Mac, mais c'est sans doute injuste de te tenir ainsi à l'écart, dit-il. J'ai dû te donner l'impression que je t'abandonnais aujourd'hui, mais à vrai dire je n'ai pas la force de supporter tout cela sans toi. Tu es toujours ma femme. »

L'était-elle vraiment ? Leur certificat de mariage était au nom de Charlie Miller, mais il n'était pas Charlie. À qui était-elle réellement mariée ?

« Je sais que tu m'as menti », dit-elle. Elle laissa un silence s'établir.

Elle s'attendait à de nouveaux mensonges – les mêmes histoires compliquées. Mais quand il reprit finalement la parole, elle perçut une extrême lassitude dans sa voix. « Je te promets qu'il y a une explication.

– Me diras-tu jamais ton vrai nom ? Car ce n'est pas Charlie Miller, je le sais.

– J'ai essayé de te protéger. » Elle eut un rire moqueur, choquée par la facilité avec laquelle il admettait avoir menti sur un point aussi fondamental.

« Donc tu admets que tu as menti.

– Sur certaines choses, oui. Pas sur tout. C'est à propos des parents de Linda.

– Arrête ! Il n'y a pas de Linda. Charlie Miller est dans un hôpital quelque part, dans le coma. Et il n'a jamais été marié.

– Non, il ne l'a pas été, mais moi si. Et puis ma femme est morte, et il a fallu que je refasse ma vie, mais sous un autre nom pour me cacher de sa famille. S'il te plaît, je peux tout expliquer. Je le jure. Donne-moi une chance. Je t'en supplie, je t'aime. Et à présent je suis fou d'inquiétude pour ma petite fille ; je ne sais pas comment j'arriverai à survivre si tu ne partages pas ma vie. »

Le bonheur est un choix. Il aurait été si facile de se laisser aller à lui faire confiance. Mais elle n'en fit rien. Sans vérité, aucun bonheur n'est possible. « Je ne peux pas croire que toute notre relation n'ait été qu'une forme de mensonge.

– Et ça n'est pas le cas. Je t'en prie, laisse-moi te parler en tête à tête, d'accord ? Je te promets que tout s'éclaircira. Et même, je signerai un contrat t'abandonnant les droits de mon histoire, tu pourras l'utiliser pour ton prochain podcast quand tout cela sera terminé. »

Elle imaginait son sourire, autre partie de sa mise en scène. « Où puis-je te rencontrer ? »

Elle aussi pouvait mentir.

43

MELISSA éloigna le téléphone de son oreille quand le volume de la voix de Katie monta en flèche. « D'abord Jennifer et maintenant Charlie ? Tu veux que j'aie une crise cardiaque ou quoi ? On pourra faire caveau commun puisque apparemment tu as des pulsions suicidaires aujourd'hui.

– Il faut que je le fasse, dit Melissa. Donner l'adresse à la police ne suffirait pas, il a déjà un avocat, et grâce à moi en plus. Mac ne laissera jamais Charlie s'exprimer, c'est sûr. » Son estomac se soulevait à chaque fois qu'elle prononçait ce prénom, un prénom qui n'avait jamais été celui de l'homme qu'elle avait épousé. « Il pourrait être mis en examen pour usurpation d'identité, mais ça ne nous dirait pas qui il est, ni pourquoi lui et Rachel m'ont prise pour cible. Et il faut que je retrouve Riley. »

Une fois de plus, elle avait le cœur en mille morceaux. Sa seule consolation, c'était que Riley n'avait sans doute pas réellement été enlevée. Quel que soit le petit jeu auquel se livraient Charlie et

Rachel, Melissa en était convaincue : Riley était hors de danger – physiquement au moins.

« Tu as prévenu Mike et ta mère ? demanda Katie. Je suis surprise qu'ils ne t'aient pas ligotée à une chaise pour t'empêcher de partir.

– Bien sûr que non. Ils ne me laisseraient jamais faire. À croire qu'ils ont oublié que j'accompagnais la police en intervention, quand j'étais chez le procureur. Et j'ai un plan. Je suis censée retrouver Charlie au Sunshine Motel, près de Riverhead. C'est là qu'il a pris une chambre, il n'y avait plus de place près d'ici. Mais pas question d'aller dans sa chambre. Une fois là-bas, je l'appellerai du petit resto qui se trouve en face, le Golden Spoon Diner, pour lui donner rendez-vous dans un lieu public. Je ferai semblant de l'écouter attentivement, j'enregistrerai la conversation, et après je filerai au commissariat. Il ne me dira pas toute la vérité, mais je tiendrai au moins la preuve qu'il ment, et avec un peu de chance il me donnera une piste sur l'endroit où se trouve Riley.

– Y a-t-il un moyen de te dissuader de te jeter dans la gueule du loup ?

– Non. J'aurai mon téléphone sur les genoux sous la table. J'y serai dans un quart d'heure à peu près, je t'envoie un texto quand j'arrive. Si mon message est bizarre ou si tu n'as pas de nouvelles d'ici vingt minutes, préviens la police.

– Là tu commences vraiment à me faire peur, dit Katie.

– Fais-moi confiance. Je le convaincrai que je suis de son côté et qu'il gagne du temps. N'oublie pas, le bonheur est un choix. Je vais utiliser ça à mon avantage. »

Tandis qu'elle se dirigeait vers le nord, sur Flanders Road, Melissa aurait tout donné pour profiter du paysage bucolique que traversait cette route de campagne relativement épargnée par les transformations qu'avaient subies les Hamptons au fil des décennies. Au lieu de quoi elle répéta son plan pendant tout le trajet, espérant le mémoriser comme un processus mécanique. Quand elle pénétra sur le parking du Golden Spoon Diner, elle était prête à jouer son rôle. Confiante. Loyale. Désireuse de croire une histoire qui préserverait son bonheur. Comme la femme qu'elle était encore à peine quelques heures plus tôt.

Il restait des places juste devant le restaurant, mais aucune n'était assez large pour l'utilitaire. Elle se gara au bout du parking situé sur le côté, sous un lampadaire. Elle pourrait toujours demander à l'un des serveurs de la raccompagner, par précaution.

Elle coupa le moteur, attrapa son portable, qu'elle avait glissé dans le porte-gobelet, et commença à taper le texto pour Katie.

Je viens d'arriver au –

La portière côté passager s'ouvrit brusquement. Melissa réussit de justesse à envoyer le message.

« C'est quoi cette camionnette ? » En face d'elle, l'homme qu'elle connaissait sous le nom de Charlie Miller. Un pistolet à la main.

44

À CENT TRENTE KILOMÈTRES de là, au commissariat principal du Western District de la police d'État du Connecticut, l'inspecteur Floyd Anthony regardait la pluie tomber à seaux devant la fenêtre de son bureau. Au début de sa carrière, son sergent instructeur lui avait expliqué que si la pluie et la neige étaient une mauvaise nouvelle pour les amateurs de soleil, elles étaient en revanche une très bonne nouvelle pour les forces de l'ordre. Selon lui, une météo peu clémente incitait les criminels à rester chez eux.

Vingt-deux ans plus tard, Anthony n'aurait pas misé sa chemise sur la sagesse populaire. Le vent et les branches cassées déclenchaient les systèmes d'alarme des particuliers, entraînant des interventions inutiles. Il avait même arrêté un type qui utilisait les fausses alertes comme couverture pour jouer les monte-en-l'air. Sans compter que, pressés d'échapper à la pluie, beaucoup de conducteurs négligeaient de verrouiller leur voiture, qui devenait la proie des rôdeurs. Alors de son point de vue, la pluie n'était rien d'autre que… de la pluie.

On toqua à la porte de son bureau, qu'il laissait ouverte, et il pivota sur son fauteuil. Ancienne de l'armée, l'agente Janelle Jackson avait rejoint la police deux ans plus tôt. Anthony était convaincu qu'elle finirait cheffe de la police, que ce soit ici ou ailleurs.

« Inspecteur Anthony, si j'ai bien compris, les demandes de mandat de perquisition doivent passer par vous ?

– Oui, dernière étape avant le juge. Mais ce genre de demande vient d'habitude des inspecteurs, agent Jackson, non d'un patrouilleur.

– C'est vrai, monsieur, mais dans le cas présent chaque minute compte. Une petite fille de trois ans a disparu à Long Island. Riley Miller. » Effectivement, il avait vu l'avis de recherche en prenant son service. « Le standard a reçu un appel anonyme qui provenait d'une cabine téléphonique de West Cornwall. Une femme a fait le lien avec un de ses voisins, Jayden Kennedy. Célibataire, trente et un ans, vivant seul. La femme a affirmé avoir vu des preuves de la présence d'un enfant chez lui. Un dessin animé intitulé *Peppa Pig*. Et d'après nos informations, c'est le dessin animé préféré de la disparue.

– C'est un peu tiré par les cheveux, Jackson. On peut être célibataire et avoir des amis ou des voisins qui ont des enfants. C'est peut-être sa nièce ou une cousine, qui sait. »

Elle hocha la tête. « J'en suis consciente, monsieur. J'ai pensé me rendre sur place pour évaluer la situation, mais dans l'éventualité peu probable où une enfant serait retenue contre son gré, je ne voudrais pas la mettre en danger. J'ai préféré contacter Jayden

Kennedy. J'ai prétendu que nous avions reçu des plaintes pour tapage, mais que la localisation précise était inconnue. J'ai aussi dit qu'un voisin nous avait communiqué son nom et son numéro, et que nous voulions vérifier s'il avait entendu quoi que ce soit. »

Il ne s'était pas trompé à son sujet. Elle avait de l'instinct. Il approuva l'initiative d'un signe de tête.

« Il ressort que Kennedy loue sa maison en ce moment. Par le biais d'une application qui garantit un anonymat total. Il n'a pas la moindre idée de l'identité de la locataire, d'autant qu'elle a payé un supplément en monnaie numérique pour être intraçable. »

Floyd Anthony poussa un profond soupir et secoua la tête. « Ces gens de la tech s'enrichissent en nous compliquant la tâche.

– Il a envoyé un message à sa locataire un peu plus tôt pour l'informer qu'il devait passer à cause d'une fuite. Elle a paru exaspérée et lui a ordonné de ne venir sous aucun prétexte. Il a trouvé la réponse bizarre et se demande ce qu'elle fabrique. C'est pour ça que je suis là. »

Ce soir-là, la permanence était assurée par la juge Chandler. Jamais elle ne signerait un mandat sur la base de ce qu'ils savaient pour l'instant, et il ne voulait pas perdre un temps précieux avec une vaine demande. « Une petite visite de courtoisie des forces de l'ordre me semble tout indiquée. Après tout, notre mission est de veiller au grain. Je vous accompagne. Et on emmène des renforts.

– Une dernière chose. » Elle montra une clef dorée. « Le propriétaire a déposé ça au cas où. »

45

« POURQUOI est-ce que tu roules dans une camionnette de location ? » La voix de Charlie était empreinte de mépris et de rage. Si Melissa avait fermé les yeux, jamais elle n'aurait pu croire que la personne qui lui parlait était son mari.

« Je ne sais pas. Pourquoi tu me menaces de cette arme ? »

Les yeux de Charlie se plissèrent en même temps qu'un demi-sourire se dessinait sur ses lèvres. « J'ai toujours admiré ton sens de la repartie, mais je ne ferais pas la maligne si j'étais toi. » Dès qu'il avait pris place sur le siège passager de la camionnette, il lui avait enfoncé dans les côtes le canon de son pistolet, et il lui ordonnait maintenant de quitter le parking du restaurant et de retourner à South Fork. Ils roulaient sur la route étroite et isolée qu'elle avait prise pour venir à Riverhead. Elle fouilla dans sa mémoire, espérant se souvenir d'une station-service ouverte ou d'un bar qui lui permettrait de s'échapper, mais sans succès.

« Où est Riley ? demanda-t-elle.

– Ce serait plutôt à toi de me le dire. » Il avait pris un air suffisant. Elle se demanda si son expression avait toujours été aussi arrogante, ou bien s'il avait trouvé un moyen de modifier son apparence. « Parce que d'après les dires de la police, tu as conduit Riley à Shelter Island et tu l'as noyée parce que tu n'aimes pas les enfants et ne supportais plus les contraintes.

– Pourquoi m'infliger tout cela ? » Elle s'en voulait du ton implorant que prenait sa voix, comme si elle était un animal affamé devant lequel on agiterait un morceau de viande. « Est-ce pour de l'argent ? Nous n'avons pas de contrat de mariage. Tu pourrais en tirer une fortune sans mettre en scène un enlèvement et me faire passer pour la coupable. Tu as inventé cette histoire compliquée de Linda et de Norvège, puis tu t'es inscrit dans le groupe de soutien psychologique pour trouver une victime facile. Parmi tous les membres du groupe, pourquoi moi ? »

Le demi-sourire réapparut. Il prenait plaisir à voir qu'il savait tout, et elle rien. « J'ai failli laisser tomber quelques mois après t'avoir rencontrée.

– Est-ce le moment où tu vas me raconter que le début était une arnaque, mais qu'ensuite tu es vraiment, sincèrement, tombé amoureux de moi ? »

Il secoua la tête. « Désolé, chérie. Mais non. Cela a toujours été une arnaque, si c'est le mot que tu veux utiliser. J'ai failli laisser tomber parce que tu es trop intelligente. Même dans une série de Netflix, tu comprends tout dès le troisième épisode. Au passage, merci d'avoir ruiné la fin de tous ces films. Mais dans la vie réelle – du moins, ta vie réelle – tu es incapable de reconnaître la vérité. Je pense que tout vient de ce mantra stupide, cette histoire de choisir d'être heureux. »

Le téléphone de Melissa sonna sur le tableau de bord devant lui. Le nom de son frère s'afficha sur l'écran.

« N'y songe même pas », siffla-t-il entre ses dents.

Elle garda les deux mains sur le volant tandis que le téléphone continuait à sonner.

Quand le silence fut revenu, elle demanda : « Alors, quelle est la vérité que je ne connais pas ? »

Il enfonça encore plus le canon du pistolet dans ses côtes. « Arrête tes questions ! »

Elle pria pour que le message envoyé à Katie lui soit parvenu. Katie appellerait la police. Les policiers la trouveraient, et ensuite ils trouveraient Riley. *Je vous en prie mon Dieu, je ne veux pas mourir.*

46

MIKE lut la déception dans les yeux de sa mère quand il mit fin à l'appel. « Pas de réponse, dit-il.

– Ça fait presque deux heures qu'elle est partie. On aurait dû l'accompagner. »

Melissa était convaincue que la police prendrait plus au sérieux les preuves contre Charlie si elle les leur présentait en personne. « Elle est avocate, maman. Et une bonne avocate. Elle aurait été moins crédible flanquée de son frère et de sa mère.

– Sauf qu'elle n'avait rien de nouveau à leur apprendre. Si ça se trouve, ils l'ont arrêtée. » Nancy s'acharnait sur son téléphone. « Il faut qu'on aille au commissariat voir ce qui se passe. Mais bon sang, je n'arrive pas à croire qu'ils aient embarqué la voiture de ta sœur !

– Maman, qu'est-ce que tu fabriques avec ton portable ?

– Il nous faut un véhicule, j'essaie de commander un Uber. Non, je vais plutôt appeler un vrai taxi. Ça doit encore exister par ici, non ? On peut encore résoudre ses problèmes avec autre chose qu'un iPhone. »

Dans d'autres circonstances, Mike ne se serait pas gêné pour se moquer d'elle. Et entre deux éclats de rire, elle aurait fait mine de ne pas supporter l'affront. Au lieu de quoi, son commentaire anti-téléphone portable lui rappela la conversation qu'il avait eue avec Melissa en quittant Cape Cod.

« Tu commandes une voiture ? s'enquit Nancy en le voyant taper quelque chose sur son propre téléphone.

– Je vérifie un truc. Melissa a lancé le partage de localisation quand on a fait le trajet de Cape Cod jusqu'ici. J'espère qu'il est encore activé. » Un petit cercle contenant la photographie de sa sœur apparut sur un plan. « Ça marche ! Je la vois, juste là, regarde. Elle se trouve entre ici et le commissariat. Elle doit être sur le chemin du retour.

– Ouf ! Je crois que je n'aurais pas supporté qu'elle soit arrêtée. Tu peux me montrer comment ça marche ? Je veux le voir de mes propres yeux… Dieu merci ! dit-elle en louchant sur l'écran. Et nous, où sommes-nous ? »

Il zooma sur le plan jusqu'à identifier l'emplacement du cottage. « Ah oui, elle est tout près, non ? »

Ils fixaient l'écran ensemble, fascinés par le déplacement en temps réel de la minuscule photo de Melissa. Ce moment de sérénité bienvenu prit fin quand le cercle poursuivit sa route vers le sud au lieu de s'engager dans la rue qui menait au cottage.

« Tu es sûr que ça fonctionne ? demanda Nancy. Elle va trop loin. Qu'est-ce qui lui prend ? »

Mike se résigna à quitter la localisation pour appeler sa sœur. Pas de réponse. Il afficha de nouveau le plan. Elle avait continué son chemin jusqu'à la plage et se dirigeait à nouveau vers l'ouest. Elle se trouvait sur l'unique route qui empruntait l'étroite bande de terre bordée de plages au sud et de la Shinnecock Bay au nord. Elle finissait en cul-de-sac, aboutissant à une plage prolongée par un brise-lame. Bon sang, qu'est-ce qu'elle fichait là ?

« Il faut que je la trouve », dit Mike. Mais à pied, jamais il ne la rattraperait. Et en plein été, un taxi mettrait des heures à arriver jusqu'au cottage.

Nancy prit son téléphone et leva un doigt pour le faire patienter.

« Nancy Eldredge à l'appareil. Où es-tu Patrick ? »

47

Le lieutenant Floyd Anthony frappa une fois encore la porte de son poing. *Bam, bam, bam !* « Police d'État du Connecticut. Nous avons reçu un appel concernant un problème dans le quartier. Nous venons vérifier que tout va bien. Il y en a pour une minute. » C'était son troisième essai infructueux. « Il y a quelqu'un ? » hurla-t-il.

Pas de réponse, mais ce n'était pas une surprise. Le propriétaire, Jayden Kennedy, avait dit à l'inspecteur Jackson qu'il pensait que sa locataire utilisait une voiture de location blanche. La lumière était allumée au rez-de-chaussée, mais l'allée d'accès à la maison était vide à leur arrivée.

À côté de lui sous le porche l'inspecteur Jackson haussa les épaules. « Ça pose un problème de regarder à l'intérieur par une fenêtre ? demanda-t-elle.

– Aucun, si vous avez une vision à rayons X. Tous les rideaux sont fermés.

– Je pense que nous pouvons faire le tour de la maison, puisqu'il s'agit de vérifier que tout est en ordre. Ce n'est pas comme si nous entrions. »

Ils étaient en terrain sûr. Un tribunal accepterait une inspection superficielle, si leur conduite leur était plus tard reprochée.

Derrière la maison, au sud, ils trouvèrent plusieurs fenêtres dont les rideaux n'étaient pas tirés. Au fond de la pièce une télévision était allumée, où passait un dessin animé. Jackson appuya son front sur la vitre, les mains en visière au-dessus de ses yeux pour mieux y voir. « J'aperçois d'ici la cuisine. Il y a un demi-poulet dans un plat sur le comptoir, et de la vaisselle sale. Je vois aussi un gobelet et une assiette en plastique qui pourraient être destinés à un enfant. »

Elle s'écarta de la fenêtre et le regarda d'un air interrogateur.

« Pas de voiture, mais toutes les lumières sont allumées, plus la télévision », commenta-t-il.

– Exact, comme si quelqu'un était parti précipitamment. Ou avait compris qu'un voisin nous avait renseignés. »

Il formula la conclusion à laquelle tous les deux arrivaient : « Il est possible que l'enfant soit seule dans la maison, vu combien le criminel semble avoir été pressé de partir. On ne peut pas la laisser seule. »

Il communiqua par radio avec les trois voitures qui attendaient son appel à l'entrée de l'allée. Une fois les policiers sur place, il introduisit la clé du propriétaire dans la serrure de l'entrée. « Go ! » hurla-t-il, ouvrant la porte à toute volée.

Son équipe investit aussitôt la maison, l'explorant méthodiquement, arme au poing, ouvrant chaque porte, cherchant les caches, vérifiant tout avant d'aller plus loin. Une vraie démonstration de fouille systématique.

« Je suis dans la chambre de l'enfant ! » leur cria Jackson. Il se laissa guider par sa voix jusqu'à une chambre à coucher au premier étage et la trouva debout à côté d'un sac fourre-tout, près d'un parc pliant pour enfant. « Que savez-vous des petites filles et de leurs vêtements favoris ? demanda-t-elle.

– Pratiquement rien si vous interrogez mes trois grandes filles. Et tout cela est très bien, Jackson, mais je n'aime pas les devinettes. Qu'est-ce qui m'échappe ?

– L'enfant qui a disparu, Riley, a été vue pour la dernière fois portant un pyjama “La Reine des Neiges”. Vous voyez ces petits flocons de neige bleus ? Ils viennent bien de l'univers de la princesse Elsa. » Elle tira un stylo de la poche de poitrine de son uniforme et se servit de la pointe pour découvrir avec précaution l'étiquette du pyjama à l'intérieur du pantalon. Il était de la marque Disney. « Elle a séjourné ici, lieutenant. »

48

MELISSA observait Charlie du coin de l'œil. D'une main, il consultait fébrilement son portable, de l'autre, il pointait son arme sur elle. Une fois dans le cul-de-sac que formait le parking de la plage, il lui avait ordonné d'arrêter la camionnette. Depuis, elle patientait en silence.

« C'est bien ici que tu voulais qu'on atterrisse ? demanda-t-elle. Ou on s'est perdus comme en Italie, quand tu refusais de demander notre chemin aux gens ? »

Il lui lança un regard noir mais se laissa aller à un petit sourire. Pendant un instant, il ressembla à l'homme avec lequel elle pensait passer le reste de sa vie. « J'ai apprécié ta compagnie plus que je n'aurais dû pendant notre lune de miel.

– Eh bien ! Il ne s'agit pas seulement de me tromper, tu me hais vraiment ! »

Il haussa les épaules. « Moi ? Non. Je n'ai rien contre toi.

– Quelqu'un d'autre alors, suggéra-t-elle, remarquant l'inflexion de sa voix. Rachel, je suppose. »

Pourquoi la femme qui se faisait passer pour la sœur

de Charlie Miller la mépriserait-elle à ce point ? « Est-ce que j'ai fait condamner un de ses proches quand je travaillais au bureau du procureur ? »

Il secoua la tête, comme s'ils faisaient une partie de *Qui est-ce ?* qui avait trop duré.

« On se connaît forcément, insista Melissa. Pourquoi sommes-nous ici ? Et pourquoi tu n'arrêtes pas de vérifier ce téléphone ? » Il ne lui avait pas échappé que ce n'était pas son téléphone habituel.

« Bon sang, tu te comportes vraiment comme si on était mariés ! » Avec sa main gauche, il mima une bouche qui piaillait. « Tu veux des explications ? OK, tu vas en avoir. Je regarde mon téléphone parce que j'attends la formulation exacte de ta lettre de suicide. On travaillait dessus à l'hôtel, mais il a fallu que je vienne te retrouver. Nous sommes ici parce que tu es déprimée et que tu as décidé de te laisser emporter par le courant. Tu vas te noyer... comme tu as noyé ta pauvre belle-fille. »

Malgré tout ce qu'elle avait appris sur lui ces dernières heures, elle n'avait pas pris la mesure de sa cruauté. Cet homme était tout bonnement dépourvu d'humanité.

« Dans toutes les affaires que j'ai couvertes pour mon podcast, le coupable était intelligent, mais il finissait par commettre une erreur. Comment tu vas sortir d'ici ? On est sur une voie sans issue qui conduit à la mer. Tu ne peux pas partir avec ma camionnette. Tu la garerais où ? Alors je suppose que Rachel va passer te chercher. » Le matin même, elle lui avait dit au revoir alors qu'il quittait le cottage pour passer prendre Rachel à la gare. En réalité,

Rachel était sans doute à Long Island depuis longtemps. Et c'était probablement elle qui avait mis de la drogue dans son café, s'était s'introduite dans la maison et avait emmené Riley à Shelter Island au volant de sa voiture. « Selon toi, je suis intelligente dans l'absolu, mais pas pour ce qui me concerne personnellement. Tu n'as pas tort, et bravo, tu as réussi à me convaincre que Rachel était ta sœur et non la mère de Riley. Tu m'as vraiment eue. »

Il la regarda droit dans les yeux, mais elle ne parvint pas à interpréter son expression. « C'est amusant. Dans d'autres circonstances, ce serait une affaire géniale pour ton podcast. Sauf que je ne ferai pas d'erreur. Et paradoxalement, c'est grâce à toi. J'ai beaucoup appris en observant ton esprit fonctionner. Dommage. Personne ne saura jamais la vérité. »

Un reflet dans le rétroviseur les éblouit. Des phares.

« Tu as vu ? lâcha-t-elle. Voilà au moins une erreur. »

La voiture fit rapidement demi-tour et disparut. Une Tesla blanche, Melissa en était certaine.

« Bien essayé, dit-il.

– S'il m'arrive quoi que ce soit, le conducteur de cette voiture se souviendra de la camionnette. Vu la façon dont nous sommes garés, il a forcément remarqué qu'il y avait un passager.

– Aucune chance. Et il a tout de suite fait demi-tour. Un snobinard dans sa Tesla... il a sans doute manqué l'adresse d'un ami un peu plus haut sur la route et il est en train d'arriver à sa petite fête. »

Alors elle ne s'était pas trompée, c'était bien une Tesla. Patrick ? Il était inquiet pour elle. Peut-être l'avait-il suivie depuis le cottage. Après l'avoir prié de garder ses distances, elle croisait maintenant les doigts pour qu'il passe outre. Il fallait qu'elle gagne du temps.

« Tu ne t'appelles pas Charlie Miller, lâcha-t-elle.

– Ouais, fit-il d'un ton sec. C'est pas un scoop.

– Je ne suis pas la seule à le savoir. Avant de partir pour Riverhead, j'ai informé quelqu'un de ce que j'ai découvert. Quelqu'un qui sait que nous avions rendez-vous. Tu n'es jamais allé à l'université de Washington et il n'y a pas de Linda. J'ai vu une photo du vrai Charlie Miller et, à l'évidence, ce n'est pas toi. Ils trouveront comment tu as usurpé son identité. Tu ne t'en tireras pas comme ça. Rachel et toi, vous passerez le reste de vos jours en prison et Riley grandira sans sa mère ni son père. Tu peux encore renoncer. Kidnapper son propre enfant n'est pas illégal. »

Le téléphone de Charlie sonna et il répondit aussitôt. « J'ai presque fini, dit-il en fixant Melissa dans les yeux. Elle pense avoir l'avantage parce qu'elle aurait parlé à je ne sais qui du *vrai Charlie,* comme elle l'appelle. Elle n'est pas aussi futée qu'on le pensait. »

Melissa se força à respirer calmement, même si elle se sentait comme un vairon face à un grand requin blanc. « Je t'aime aussi », dit-il.

Elle retint un haut-le-cœur tandis qu'il raccrochait et se frottait les mains. « C'est le moment, annonça-t-il. J'ai ton texte. » Il appuya sur la touche

Enregistrer du téléphone de Melissa et lui présenta ce qu'elle devait lire sur son écran à lui.

Elle parcourut le premier paragraphe. « Je ne le ferai pas, dit-elle.

– Oh que si, répondit-il d'un ton sans appel. Sinon, je tue ta mère et ton frère. Les vagues sont particulièrement violentes près du cottage. Je peux y être dans sept minutes. Je ferai en sorte que la police conclue que tu les as tués avant de te suicider.

– Je peux te poser deux questions ?

– Peut-être. Ça dépend desquelles.

– Riley va bien ?

– Oui.

– Tu m'as droguée et tu as pris ma voiture pour faire croire que je l'avais emmenée à Shelter Island, c'est ça ?

– Techniquement, ça fait trois questions. Ce n'était pas moi, j'étais réellement à Antigua. Mais effectivement, tu t'es endormie parce que quelques-uns de tes somnifères ont atterri dans ton café. »

Elle était sur le point de lui demander comment Rachel s'était débrouillée pour pénétrer dans le cottage, quand elle se souvint qu'il s'était porté volontaire pour la soulager de quelques corvées la semaine précédente. « C'est toi qui es allé récupérer les clefs du cottage chez l'agent immobilier à New York », dit-elle.

Il eut un sourire suffisant. « Tu aimes tellement que je t'allège la tâche. Je vais te donner une info en prime. La vidéo du ferry ? Ta voiture, tes lunettes, mais pas toi, évidemment. Mon petit doigt m'a dit que Riley s'était beaucoup amusée pendant la traversée. Au retour, elle a joué à faire semblant d'être une tortue. Elle s'est cachée sous sa couverture, comme on le lui avait demandé. C'est vraiment une gosse géniale. » La couverture de Riley. Rachel avait dû la laisser près de la porte du cottage quand elle avait remis en place les clefs de la voiture et les lunettes de soleil.

« Et la femme du parc, qui c'était ?

– Une divorcée esseulée et aigrie qu'on a trouvée sur Internet. Elle n'a rien à voir là-dedans. Assez jacassé, il est temps que tu enregistres ton dernier podcast. »

Melissa lut à voix haute le long texto : *Traumatisée. Stress. Crise psychotique. Je l'ai maintenue sous l'eau.* Exactement le genre d'histoire servie à la police après la disparition de Riley.

Et les décisions malhonnêtes que j'ai prises dans ma vie professionnelle me minent. L'affaire qui a lancé ma carrière, la disculpation de Jennifer Duncan, est une mystification et un déni de justice. Une fois sortie de prison, elle m'a avoué avoir tué son mari de sang-froid dans le seul but de toucher l'héritage...

Elle s'arrêta et se tourna vers Charlie.

« Tu te fous de moi ? hurla-t-il, frappant avec violence la portière de la camionnette. Maintenant il faut qu'on recommence tout depuis le début. Tu lis mot pour mot !

– Ou pas, dit-elle. Et ce sera ton erreur. Pourquoi cette affaire t'intéresse-t-elle ? Ça ne te suffit pas de me tuer ? Il faut aussi que tu salisses ma réputation ?

– Arrête de penser que tu as un pouvoir quelconque. » Il leva son arme et pressa le canon contre le front de Melissa. « C'est ta dernière chance. Si tu la bousilles, je tape le texto moi-même, je te tue, et ensuite je torture à mort ceux que tu aimes, juste pour le fun. »

Melissa reprit depuis le début la lecture de sa prétendue confession tout en s'efforçant de mettre le doigt sur ce qui lui échappait. *Mystification. Mystificatrice.* Le mot que TruthTeller ne cessait de répéter.

Melissa Eldredge est une menteuse et une mystificatrice. Ça finira par se savoir.

La femme du parc aussi avait employé ce mot.

Charlie… Rachel… l'affaire…

« Hé ! hurla-t-il, levant à nouveau son arme comme pour la frapper. Pourquoi tu t'arrêtes ? On y était presque. »

C'était la seule explication. « Je sais pourquoi tu avais l'air si content en constatant que je ne comprenais pas. Rachel est vraiment ta sœur et vous êtes les enfants de Doug Hanover. Tout ça, c'est uniquement pour la succession. Votre père vous a déshérités, mais vous avez cru avoir une chance de récupérer l'argent quand Jennifer Duncan a été condamnée pour meurtre. Vous essayez de repasser devant le tribunal avant le transfert des actifs. »

Charlie agita les mains, feignant l'enthousiasme. « *Ding, ding, ding,* nous avons une gagnante, je savais bien que tu étais futée. Eh oui, non seulement j'hérite de toi en tant que Charlie Miller, mais en plus on récupère le pactole de la succession.

– Mais Riley t'appelle papa… et appelle ta sœur… maman, dit Melissa. Est-ce que ça signifie que…

– Quelle idée répugnante ! Ce truc de papa-maman, ça leur vient automatiquement quand ils sont petits. On s'est contentés de ne pas la corriger.

– Donc un de vous deux est son parent ? Est-ce que ça veut dire qu'elle est réellement saine et sauve ? Riley est son vrai nom au moins ? »

Il la regarda et secoua la tête. « Tu l'aimes vraiment alors ! Tu es sûre de vouloir savoir ? »

Bien sûr qu'elle voulait connaître la vérité sur la petite fille qui avait emporté un morceau de son cœur. Elle gagnait du temps au cas où Patrick l'aurait suivie, mais la réalité s'imposait à elle. Si elle devait mourir, elle voulait au moins savoir que Riley avait la vie devant elle.

« Oui, elle s'appelle Riley. C'est la fille de Rebecca, que tu connais sous le nom de Rachel. Quand on t'aura plus dans les pattes, Riley retournera vivre avec sa mère. Dans moins de temps qu'il n'en faut pour le dire, elle t'oubliera comme elle oubliera qu'elle m'appelait papa.

– Qui est son père ?

– À ce sujet, je n'en sais pas plus que toi. Ma sœur ne me l'a jamais dit et elle a refusé que le nom du type apparaisse sur l'acte de naissance.

– Et toi, comment tu t'appelles ? » Jennifer avait décrit la profonde cruauté des deux enfants de son mari, mais si elle avait mentionné leurs noms, Melissa ne s'en souvenait pas.

Pour la première fois, Charlie sembla avoir pitié d'elle. « Brian. On portait le nom de notre père,

Hanover, mais après son départ, notre mère l'a changé pour Bloom. J'imagine qu'élever des enfants sans leur minable de paternel, c'est génétique dans la famille. »

Elle se répéta le nom. Brian Bloom. L'homme qu'elle avait épousé. L'homme qu'elle pensait aimer. L'homme qui allait la tuer.

« OK, c'est ta dernière chance. Lis le message en entier, sinon je passe au plan B. Tu ne te rends pas service. Ni à Mike ni à Nancy. »

Comme c'était pénible de l'entendre prononcer le nom de ces êtres chers.

Elle se résigna à lire le texte rédigé pour être de sa bouche, tentant de modifier l'inflexion de sa voix afin que ses proches sachent qu'elle prononçait ces mots sous la contrainte. À la fin de l'enregistrement, Charlie eut l'air satisfait.

« Dehors », lâcha-t-il. Il l'obligea sous la menace de son pistolet à gagner la limite du parking, où il lui ordonna de retirer ses tennis. Le canon de l'arme dans le dos, elle avança dans le sable frais vers le roulement des vagues qui déferlaient au bout de la plage. Pour une fois, le bulletin météo avait dit vrai. Sous les assauts du vent, la houle s'était levée. Un engoulevent solitaire zigzaguait dans le ciel, luttant contre les rafales.

Elle lançait des regards furtifs à la recherche d'un moyen de s'enfuir. Elle perçut l'éclat d'un tesson de bouteille rejeté par la mer, mais n'avait aucun moyen de l'atteindre. C'est le cœur serré qu'elle le dépassa.

Quand elle ne put aller plus loin, elle comprit pourquoi Charlie l'avait amenée ici. La plage était bordée par un brise-lame constitué de gros rochers taillés en pavés inégaux et glissants sur lesquels s'écrasaient et moutonnaient les vagues.

« Continue d'avancer ! lui enjoignit-il tandis que lui s'arrêtait sur le sable, agitant le pistolet en guise de menace. Va jusque sur les rochers. »

Elle s'exécuta, mettant prudemment un pied devant l'autre, fixant le martèlement tumultueux des flots sur les énormes pavés. Elle imagina l'eau qui recouvrait son visage, envahissait ses narines, se répandait dans sa bouche. Le courant sous-marin l'aspirerait et l'entraînerait vers le large. Elle n'était jamais parvenue à refouler suffisamment son traumatisme pour apprendre à nager. Si elle tombait à l'eau, c'était la mort assurée.

Elle fit volte-face, scrutant l'horizon derrière Charlie, espérant apercevoir la Tesla blanche et Patrick. Mais il n'y avait rien. Elle tenta de se convaincre qu'elle avait pris la bonne décision en résistant à Charlie jusqu'à se retrouver ici, dehors, au lieu d'être coincée avec lui dans la camionnette ou sur l'étroit sentier de la plage. Ici, au moins, elle était libre de ses mouvements. Mais Charlie était sur la terre ferme, alors qu'elle avait du mal à garder l'équilibre.

« Tu ne t'en tireras pas comme ça ! lança-t-elle.

– Oui, je sais, l'ami imaginaire à qui tu as raconté toute l'histoire, railla-t-il. Tu te répètes, ma vieille.

– Plus qu'un ami imaginaire, répliqua-t-elle. La police. J'ai laissé des documents au commissariat de

Southampton. J'ai appelé l'université de Washington et j'ai des preuves. Le vrai Charlie est un légume. Les photos de ta carte d'identité et de ton passeport ne correspondront pas. Tu vas tomber. »

Son air suffisant et arrogant fondit comme neige au soleil. Il n'était plus Charlie. Il n'était plus son kidnappeur. Il était devenu quelqu'un d'autre.

Elle repensa à l'époque où elle travaillait au bureau du procureur, quand des prévenus trop sûrs d'eux comprenaient qu'ils étaient dos au mur. Malgré la satisfaction qu'elle retirait de défendre des innocents, être de l'autre côté de la barrière lui manquait.

Durant les quelques secondes dont Charlie eut besoin pour se ressaisir, elle perçut un mouvement derrière lui et eut une lueur d'espoir. Peut-être était-ce le fruit du texto inachevé qu'elle avait envoyé à Katie, du message qu'elle avait laissé au commissariat, ou la Tesla qui avait fait demi-tour. Il lui fallait espérer que l'une de ses bouteilles à la mer était arrivée à destination. Si elle restait plus longtemps seule avec cet homme, elle mourrait.

Elle avait gagné autant de temps que possible. Il fallait agir.

Se précipiter vers lui, courir sur les pavés glissants, atteindre la plage, lui prendre son arme ? Il n'hésiterait pas à appuyer sur la détente, aucun doute là-dessus. Si la première balle la manquait, elle aurait peut-être le temps de se jeter sur lui avant qu'il ne tire une deuxième fois. Arriverait-elle à s'emparer du pistolet ?

C'était risqué, mais c'était sa seule chance.

Elle prenait une profonde inspiration pour se donner du courage quand un cri retentit depuis la plage. « Melissa ! » Malgré les hurlements du vent, elle en était sûre : c'était Mike.

Charlie la quitta des yeux une seconde. Elle s'accroupit et, profitant de l'effet de surprise, bondit, lui donnant un coup d'épaule en plein ventre. Il tomba à la renverse, tira à l'aveuglette. Jamais elle ne s'était sentie aussi forte, pesant de tout son poids sur lui.

Charlie empoigna ses longs cheveux et elle se revit, petite fille de trois ans, tendre les bras vers sa mère depuis l'étroit balcon verglacé dont la balustrade commençait à céder. Comme une empreinte indélébile sur ses nerfs, elle sentait les mains de sa mère dans ses cheveux, sa mère qui luttait pour arracher son bébé à Carl Harmon en train de basculer dans le vide.

Elle se débattait avec autant de force que sa mère quarante ans plus tôt. Une fois Charlie sur le dos, elle le plaqua au sol avec ses coudes et ses genoux, essayant de toutes ses forces de gagner la main qui tenait le pistolet. Sur un sol plus dur, elle lui aurait cassé le bras.

Mais Charlie parvint à fléchir son poignet de façon à viser son ventre. Elle saisit le canon de l'arme à pleines mains, plaquant le haut de son corps sur son kidnappeur. Il orienta le pistolet vers son visage, elle lui mordit le bras, lui arrachant un violent grognement. Il lâcha le pistolet, qu'elle envoya sur les rochers derrière eux.

Elle se traînait dans le sable en direction du tesson de verre qu'elle avait repéré plus tôt quand Charlie lui empoigna les chevilles. Elle répondit par un solide coup de talon dans la poitrine. Un râle profond. Les poumons de Charlie privés d'air. Saisir sa chance. Elle se jeta en avant, le bras droit tendu, et l'ombre de Charlie émergea sous le clair de lune au moment où, du bout des doigts, elle attrapait le morceau de verre froid et lisse sur le sable humide.

Elle roulait sur le dos quand Charlie – Brian Bloom – s'abattit de tout son poids sur elle. Elle lui enfonça le morceau de verre dans l'épaule, déchirant sa chemise. Il hurla. Alors qu'elle s'apprêtait à recommencer, elle sentit qu'on le relevait. Mike et Patrick ! Ils le retournèrent sur le dos et tous trois se jetèrent sur lui pour l'immobiliser au sol, mais il continua à se débattre.

« Arrête de bouger, cria Mike, ou ton crâne va atterrir sur les rochers ! »

Charlie s'acharnait, cherchant sa poche arrière.

« Un flingue ! cria Patrick. Il a un autre flingue ! »

Melissa atteignit la poche la première. Voyant qu'elle s'était emparée de son téléphone, Charlie capitula.

« Il voulait sans doute prévenir Rachel. »

Elle rappela le numéro du dernier appel reçu. On répondit à la première sonnerie. « Ça y est, elle est morte ? »

Cette voix pleine d'impatience et de satisfaction, elle la reconnut immédiatement. Et ce n'était pas celle de Rachel.

49

Une heure et demie plus tard, Melissa était assise avec les inspecteurs Hall et Marino à l'arrière d'une camionnette banalisée garée en face du Riverhead Sunshine Motel. Melissa les avait convaincus qu'il fallait qu'elle reste sur place. C'était elle, finalement, qui avait été à l'origine de ce plan, grâce aux textos envoyés depuis le téléphone de Brian Bloom. Si tout se déroulait comme prévu, tous les adultes qui avaient côtoyé Riley passeraient la nuit en cellule – sauf elle.

C'était elle encore qui s'était aventurée avec difficulté sur les pavés glissants pour récupérer le pistolet de Bloom. Se souvenant d'une séance d'instruction des années auparavant dans un stand de tir de la police de New York, restant à une distance sûre, elle avait pointé l'arme directement sur Charlie pendant que Mike appelait le 911. Les forces de police précédèrent de peu les inspecteurs Hall et Marino, qui avaient pris connaissance des informations qu'elle avait laissées au commissariat concernant Charlie Miller. Ils avaient aussi parlé à la femme du parc, qui s'était présentée spontanément après avoir reconnu Riley aux informations. Et la police d'État du Connecticut semblait penser que Riley avait été détenue dans une maison de location à West Cornwall, mais que les occupants étaient partis avec elle. D'après le propriétaire, le locataire conduisait une petite voiture blanche.

Melissa se demanda alors si ce départ était prévu, ou était né de la panique devant ses soupçons de plus en plus évidents à l'égard de son mari. Elle éprouva un certain plaisir à les imaginer tous les trois tentant désespérément de brouiller leur piste tandis qu'elle continuait à détricoter leurs mensonges, les uns après les autres.

Elle gardait les yeux fixés sur la chambre 106, détournant par moments le regard en quête d'une voiture qui quitterait la route principale pour entrer dans le parking du motel. La police avait déjà vérifié qu'un certain Charlie Miller avait retenu deux chambres pour la nuit en utilisant son permis de conduire et une carte de crédit. L'autre nom sur le registre était celui de Rachel Miller, mais l'employé n'avait pas demandé de justificatif d'identité à la deuxième cliente.

Melissa avait utilisé le téléphone de Bloom pour poursuivre sa série de textos ; quand sa sœur avait demandé s'il avait fini, elle avait répondu à sa place : *Oui, tout est terminé.* Elle avait fait croire aux deux complices de Bloom qu'un rassemblement d'étudiants se tenait sur la plage autour d'un feu de joie, et qu'il regagnait la ville à pied en suivant la côte pour les éviter. Il avait promis de leur envoyer un message indiquant l'endroit où venir le chercher en voiture lorsqu'il y serait. Pendant ce temps, la personne qui avait appelé Bloom juste avant la tentative d'assassinat de Melissa disait qu'elle était presque arrivée au motel, où elle laisserait Riley avant de rejoindre Bloom. Elle terminait son message par *Je t'aime tellement*, suivi d'un émoji figurant un cœur.

« Attention ! » lâcha l'inspectrice Hall. Les phares d'une voiture sur la route se dirigeaient vers eux. Quand elle dépassa la camionnette, Melissa aperçut une banale berline blanche. Elle retint sa respiration en distinguant une petite silhouette dans un siège enfant à l'arrière. C'était sûrement Riley. Ils étaient là. Son espoir grandit tandis que la voiture manœuvrait sur le parking. C'était le moment. Elle regarda les inspecteurs pour en avoir confirmation, et tous deux hochèrent la tête.

Elle utilisa son propre téléphone en mettant sur haut-parleur. Elle crut voir la faible lueur d'un écran dans la voiture de location avant que son interlocutrice décroche.

« Oh, Dieu merci, c'est toi, Melissa. J'espérais que tu appellerais. Où es-tu ? Est-ce que tout va bien ?

– As-tu reçu mon message ? demanda Melissa frénétiquement. As-tu appelé la police ? »

Il y eut un long silence, puis une explication embrouillée selon laquelle la réception de son téléphone était mauvaise et qu'elle n'avait pas compris ce que Melissa venait de dire. Celle-ci ferma les yeux. Quelque chose en elle cherchait à croire qu'il existait une explication, mais à présent elle n'avait plus de doute.

« Je demandais si tu avais appelé la police comme nous l'avions dit.

– Oui, je les ai appelés dès que j'ai reçu ce message étrange, mais quand ils se sont rendus à ce restaurant, ils ne t'ont pas trouvée, ni toi ni Charlie.

– Charlie est entré dans la camionnette avec un pistolet et m'a forcée à aller jusqu'à la plage. Il m'a poussée depuis les rochers dans d'énormes vagues. Il m'a abandonnée là pour que je me noie, mais je me suis accrochée à un morceau de bois flottant et j'ai pu regagner le rivage.

– Melissa, tu es là ? Je ne t'entends plus. » Les inspecteurs levèrent ensemble les yeux au ciel. Elle mentait avec tellement de naturel. « Je vais raccrocher et essayer de te rappeler tout de suite. Où que tu sois, ne bouge pas. Je viendrai te chercher. »

Juste après qu'elle eut coupé la conversation, le téléphone de Brian Bloom se mit à sonner. Ils attendirent en silence. La sonnerie cessa, puis reprit. Un troisième appel resta également sans réponse.

« Ça y est, murmura Melissa, espérant que son amie puisse l'entendre. Tout s'écroule, hein ? »

Le téléphone de Bloom s'alluma à la réception d'un nouveau texto : *Appelle-moi immédiatement. Ce n'est pas fini.*

Elle tapa trois points d'interrogation pour toute réponse depuis le téléphone de Brian Bloom.

Le message suivant disait : *Elle vient de m'appeler. Elle n'est pas morte.* Melissa tendit l'écran vers les inspecteurs. « Ça vous suffit ? »

Hall leva le pouce ; Marino prit sa radio et ordonna : « Attendez qu'elle soit sortie du véhicule. Et rappelez-vous qu'il y a un enfant à l'arrière. Soyez hyperprudents ! »

En voyant la porte du conducteur de la voiture blanche s'ouvrir et Katie en sortir, Melissa se sentit anéantie par la trahison.

Tout alla très vite. Comme Hall et Marino sautaient à terre par la porte arrière de leur van, deux voitures de police qui étaient restées garées derrière le motel apparurent de chaque côté du bâtiment et se précipitèrent pour encadrer Katie qui faisait le tour de sa voiture. Elle leva immédiatement les bras en l'air. Melissa ne put saisir les mots que criaient les policiers, mais Katie tomba à genoux puis se mit à plat ventre sur le bitume, les mains dans le dos. La gorge serrée, elle vit les menottes se refermer sur ses poignets.

La porte de la chambre 106 s'ouvrit violemment et se referma aussitôt. Hall arriva à temps pour coincer son épaule dans l'ouverture de la porte, l'empêchant de se refermer, et sortit de force son occupante. Les inspecteurs passèrent difficilement les menottes à Rebecca Bloom qui se débattait, cherchant à leur échapper. Malgré la distance, Melissa put voir l'angoisse se peindre sur son visage lorsqu'elle hurla en direction du parking. Riley ! Elle hurlait le nom de sa fille.

Melissa saisit la poignée de la porte du van, ignorant le policier assis à l'avant qui lui ordonnait de ne pas bouger. Elle sauta du véhicule et traversa la rue, courant vers le motel. Elle atteignit l'arrière de la voiture blanche avant qu'un des policiers lui barre le passage. Par-dessus son épaule, elle aperçut Katie, les yeux brûlants de haine, les lèvres serrées, l'air menaçant.

« Comment as-tu pu faire une chose pareille ? » lui cria Melissa.

Malgré le policier qui la plaquait au sol avec son genou, Katie arriva à détourner la tête.

Dans le parking, Rachel, alias Rebecca Bloom, avait cessé de résister à Hall et à Marino. Melissa la vit discuter avec les policiers, puis ils entrèrent avec elle dans la chambre 106 et fermèrent la porte. La radio que le policier proche de Melissa portait à l'épaule sonna, et elle entendit la voix de Marino. « La maman ne veut pas que l'enfant la voie menottée. C'est la belle-mère de la petite qui est en ce moment dans la voiture. Mieux vaut que ce soit elle qui la ramène dans notre van. »

Les mains tremblantes, Melissa ouvrit la porte arrière. Le regard ensommeillé, Riley leva les yeux vers elle. « Missa ! Où est Katie ? »

D'où elle se trouvait, Riley avait probablement vu celle-ci lever les mains en l'air, mais elle ne pouvait pas la voir maintenant étendue sur le sol devant la voiture.

« Elle aide la police pour une affaire importante, chérie. » Melissa défit la ceinture de sécurité du siège enfant et poussa un ouf de soulagement tandis que Riley lui passait les bras autour du cou pour se laisser porter. Il faisait chaud dans l'habitacle, et ses cheveux tièdes et humides sentaient le shampoing pour bébé. Melissa couvrit ses yeux d'une main tandis qu'elle l'emmenait à l'écart du chaos qu'elle laissait derrière elles. « Veux-tu venir voir une voiture secrète de police ? Elle est normale à l'extérieur mais pleine de trucs rigolos à l'intérieur. »

Les yeux de Riley brillèrent et un grand sourire apparut sur son visage. C'était une enfant tellement curieuse.

« Et ensuite, devine qui nous irons voir ? Gran-Nan !

– Dans sa nouvelle maison ?

– Absolument. Cela fait deux grands jours que je ne t'ai pas vue. Où étais-tu ?

– Avec maman. Nous avons mis la voiture sur un bateau, et j'ai joué à la tortue. C'était une maison tout au fond des bois. Et puis Katie est venue me garder.

– Tu te souviens d'elle, n'est-ce pas ? demanda Melissa. Mon amie Katie. Tu l'as rencontrée plusieurs fois, elle était aussi au mariage. »

Riley sembla confuse. « Ouais. Elle a fait un cupcake spécial pour moi. Je ne savais pas que Katie connaissait maman. Je croyais que c'était ton amie à toi. »

Melissa se mordit les lèvres. « Moi aussi. À présent, es-tu prête à venir voir le van secret ?

– Tu m'as manqué, Missa. » Riley posa sa petite main potelée sur sa bouche et lui souffla un baiser parfait.

« Toi aussi tu m'as manqué, Riley. »

50

Cinq mois plus tard

LE FEU léchait avidement de grosses bûches dans la cheminée. Dans l'appartement de Melissa, son odeur se mêlait à celle du cidre chaud. Ce qui était prévu comme un simple dîner froid de réveillon, avec jambon, petits pains et salade verte, devenait un véritable festin à mesure que sa mère apportait de nouveaux plats à table.

Melissa compta que Riley s'était resservie six fois d'un appétissant dip au crabe. Sa mère déclara en riant qu'elle était devenue une vraie fille de Cape Cod.

Melissa regarda Mac verser calmement une nouvelle tasse de thé pour sa mère. Il avait refusé d'être nommé mandataire légal de Brian Bloom après son arrestation, invoquant le fait que son client l'avait engagé sous une fausse identité pour faciliter la réalisation d'un projet criminel. Il était à présent coprésentateur avec Melissa du *Justice Club*, dont l'audience avait quadruplé depuis l'été.

Elle n'était pas sûre que le reste de la famille Eldredge lui pardonne un jour, mais elle comprenait pour sa part combien il lui avait été pénible d'agir comme un avocat était contraint de le faire pour son client.

Croisant son regard, Mac lui fit signe de venir le rejoindre dans un coin tranquille du salon. « As-tu eu d'autres nouvelles du bureau du procureur la semaine dernière ?

– Ils se dirigent vers un aménagement de peine avec Rebecca. »

Jusqu'alors, Rebecca Bloom était la seule parmi les accusés à discuter avec la justice.

Melissa ne considérait plus le frère et la sœur comme étant Charlie et Rachel Miller. Pour elle, ils n'avaient jamais existé. Mais elle avait plus de mal à accepter la vérité concernant Katie.

Rebecca avait déclaré à la police que son frère et elle avaient fait la connaissance de Katie après s'être adressés au bureau du procureur pendant le procès de Jennifer Duncan. Elle avait été désignée personne à contacter. Comme l'accusation n'avait pas eu l'intention de les faire comparaître comme témoins, Melissa n'avait jamais rencontré aucun des deux. Katie, pour sa part, avait éprouvé ce que Rebecca décrivait comme une « entente immédiate » avec son frère. Alors même que leur relation devenait plus intime, ils l'avaient gardée secrète à cause du job de Katie.

Puis lorsque Katie avait abandonné son activité d'avocate, l'un comme l'autre avaient eu une autre raison de cacher leur liaison – leur lutte pour s'approprier la fortune de Doug Hanover. Selon Rebecca, elle avait vu se développer une véritable obsession chez son frère et Katie lorsque Jennifer Duncan avait non seulement été acquittée, mais avait aussi pu en tirer avantage en termes d'argent et de célébrité. Brian avait d'abord dirigé sa rancœur contre Jennifer, Katie de son côté était folle de rage contre l'avocate qui la défendait.

« Si Rebecca décide de témoigner contre Brian et Katie, dit Mac, sera-t-elle forcée d'avouer avoir été au courant du projet depuis le début ? »

Dans sa première déposition à la police, Rebecca avait prétendu ne pas avoir imaginé que son frère et Katie projetaient de tuer Melissa, jusqu'à ce que Charlie quitte leur motel avec un pistolet, quelques heures seulement avant qu'ils soient tous arrêtés. Elle pensait qu'ils allaient essayer de faire endosser à Melissa la responsabilité de l'enlèvement, puis la forcer à prétendre que Jennifer Duncan avait prémédité l'assassinat de son mari.

« C'est ce qu'espère l'accusation, dit Melissa. En fait, c'est sans importance. Les téléphones qu'ils utilisaient ce soir-là prouvent qu'ils étaient tous occupés à rédiger ma *lettre de suicide* et ça suffit à en faire la complice d'une tentative d'assassinat. Elle a déclaré avoir eu peur d'être la prochaine sur la liste de Katie et de Brian.

– Malheureusement pour elle, ce n'est pas une défense qui tient la route », dit Mac.

Melissa sentit une main sur son épaule. Son frère. « J'entends parler procès et accusation, dit-il. Tu trouveras sûrement cela ironique de ma part, mais peut-être est-ce le moment de choisir d'être heureuse. Chasse ces gens de ton cerveau et laisse-toi aller à l'esprit de Noël. Je vais ouvrir une bouteille de vin.

– Voilà une excellente idée », dit-elle.

On frappa à la porte et Amanda Keeney apparut, ses longs cheveux blonds dégoulinant de pluie. « Joyeux réveillon bien arrosé, vous tous ! Désolée d'être en retard. J'espère que Neil vous a expliqué : la police de New York ne ferme pas pendant les vacances – ni pendant les tempêtes, apparemment. »

Riley s'essuya les mains sur une serviette en papier décorée de pères Noël et courut vers Amanda pour l'embrasser. Elle grandissait si vite qu'elle lui arrivait déjà à la taille. Neil Keeney accueillit sa femme par un baiser et lui tendit un mug de cidre.

Le frère de Melissa se dirigea vers la cuisine et y ouvrit une bouteille de vin rouge. Melissa était contente que Mike ne demande plus l'autorisation pour toucher à tout dans la cuisine. Il venait en ville presque tous les mois. Comme elle l'avait suggéré, il laisserait quelques affaires à demeure dans la chambre d'amis pour pouvoir se passer de valise. Il espérait par ailleurs être engagé l'été prochain comme skippeur dans les Hamptons.

La bouteille une fois ouverte et posée sur la table de la salle à manger, Patrick tendit un verre à Melissa, qu'elle accepta d'un signe de tête. Il lui caressa doucement le poignet, heureux qu'ils se soient retrouvés, maintenant qu'elle savait pourquoi il avait rompu leurs fiançailles. À son insu, Katie avait été le trouver et avait prétendu que

Melissa lui avait confié ne pas vouloir d'enfants. Ils avaient pourtant eu le projet de fonder une famille ! Katie avait affirmé que Melissa avait accepté d'avoir des enfants uniquement pour se plier au désir de Patrick. Selon ses mots exacts : « Melissa pense qu'elle peut faire le choix d'être heureuse, même si elle se force à traverser cette épreuve. Elle va être atrocement malheureuse, et ce sera ta faute. Si tu l'aimes vraiment, tu dois lui rendre sa liberté. » Et Patrick, qui l'aimait véritablement, avait commis la terrible erreur de mettre fin à leur relation.

Peut-être Katie avait-elle simplement besoin que Melissa se retrouve seule, le cœur brisé, pour en faire la proie de Brian Bloom, mais Melissa soupçonnait une autre motivation, plus personnelle. Bien que certains des commentaires haineux de TruthTeller aient été postés par les Bloom, la police avait établi qu'ils émanaient presque tous de l'ordinateur de Katie. Voir Melissa souffrir la réjouissait. Melissa avait tenté de lui rendre visite en prison afin de comprendre comment elle en était arrivée à la détester aussi profondément, et, comme elle s'y attendait, Katie avait refusé de la voir. La prochaine fois qu'elle se trouverait en présence de son ex-meilleure amie, ce serait pour témoigner contre elle.

Neil Keeney s'était levé, prêt à porter un toast. « Je voudrais remercier mes vieux amis Melissa et Mike…

– Attention, Neil, intervint Mike en venant les rejoindre depuis la cuisine, tu es le plus vieux de nous tous.

– Mes très *chers* amis, Melissa et Mike, et bien sûr Nancy, merci de nous avoir invités à cette réunion de famille. » Neil se sentait terriblement coupable d'avoir aidé Katie à persuader Melissa de suivre cette thérapie de groupe ; c'était là qu'elle avait rencontré Brian Bloom, qui se faisait déjà passer pour Charlie Miller. Mais Melissa l'avait rassuré : elle était consciente qu'il voulait seulement se rendre utile. « Je me souviens de mes parents se rappelant leur gratitude envers les Eldredge qui les avaient invités après les moments difficiles qu'avait traversés votre famille ; à notre tour, Amanda et moi nous sentons merveilleusement privilégiés d'être avec vous aujourd'hui, pour votre premier Noël avec la petite Riley. »

Celle-ci se joignit aux autres pour lancer un charmant « À votre santé ! » de sa petite voix aiguë. Elle sourit de plaisir quand Patrick l'aida à trinquer avec les adultes, puis, posant son jus de fruits, elle s'empara du renne en peluche qu'il lui avait donné. Seul le temps le dirait, mais Melissa pensait avoir toujours assez d'amour dans son cœur pour l'un et pour l'autre.

Sans lâcher son jouet, la petite grimpa sur les genoux de Melissa. Celle-ci avait été heureusement surprise d'apprendre que Rebecca acceptait qu'elle soit la tutrice légale de Riley pendant son emprisonnement. D'après Melissa, elle avait pris cette décision en pensant qu'elle serait utile à sa défense, mais le bureau du procureur laissait entendre que, même si Rebecca concluait un accord pour témoigner contre son frère et Katie, elle ne sortirait pas de prison avant que Riley ait au moins dix-huit ans.

Melissa la serra plus fort contre elle, l'enfant devenait plus lourde en s'assoupissant. Riley n'était pas sa fille, même pas sa belle-fille. Pour toutes les deux, elles étaient simplement Riley et Melissa. Elles découvriraient la suite chemin faisant. Melissa n'avait aucune idée des souvenirs que garderait Riley de sa mère et de son oncle Brian en grandissant, ou du genre de questions qu'elle poserait, ni à quel moment. Peut-être aurait-elle comme Mike le courage d'affronter la vérité sans fard. Ou que, comme Melissa, s'efforcerait-elle de penser que les traumatismes du passé ne vous marquent pas définitivement. La seule certitude de Melissa, au fond d'elle-même, était qu'elle ferait tout pour donner à Riley une chance d'être pleinement heureuse, parce que c'était le cadeau que cette petite fille lui avait fait.

Elle se rendit compte que la neige fondue ne battait plus les carreaux, que la plainte du vent avait cessé. Riley s'agita sur ses genoux. Avant de retrouver son souffle paisible et régulier, elle murmura un seul mot : « Maman. »

REMERCIEMENTS

Ce livre est le résultat d'une collaboration non seulement entre deux auteurs, mais aussi avec une équipe qui a soutenu le projet de bout en bout. Merci à Jonathan Karp, Marysue Rucci, Sean Manning, Tzipora Baitch, Anne Tate Pearce et Hana Park – tous chez Simon & Schuster – et aux amis et membres de la famille qui forment la « Team Clark », comme on l'appelle en interne.

Pour être complets, ces remerciements se doivent de vous mentionner vous, les lecteurs, spécialement pour *Les Enfants du guet.* Merci d'avoir suivi la famille Eldredge une fois encore, tant d'années après *La Maison du guet*, qui a lancé ce qui deviendrait une carrière d'écrivain longue de soixante années. À travers vous, les personnages et leur histoire continuent de vivre.

Du même auteur

Aux Éditions Albin Michel

LA NUIT DU RENARD
Grand Prix de littérature policière 1980

LA CLINIQUE DU DOCTEUR H.

UN CRI DANS LA NUIT

LA MAISON DU GUET

LE DÉMON DU PASSÉ

NE PLEURE PAS, MA BELLE

DORS MA JOLIE

LE FANTÔME DE LADY MARGARET

RECHERCHE JEUNE FEMME AIMANT DANSER

NOUS N'IRONS PLUS AU BOIS

UN JOUR TU VERRAS

SOUVIENS-TOI

CE QUE VIVENT LES ROSES

DOUCE NUIT

LA MAISON DU CLAIR DE LUNE

JOYEUX NOËL, MERRY CHRISTMAS

NI VUE NI CONNUE

TU M'APPARTIENS

UNE SI LONGUE NUIT

ET NOUS NOUS REVERRONS

AVANT DE TE DIRE ADIEU

DANS LA RUE OÙ VIT CELLE QUE J'AIME

TOI QUE J'AIMAIS TANT

LE BILLET GAGNANT

UNE SECONDE CHANCE

ENTRE HIER ET DEMAIN

LA NUIT EST MON ROYAUME

RIEN NE VAUT LA DOUCEUR DU FOYER
DEUX PETITES FILLES EN BLEU
CETTE CHANSON QUE JE N'OUBLIERAI JAMAIS
LE ROMAN DE GEORGE ET MARTHA
OÙ ES-TU MAINTENANT ?
JE T'AI DONNÉ MON CŒUR
L'OMBRE DE TON SOURIRE
QUAND REVIENDRAS-TU ?
LES ANNÉES PERDUES
UNE CHANSON DOUCE
LE BLEU DE TES YEUX
LA BOÎTE À MUSIQUE
LE TEMPS DES REGRETS
NOIR COMME LA MER
DERNIÈRE DANSE
EN SECRET
MEURTRE À CAPE COD

En collaboration avec Carol Higgins Clark

TROIS JOURS AVANT NOËL
CE SOIR JE VEILLERAI SUR TOI
LE VOLEUR DE NOËL
LA CROISIÈRE DE NOËL
LE MYSTÈRE DE NOËL

Avec Alafair Burke

L'AFFAIRE CENDRILLON
LA MARIÉE ÉTAIT EN BLANC
LE PIÈGE DE LA BELLE AU BOIS DORMANT

LA REINE DU BAL
DE SI BELLES FIANÇAILLES
À LA VIE, À LA MORT

Composition : Nord Compo
Impression : Imprimerie Floch, avril 2023
Éditions Albin Michel
22, rue Huyghens, 75014 Paris
www.albin-michel.fr
ISBN : 978-2-226-47543-5
N° d'édition 25056/01 – N° d'impression : 102317
Dépôt légal : mai 2023
Imprimé en France